KALASHNIKOV

KALASHNIKOV

Alberto Vázquez-Figueroa

EDICIONES B
GRUPO ZETA

Barcelona • Bogotá • Buenos Aires • Caracas • Madrid • México D.F. • Montevideo • Quito • Santiago de Chile

1.ª edición: septiembre 2009

© Alberto Vázquez-Figueroa, 2009
© Ediciones B, S. A., 2009
   Bailén, 84 - 08009 Barcelona (España)
   www.edicionesb.com

Printed in Spain
ISBN: 978-84-666-4191-3
Depósito legal: B. 33.154-2009

Impreso por LIBERDÚPLEX, S.L.U.
Ctra. BV 2249 Km 7,4 Polígono Torrentfondo
08791 - Sant Llorenç d'Hortons (Barcelona)

*Mi agradecimiento a
José Carlos Rodríguez Soto
por permitirme usar una parte
del texto de su libro* Hierba Alta

El Parlamento Europeo,

- Vistos el Estatuto de Roma de la Corte Penal Internacional (CPI),
- Vista la petición de pronunciamiento realizada por el presidente de Uganda a la Corte Penal Internacional sobre la situación relativa al Ejército de Resistencia del Señor (LRA),
- Vista la orden de detención de Joseph Kony dictada por la Corte Penal Internacional,
- Vista la decisión del Consejo sobre investigación y enjuiciamiento de delitos de genocidio, crímenes contra la humanidad y crímenes de guerra,
- Visto el informe del secretario general de las Naciones Unidas para el Consejo de Seguridad de las Naciones Unidas sobre los niños en el conflicto armado en Uganda,
- Vistas las directrices sobre derechos humanos de la UE relativas a los niños y los conflictos armados,
- Vistas sus anteriores resoluciones sobre Sudán y la Corte Penal Internacional (CPI) sobre las violaciones de los derechos humanos y sobre el secuestro de niños por parte del Ejército de Resistencia del Señor,

A. Considerando que, en septiembre de 2005, la CPI dictó una orden de detención contra Joseph Kony, presidente y comandante en jefe del LRA, contra el que pesan 33 acusaciones por crímenes contra la humanidad y crímenes de guerra, y que también se dictaron sendas órdenes de detención contra otros máximos comandantes del LRA,

B. Considerando que los 33 cargos que pesan contra Joseph Kony incluyen 12 cargos por crímenes de guerra y crímenes contra la humanidad, incluidos el asesinato, la violación, la esclavitud, la esclavitud sexual, actos inhumanos consistentes en infligir lesiones corporales graves y sufrimiento, y 21 cargos por crímenes de guerra, incluidos el asesinato, el trato cruel de civiles, la dirección intencional de un ataque contra una población civil, el pillaje, la inducción a la violación y el alistamiento forzoso de niños,

C. Considerando que el LRA lleva luchando en la región desde 1986, supuestamente contra el gobierno de Uganda,

D. Considerando que una rebelión armada arrasa el norte de Uganda desde 1986, en la actualidad en nombre del LRA,

E. Considerando que en agosto de 2006 el gobierno de Uganda y el LRA firmaron un acuerdo de cese de las hostilidades,

F. Considerando que en el momento álgido de la violencia en el norte de Uganda, en 2005, alrededor de 1,6 millones de personas huyeron de sus hogares para vivir en campos de desplazados en el interior del país y que decenas de miles de niños se veían obligados a dormir todas las noches en centros urbanos en busca de protección,

G. Profundamente preocupado por las desastrosas consecuencias de este conflicto, que ha dado lugar al secuestro de más de 20.000 niños y ha ocasionado un sufrimiento humano inmenso, en particular entre la población civil, así como flagrantes violaciones de los derechos humanos, el desplazamiento masivo de poblaciones y una ruptura de las estructuras sociales y económicas; considerando que el secuestro de niños y su uso como esclavos sexuales o combatientes es un crimen de guerra y un crimen contra la humanidad,

H. Considerando que, en julio de 2008, el LRA atacó al Ejército de Liberación del Pueblo Sudanés en Nabanga y provocó la muerte de 22 de sus soldados,

I. Considerando que Joseph Kony se ha negado reiteradamente a firmar el acuerdo de paz presentado por el ex presidente de Mozambique Joaquim Chissano,

J. Considerando que, debido a la incapacidad de los Estados partes para detener a Kony y a los otros comandantes del LRA, el Ejército de Resistencia del Señor está ampliando actualmente sus fuerzas valiéndose de secuestros,

K. Considerando que, en septiembre de 2008 secuestró a 90 colegiales congoleños en las ciudades de Kiliwa y Duru, en la República Democrática del Congo, y atacó muchas otras localidades,

L. Considerando que la jurisdicción de la CPI cubre los crímenes más graves que afectan a la comunidad internacional y, en particular, el genocidio, los crímenes contra la humanidad y los crímenes de guerra,

1. Pide al gobierno de Uganda y de los países vecinos que cooperen plenamente con la CPI en sus investigaciones y enjuiciamientos; solicita, en particular, cooperación para la detención y la entrega sin demora de Joseph Kony y las otras personas inculpadas por la Corte.

—Admito que me tropecé un par de veces con Joseph Kony y su gente hará unos diez años... —admitió Román Balanegra devolviendo el documento. Y, tras observar detenidamente a sus visitantes, añadió—: Pero no sé a qué viene esto; hace mucho tiempo que saldé mis cuentas con la justicia.

—De eso no existe la menor duda... —se apresuró a replicar Songo Goumba alzando la mano como si estuviera pretendiendo regresar a la vieja época en que aún no era más que un simple guardia de tráfico—. Salvo por aquel pequeño problema con el marfil que por fortuna ha quedado olvidado, siempre le hemos considerado un ciudadano ejemplar.

—¿Entonces...? ¿A qué viene esto?

El africano se encogió de hombros indicando con un gesto a su acompañante, un pelirrojo de cabellos muy ralos y descuidada barba que no apartaba ni un momento la vista del informe del Parlamento Europeo que le había sido devuelto:

—La misión que me ha encomendado personalmente el presidente es acompañar al caballero aquí presente hasta su casa y aprovechar la ocasión para garantizarle que nuestro gobierno respalda la propuesta que le quiere hacer, pese a lo cual se mantendrá al margen y negará cualquier tipo de implicación en el tema. —Su tono de voz era el servicial y untuoso de los funcionarios de segunda fila de la República—. Y dicho esto considero que mi trabajo ha terminado. ¡Que tengan un buen y fructuoso día!

Se puso en pie, estrechó la mano de sus dos acompañantes al tiempo que aventuraba una especie de ceremoniosa inclinación «a la japonesa» y abandonó la estancia como si acabaran de avisarle que se le estaba quemando la casa.

«El caballero aquí presente» y Román Balanegra se observaron en silencio unos instantes, como si estuvieran calibrándose mutuamente, y tras lanzar un largo resoplido, el primero inquirió evidenciando que lo que pretendía era romper el hielo.

—¿Realmente se apellida usted Balanegra?

—Así figura en mi documentación.

—Pero no parece un apellido auténtico.

—Siempre es más auténtico un apellido inscrito en el registro central que otro que no figure en ninguna parte, sobre todo teniendo en cuenta que la inmensa mayoría de los nacidos en la República Centroafricana no disponemos de partida de bautismo o nacimiento.

—No sé por qué me había hecho a la idea de que usted no había nacido aquí.

—Pues que yo recuerde, sí... —fue la respuesta teñida de un leve barniz humorístico—. Justo en esta misma casa; y no soy el único blanco nacido en Mobayé, el único que no fue registrado al nacer, ni el único que no fue bautizado.

—¡Entiendo...! ¿O sea que como no le registraron al nacer, cuando consideró que había llegado el momento de inscribirse eligió un apellido a su gusto?

—Más o menos...

—¿Y por qué eligió exactamente ése?

—Porque mi abuelo, que era de ascendencia polaca, tenía un apellido casi impronunciable. Korzenoski, que para más inri en dialecto local significa algo parecido a «El Comecoños». Eso hizo que casi desde el principio optaran por llamarle El Hombre de la Bala Negra, y debido a ello mi padre se convirtió, por tanto, en El hijo del Hombre de la Bala Negra. Años más tarde, cuando aquel loco de Jean-Bédel Bokassa se autoproclamó «Emperador del Nuevo y Glorioso Imperio Centroafricano», dictando una serie de disparatadas leyes por las que me arriesgaba a que me expulsaran de mi propio país por tener un apellido extranjero y ofensivo, decidí inscribirme con el que recordaba a todos que mis raíces se encontraban afincadas en este país desde hacía ya casi un siglo.

—Balanegra... —exclamó el pelirrojo al que sin duda la peculiar palabra le atraía—. Muy apropiado para el mejor cazador del continente.

—Nunca pretendí que se me considerara el mejor cazador del continente... —fue la rápida respuesta en un tono que mostraba síntomas de impaciencia—. Mi padre lo era, yo no.

—Pero es lo que aseguran cuantos le conocen... —señaló su interlocutor al tiempo que extraía del bolsillo de la impecable chaqueta blanca un pañuelo y se secaba el sudor de la frente a base de ligeros golpecitos—. Me han asegurado que es la persona viva que más elefantes ha abatido.

—Es posible... —admitió el dueño de la casa al que se advertía cada vez más incómodo—. Nunca los he contado porque se trata de un trabajo y he procurado hacerlo lo mejor que sabía... —Carraspeó levemente al añadir—: Pero antes de seguir adelante me gustaría saber con quién estoy hablando y qué tengo que ver con un mandamiento del Parlamento Europeo referente a la captura de ese hijo de mala madre de Joseph Kony.

El otro dobló con exquisito cuidado el pañuelo, lo introdujo de nuevo en el bolsillo de la chaqueta y evidenciando que lo que tenía que decir le inquietaba musitó en voz muy baja:

—Como me han elegido con el fin de transmitir noticias muy reservadas, así como para concertar ciertos acuerdos ciertamente «delicados», y visto que en este país se puede elegir libremente el nombre, podría llamarme Hermes.

—¿Como el dios griego?

—¡Exacto!

—Pues por lo que a mí respecta no veo el menor problema en llamarle Hermes, Júpiter, Apolo o como mejor le plazca, pero sí con respecto a qué demonios pinto yo en todo este asunto.

—Lo entenderá si le aclaro que el tiempo y los acontecimientos han demostrado que no existe forma humana de llevar ante la justicia a Joseph Kony.

—¡Pues vaya un descubrimiento...! —no pudo por menos que exclamar en tono despectivo su acompañante—. Esa sucia comadreja se limpia el culo con todos los «considerando que consideren» una partida de encorbatados mentecatos que jamás han puesto el pie en África. Si las «autoridades» de la Unión Europea ni siquiera han sido capaces de detener a la mayoría de los criminales serbios o croatas que tienen en su propia casa, ¿cómo coño pretenden atrapar a alguien que ha nacido y se ha criado en una de las selvas más desconocidas, despobladas, peligrosas e intrincadas del planeta? ¡Menuda bobada!

—¡Estoy de acuerdo! —admitió el que se hacía llamar Hermes—. Y el hecho de que recientemente haya hecho asesinar a seiscientas personas en el Congo, secuestrando a ciento sesenta niños, nos ha llevado a la conclusión de que la ley, tal como solemos entenderla en el mundo civilizado, no vale de nada frente a ese salvaje.

—¡Pues sí que han tardado en averiguarlo! Kony es, en efecto, el fundador del Ejército de Resistencia del Señor, pero los nativos suelen llamarle La Comadreja o Saitán, porque en realidad le consideran el demonio fundador de las Legiones de Resistencia del Infierno. Hay quien afirma que le encanta comerse a los niños albinos y a los pigmeos, aunque eso es algo de lo que no tengo constancia; pero de lo que estoy convencido es de que nadie ha asesinado, violado y mutilado a tantos inocentes con sus propias manos como ese hijo de perra.

—Lo que le convertiría en el mayor criminal de la historia de la humanidad.

—Supongo que para alcanzar tal «honor» tendría que competir duramente con un gran número de candidatos, pero lo que cabe aceptar es que, junto a algunos políticos israelíes y norteamericanos es de los pocos que aún continúan con vida. ¡Y libres!

—¡Cierto! —reconoció el otro, que había vuelto a su parsimoniosa tarea de secarse el sudor—. Y por eso hemos tomado la decisión de que acabe «encerrado o enterrado», porque no debemos consentir que continúe masacrando inocentes; a las bestias hay que tratarlas como a bestias.

—¿Y cómo piensan conseguir «encerrarle o enterrarle»?

—Con diez millones de euros —fue la seca pero firme respuesta—. Es el precio que hemos puesto a su cabeza. Y a ello se añade un millón más por la de cada uno de sus lugartenientes.

Ahora sí que Román Korzenoski, en realidad y según

su pasaporte, Román Balanegra, no pudo evitar lanzar un silbido de admiración, y a continuación se puso casi calmosamente en pie con el fin de ir a apoyarse en la baranda del porche y recrearse con la belleza de un paisaje que venía contemplando desde el día en que abrió los ojos por primera vez.

Tras saltar levantando nubes de espuma en una pequeña catarata, el caudaloso y fangoso río Ubangui cruzaba mansamente a sus pies, surcado por media docena de piraguas indígenas y pequeñas embarcaciones a motor que transportan a plena luz del día toda clase de mercancías de contrabando desde o hacia la orilla congoleña que se divisaba con absoluta nitidez desde que había desaparecido la neblina de las primeras horas de la mañana.

Al poco, y sin volverse, inquirió:

—¿Cuándo harán público el comunicado?

—Nunca.

—¿Y eso?

—Porque nos vemos obligados a aceptar que resultaría ilegal, inmoral y, sobre todo, estúpido —fue la rápida respuesta de Hermes, que había acudido a colocarse a su lado y contemplar de igual modo el paisaje—. Corremos el riesgo de que al convencerse de que no le queda esperanza alguna de salvación se lance a un baño de sangre aún mayor, como dicen que suelen hacer las fieras acosadas. Y tampoco queremos que estas selvas se conviertan en un coto de caza al que acudan cientos de locos ansiosos por cobrar una multimillonaria recompensa.

—Pues tendrán que ingeniárselas a la hora de mantener esa historia en secreto, porque Kony tiene socios y espías en todas partes; por lo que tengo oído las cifras que se mueven en torno a su maldito ejército son multimillonarias.

—Se está intentando determinar quiénes le apoyan y abastecen desde el exterior, pero no resulta fácil.

—Lo supongo, y si es cierto eso de que Kony y su gente cruzaron el río hace dos meses y se ocultan en algún punto de las selvas del Alto Kotto, que, además de ser el pantanal más impenetrable que existe, hace frontera con Sudán, nunca lo detendrán —puntualizó el dueño de la casa—. He pasado la mayor parte de mi vida persiguiendo elefantes por esa zona, por lo que me atrevo a asegurarle que ningún extraño conseguiría sobrevivir en ella ni una semana. Para que se haga una idea tal vez le baste con saber que tiene una densidad de menos de un habitante por kilómetro cuadrado, es decir, que prácticamente allí no vive nadie. —Hizo una corta pausa antes de sentenciar—: Sobre todo teniendo que enfrentarse a los asesinos de Kony.

—Lo sabemos. Y también sabemos que ni el ejército de este país, ni el de Uganda, la República del Congo e incluso todas las fuerzas de las Naciones Unidas juntas, conseguirían atraparle, tal como no lo han conseguido en todos estos años. Debido a esa certeza no nos hemos planteado continuar intentando derrotarle, acosarle u obligarle a rendirse; hemos llegado a la conclusión de que la mejor solución es pegarle un tiro y punto.

—Suena lógico, tajante, brutal, poco ético y francamente ilegal.

—Sin duda, pero se acabaron los tiempos de las contemplaciones y la paciencia; Joseph Kony es una alimaña, y a las alimañas hay que exterminarlas.

Román Balanegra asintió meditabundo como si estuviera de acuerdo con lo que el otro acababa de decir, y en realidad lo estaba.

Al poco quiso saber:

—¿Es por eso por lo que ha venido a verme?

—¡Naturalmente! Nuestros informantes aseguran que ha cazado cientos de elefantes en el Alto Kotto que desde muchacho empezó a acompañar a su padre en las batidas. Y de igual modo aseguran que es capaz de volarle la cabeza a un búho a quinientos metros de distancia.

—Es que los búhos se suelen quedar muy quietos; y además... de eso hace mucho tiempo.

—Hay cosas que nunca se olvidan. Y de lo que se trata es de abatir a una pieza que le reportaría diez millones de euros.

—De acuerdo.

Su visitante no pudo evitar un gesto de sorpresa al inquirir:

—¿De acuerdo?

—¡Eso he dicho!

—¿Así sin más? Se juega la vida.

—Siempre ha sido mi oficio... —fue la respuesta carente de cualquier rasgo de presunción—. En esos pantanales una manada de elefantes liderada por un viejo macho puede llegar a ser más peligrosa que todos los hombres de esa comadreja juntos, y nadie me ofreció nunca ni la milésima parte de esa cifra por acabar con ellos.

—Esperaba que mostrara una cierta reticencia.

—¿Por qué razón? —se sorprendió su interlocutor—. ¿Por hacerme el interesante? ¡Qué estupidez! Siempre he considerado esa región casi como el patio trasero de mi casa, y me jode que una cuadrilla de asesinos y violadores de niños se haya instalado en ella. Si quiere que le sea sincero, habría aceptado por la décima parte, pero ya que ofrecen tanto dinero no pienso rechazarlo.

—No he venido hasta aquí para regatear.

—Me alegra oírlo, porque lo único que necesito es un

adelanto con el fin de organizarlo todo de tal modo que pueda hacer mi trabajo y salir de allí con vida. El acuerdo es muy simple: si les traigo la cabeza de Joseph Kony me pagan; si fracaso pierden el adelanto.

El rubio del cabello ralo asintió de inmediato.

—Me parece justo. ¿Cuándo piensa partir?

—Dentro de tres o cuatro días, si el gobierno de Bangui colabora.

—Colaborará. Dispongo de dinero suficiente como para convencer a los reticentes y sé muy bien a qué manos debe ir a parar.

—Ésa es su misión, pero le repito: tenga mucho cuidado porque «los socios» de Kony son muy poderosos, tanto aquí como en el extranjero.

¿La elección de su nombre resultó premonitoria o se convirtió en lo que acabó siendo debido a su nombre?

Pregunta sin respuesta, pero lo cierto es que si alguna mujer se ganó alguna vez el derecho a llamarse como la más sofisticada, exquisita y exótica de las flores, ésa era sin duda Orquídea Kanac Stuart.

Sus padres se amaron desde el momento en que se conocieron y continuaron amándose hasta la muerte, por lo que fue concebida con auténtica pasión, su gestación fue cuidada y placentera, nació sin esfuerzo y desde el primer momento se sintió inmersa en una especie de acogedor y lujoso invernadero concebido con el exclusivo propósito de convertirla en la criatura más feliz que hubiera abierto los ojos sobre la faz de la tierra.

Y cuando esos ojos comenzaron a distinguir con claridad cuanto le rodeaba, se enfrenaron a millones de formas y colores debido a que el inmenso jardín de la mansión de los Kanac tenía justa fama de ser el más hermoso, perfumado y variado de la capital mundial de las flores.

A causa de una feliz peculiaridad climática que permitía recibir la cálida brisa del Mediterráneo y el fresco viento de los Alpes Marítimos a una tierra de extraordinaria fertilidad y abundancia de aguas muy puras, la región de Grasse, en la Provenza francesa, estaba considerada desde hacía más de mil años como el lugar más placentero a los sentidos que pudiera encontrarse en Europa.

Color, olor y silencio, eso era Grasse.

En una palabra, armonía.

No resultaba extraño, por tanto, que, pese a que empezaba a ser considerada una excelente pianista de prometedor futuro, cuando Andrea Stuart abrigó la seguridad de que durante sus apasionadas noches de amor entre las flores de una acogedora villa de las afueras del pueblo se había quedado embarazada, aceptó de inmediato la propuesta de olvidarse para siempre de las giras y los conciertos con el fin de disfrutar de una eterna luna de miel allí donde la miel tenía la obligación de ser más dulce.

Y es que a Jules Kanac le daba igual dirigir sus negocios desde Suiza que desde Francia, puesto que lo único que necesitaba eran teléfonos o aviones, y el aeropuerto de Niza se encontraba a quince minutos de la puerta de su nueva casa.

Esa nueva casa era en realidad un macizo palacio de finales de mil setecientos, que respondía al acertado nombre de L'Armonia, rodeado de bosques, jardines y viñedos, y que adquirió a base de ir apilando fajos de billetes de quinientos francos sobre la mesa de un renuente propietario que se resistía a abandonar un lugar en el que habían nacido y se habían criado un gran número de sus antepasados.

Incluso los recuerdos suelen tener un precio.

Y resulta curioso que sean los olores lo que con mayor rapidez despierten las memorias más perezosas.

Cuando la brisa llegaba del mar la mansión se veía invadida por el aroma de los jazmines del lado sur, cuando el viento soplaba de las montañas predominaba el perfume de las rosas, y en cuanto oscurecía se adueñaba del porche la densa y pesada esencia de los galanes de noche.

Un imaginativo y respetuoso arquitecto dotó al viejo palacio de los modernos adelantos que estaba necesitando sin que nadie fuera capaz de asegurar que se hubiera movido de lugar una sola piedra, mientras la mejor empresa de seguridad lo convertía en un inexpugnable bastión, porque Jules Kanac necesitaba saber que durante sus múltiples viajes las mujeres a las que adoraba no corrían peligro.

Los muy ricos suelen tener muy peligrosos enemigos.

Miedo y dinero acostumbran ir de la mano.

Debido a ello, desde que tuvo uso de razón, Orquídea Kanac se acostumbró a la idea de que su sombra fuera la de un hosco y silencioso gigantón que respondía al nombre de Slim, que dormía en la estancia contigua, la acompañaba cada mañana a la escuela y se pasaba las horas de clase sentado a una mesa de la ventana del café que se encontraba al otro lado de la plaza sin mover un músculo ni beber más que agua.

Nunca fue capaz de imaginar qué era lo que pasaba por su mente, si es que pasaba algo.

Tal vez por influencia de su «sombra», o tal vez porque ése era su auténtico carácter, la niña tampoco se mostraba derrochadora en palabras, excepto cuando se encontraba en presencia de sus padres.

Prefería dedicar su tiempo a estudiar porque cabría imaginar que su único afán era saberlo todo.

Había heredado de su madre una notable sensibilidad para la música, y de su padre una inteligencia natural, lo que hacía que se la pudiera considerar poco menos que una superdotada.

A los quince años se había convertido en una atractiva adolescente de figura espigada, ojos de color uva y cabellera cobriza, obsesionada con la idea de que hasta el último detalle fuera exquisito, equilibrado y minuciosamente perfecto en un mundo que se diría limitado a los muros de L'Armonia o las recoletas plazas y las empinadas calles del pueblo.

Aborrecía bajar a Niza e incluso a la aún más cercana Cannes argumentando que el humo de los coches le irritaba los ojos al tiempo que la «hediondez» que emanaba de los restaurantes le embotaba el olfato.

Su conocimiento del mundo exterior se limitaba, por tanto, a cuanto veía a través de la televisión, ya que según ella le permitía visitar hasta el último rincón del planeta incluyendo el interior de los museos sin tener que sufrir incomodidades ni insoportables pestilencias, y de igual modo se relacionaba con miles de internautas a los que en cuanto le aburrían hacía desaparecer con el simple gesto de apretar una tecla.

Para Orquídea Kanac no existía placer comparable al de sentarse tras el ordenador a la caída de la tarde, abrir el balcón de par en par con el fin de que la envolviesen los perfumes de millones de flores y conectarse con alguien que se encontraba en cualquier país muy lejano mientras observaba cómo el sol se ocultaba en el horizonte lanzando a la postre un destello verdoso.

Una hora más tarde se daba una ducha, se acicalaba como si fuera a una fiesta y bajaba a cenar con sus padres, porque aquellas cenas y las posteriores sobremesas en el porche en verano o frente a la chimenea en invierno constituían una amada costumbre familiar durante la que se comentaban las noticias del día o se discutía, con educación y sin acritud, sobre lo divino y lo humano.

El cocinero, natural del pueblo mallorquín de Andraitx, en el que habían nacido algunos de los mejores chefs europeos y hacía honor a tan honrosa y apetitosa tradición, les preparaba cada noche un delicioso menú siempre diferente, con lo cual cabría asegurar que aquél constituía el reino de los cinco sentidos en la más selecta y mesurada de sus acepciones.

Sobre las once la dueña de la casa les deleitaba al piano demostrando que conservaba intacta la fabulosa habilidad que le había hecho famosa, y antes de la medianoche todos dormían porque el amanecer sobre Grasse, con los rayos de sol hiriendo la torre de la catedral de Notre Dame del Puy, constituía un espectáculo de luz, color y sutiles aromas que nadie deseaba perderse.

El día que Jules Kanac decidió que había llegado la hora de que su hija conociera algo del mundo exterior, empezando por París, la muchacha aceptó de mala gana con la condición de no hacer el viaje en avión, convencida de que no soportaría permanecer encerrada durante una hora en un lugar tan estrecho.

Partieron, por tanto, en dos enormes automóviles, uno conducido por Slim y el otro, por un segundo guardaespaldas, pero cuando aún no habían llegado ni tan siquiera a Marsella, Orquídea comenzó a dar evidentes muestras de ansiedad hasta el punto de que a los pocos minutos se vieron obligados a detenerse en un área de descanso con el fin de que pudiera vomitar.

Al salir del baño se la advertía pálida, desencajada y como ausente.

Aspiró como un perro perdiguero, observó los humeantes camiones y las rugientes motocicletas que parecían volar por la autopista con el fin de perderse rápidamente de vista en la distancia y se tambaleó hasta el punto de tener que buscar apoyo en el brazo de su padre.

—Ése debe de ser el camino del infierno... —murmuró con amargura.

Regresaron a L'Armonia y durante dos días se sintió incapaz de abandonar la cama, aquejada de una insoportable jaqueca.

A la semana siguiente, y aprovechando que su marido se encontraba en uno de sus frecuentes viajes de negocios, Andrea Stuart le hizo notar a su hija que comenzaba a ser tiempo de enfrentarse al hecho de que existía una vida más allá de los límites del horizonte que se divisaba desde el balcón de su dormitorio.

—Lo sé, pero no me interesa... —fue la suave respuesta carente de cualquier rastro de acritud—. No soporto la velocidad, la fetidez, el estruendo y mucho menos la agresividad que emana de unos conductores que parecen crispados como si les fuera la vida en el hecho de adelantar o ser adelantados. ¿Por qué les importa tanto llegar unos minutos antes a un lugar que siempre ha estado allí y allí seguirá estando? No lo entiendo; en Grasse el tiempo tiene su justa medida.

—Pero no todo el mundo tiene la suerte de vivir aquí, querida, y en la sociedad del siglo veintiuno la gente suele tener mucha prisa.

—Pues en ese caso, madre, si me habéis proporcionado la inmensa suerte de vivir aquí, ¿qué necesidad tengo de desafiar a la fortuna? Nada de lo que me pueda ofrecer ninguna gran ciudad puede compararse al hecho de sentarme a leer a la sombra de un manzano tras haber nadado un rato en la piscina, y no cambio el placer que me produce escuchar cómo tocas el piano por el mejor espectáculo del Moulin Rouge aunque supiera que iba a tropezarme con el mismísimo Toulouse Lautrec pintando a las bailarinas de cancán.

—¿Cómo puedes saber que algo no te gusta sin haberlo conocido?

—Del mismo modo que sé que no me gustaría que mi caballo me coceara; eso de que las experiencias son buenas lo inventó alguien que había tenido muy malas experiencias.

Andrea Stuart observó a su hija con aquella extraña expresión mezcla de sorpresa y perplejidad que solía acudir a su rostro la mayor parte de las veces que mantenían una conversación: la había traído al mundo, apenas se había apartado de su lado salvo en las contadas ocasiones en que acompañó a su esposo en sus viajes más cortos, se pasaba el tiempo pendiente de cuanto pudiera pensar o sentir, pero demasiado a menudo no conseguía entenderla.

En cierta ocasión incluso tuvo la tentación de consultar con un especialista sobre la posibilidad de que padeciese la extraña enfermedad mental que había leído que aquejaba a ciertas personas impulsándolas a permanecer encerradas por miedo a los espacios abiertos, pero desechó la idea frente a la evidencia de que su hija pasaba más tiempo paseando a caballo o leyendo entre los manzanos que en el interior de la casa.

—No todas las experiencias son malas —argumentó al fin.

—Pero estarás de acuerdo conmigo en que de momento no las necesito —fue la tranquila respuesta—. Tan sólo los tontos se aventuran a cambiar lo que es perfecto, y de momento mi vida es perfecta. El día de mañana, Dios dirá.

Resultaba difícil razonar con una criatura que tenía las ideas tan claras, por lo que la buena mujer optó por dar por concluida la conversación, lo cual no evitó que días más tarde le expusiera a su marido cuánto le preocupaba.

—¿Qué será de ella cuando ya no estemos? —quiso saber.

—Confío en que aún falte mucho y entonces quizás haya cambiado de opinión —señaló Jules Kanac sin darle gran importancia al hecho—. Sobre todo si conoce a un chico que la obligue a comprender que la vida es algo más que leer o conectarse con la gente a través de un ordenador.

—Me preocupa.

—La primera obligación de los hijos es hacer que sus padres se preocupen.

—No le veo la gracia a esa respuesta.

—Es que no es graciosa... —puntualizó él—. Es realista. Y de lo que puedes estar segura es de que te preocuparías mucho más si no supiera dónde anda y con quién.

—¿Y si invitaras un fin de semana al hijo de Martinon? Es un muchacho muy guapo y educado.

—Y un pazguato... —fue la inmediata respuesta—. Estoy seguro de que bastará con que Orquídea sospeche que intentamos emparejarla con alguien para que lo mande a paseo de inmediato. Lo primero que hará será preguntarle qué opina sobre las posibilidades de éxito en los experimentos sobre la fusión fría o algo por estilo con el fin de dejarlo frío... o fusionado.

—¿Y René Taillez?

—Es homosexual.

—¿Homosexual...? —se sorprendió ella—. ¿Estás seguro?

—En realidad es más bien «reversible».

—¿Y eso qué significa?

—Que unas veces va de un color y otras de otro.

—¡Nunca lo hubiera imaginado! Estaba convencida de que lo único que le interesaba era el deporte.

—Le interesan más los deportistas, o sea que olvídate de él y de cualquier otro. Cuando llegue el momento Orquídea sabrá elegir al hombre que le conviene. Es más inteligente que tú, que yo y que cualquier persona que conozca, o sea que te repito una vez más que no te preocupes por su futuro.

—¿Y si no me preocupo por mi hija por quién demonios me voy a preocupar? —fue la hasta cierto punto lógica pregunta.

—Por nadie, querida, por nadie —insistió Jules Kanac acariciándole amorosamente la mejilla—. Los que vivimos en un lugar como éste no tenemos derecho a preocuparnos cuando tanta gente tiene tantas auténticas preocupaciones.

No obstante, incluso viviendo en L'Armonia, una madre tenía derecho a preocuparse por su hija, sobre todo al advertir una forma de comportarse que cabría considerar cuando menos excéntrica y no presentaba visos de cambiar a medio plazo.

Orquídea Kanac Stuart lo leía todo, lo analizaba todo y lo estudiaba todo llegando al extremo de que podría considerársela una experimentada perfumista, una cocinera que hubiera merecido dos estrellas Michelin y una astuta pirata informática capaz de penetrar en el sistema de seguridad de cualquier banco.

Perfeccionista hasta la exasperación, estaba siempre atenta a que ni una silla, ni un jarrón, ni un cenicero se encontraran fuera de lugar, al extremo de que las noches en que se fundían los plomos era capaz de recorrer la casa a oscuras con el fin de bajar al sótano y cambiarlos sin rozar un solo mueble.

Las tardes de primavera le gustaba sentarse a leer en las terrazas del Jardin du Loup mientras paladeaba sus famosos siropes de menta, y fue allí donde, al poco de haber cumplido dieciocho años, se reencontró con uno de sus condiscípulos de la escuela, Gigi Malatesta, que al parecer había dedicado los últimos años a la ardua tarea de crecer sin descanso.

Superaba con holgura los dos metros, lo que le había convertido en una emergente estrella del baloncesto internacional, y en cuanto la vio se apresuró a contarle que se encontraba pasando una temporada en el pueblo con su madre mientras se reponía de una dolorosa lesión en el tobillo.

Hijo de un poderoso empresario de la construcción italiano, Gigi siempre había dividido su vida entre Grasse y Milán, dado que sus padres se odiaban a muerte, hecho este que nunca pareció afectarle anímicamente puesto que desde que medía la cuarta parte de su actual estatura estaba considerado como el «trasto» más alborotador y desvergonzado del colegio.

Continuaba siendo un muchacho alocado y parlanchín que de inmediato comenzó a contar chistes al tiempo que recordaba divertidas anécdotas sobre los viejos tiempos, por lo que quedaron en reunirse allí mismo a la tarde siguiente visto que apenas podía andar, por lo que tenía que depender de que su madre le trajera y llevara.

La escena volvió a repetirse por tercera vez y todo fue muy agradable hasta el momento en que al desaliñado Gigi se le ocurrió la nefasta idea de quitarse las zapatillas de deporte con el fin de levantar la pierna, colocarse el maltratado tobillo sobre el muslo y comenzar a masajeárselo con el evidente propósito de aliviar sus molestias.

De inmediato Orquídea Kanac arrugó la nariz y experimentó la misma sensación de invencible ansiedad que le asaltó en la autopista, por lo que se alzó de un salto, tartamudeó a duras penas que había olvidado que su padre llegaba esa misma tarde y se perdió de vista como alma que lleva el diablo.

Meses más tarde el pobre muchacho comentó a sus amigos con un loable sentido del humor que había perdido una de las mejores ocasiones de su vida, no por haber sido un Malatesta, sino por haber sido un «Malapata».

—Todo el mundo huele... —puntualizó Andrea Stuart cuando su hija le explicó la razón por la que había dejado de acudir por las tardes al Jardin du Loup.

—Una cosa es oler y otra apestar.

—Tus caballos apestan.

—¡No! No apestan... —fue la segura respuesta—. Huelen a lo que tienen que oler y me acostumbré a ello desde niña; a lo que no estoy acostumbrada es al hedor de unos calcetines mugrientos.

—Sugiérele a Gigi que se los cambie más a menudo.

—Cuando una persona es puerca no basta con cambiarle los calcetines —sentenció la muchacha en un tono que no admitía discusión—. Es preferible cambiar de persona.

Y esa persona hizo su aparición dos meses más tarde en la atractiva figura de Yuri Antanov, quien, pese a no haber cumplido aún los treinta años, era ya famoso por el singular apodo de la Nariz Cosaca, lo cual no hacía referencia en absoluto al tamaño de su apéndice nasal, sino al hecho de que estaba considerado como el hombre de olfato más fino del siglo veintiuno.

Hacía ya mucho tiempo que se había convertido en el *alma máter* de la empresa líder de la cosmética francesa, hasta el punto que se aseguraba que era el único que tal vez algún día conseguiría diseñar un perfume que desbancara al mítico Chanel n.º 5, y había llegado a Grasse a principios de mayo, mes perfecto a la hora de encontrar inspiración para una nueva esencia en el lugar que habían inspirado por tradición a los míticos genios de la profesión.

Y lo más sorprendente de su visita fue que a las pocas horas de instalarse en Grasse telefoneó a L'Armonia solicitando que Orquídea Kanac Stuart tuviera la amabilidad de recibirle.

—Me han asegurado que eres quien mejor conoce cada rincón de esta región... —dijo yendo directamente al grano en cuanto hubo saludado a los dueños de la casa—. Y que por lo visto entiendes mucho de esencias. Necesito tu ayuda.

—No soy más que una simple aficionada... —se apresuró a responder la muchacha pese a que se sentía sinceramente halagada por el hecho de que alguien de tan bien ganada reputación hubiera pensado en ella—. Pero lo que sí es cierto es que creo conocer la zona como pocos; nunca me he movido de aquí.

—¿Nunca?

—En alguna ocasión he bajado a la costa, pero con tanto ruido y tanta gente me siento incómoda.

—Raro en una muchacha.

—No, si la muchacha es rara.

—¿Te consideras rara?

—Eso es lo que dicen en el pueblo... —replicó ella con naturalidad—. Y de tanto oírlo acabas por creértelo, aunque a mi modo de ver más raro es quien, pudiendo disfrutar en paz de cuanto le rodea, busca otra cosa. ¿Por dónde quieres empezar?

—Por donde pueda encontrar aromas naturales y diferentes.

—Aquí todos son naturales; y todos diferentes. Pero

creo que sé lo que buscas. Regresa cuando falte una hora para el amanecer y te enseñaré alguno de mis rincones predilectos.

A la hora convenida, noche cerrada aún, iniciaron la marcha, ella delante alumbrando el camino con una potente linterna y él unos pasos detrás, y resultaba curioso y gratificante descubrir cómo la Nariz Cosaca hacía honor a su fama ya que incluso entre tinieblas era capaz de adivinar si se cruzaban con manzanos, naranjos o melocotoneros, o si se encontraban cerca de un parterre de rosas, nardos o jazmines.

Minutos antes de que el sol anunciara su presencia en el horizonte, cuando una ligera neblina cubría el paisaje volviéndolo casi fantasmagórico y la primera brisa anunciaba a las flores que llegaba el momento de despertarse y permitir que el agua del rocío se diluyera sobre sus pétalos lanzando al aire sus mejores esencias con el fin de atraer al mayor número posible de insectos, estallaba sobre los campos una prodigiosa sinfonía de olores que parecía tener la virtud de embriagar a un hombre de las especiales características de Yuri Antanov.

—¡Esto es el paraíso! —exclamó en el momento en que el primer rayo de luz avanzó muy despacio destapando a su paso un millar de tonalidades de colores muy suaves desde la inmensidad del mar a las lejanas montañas.

—Y estúpido quien lo abandona por una ciudad —puntualizó ella—. ¿Empiezas a entenderme?

—Acabo de entenderte.

Se sumergieron en un océano de esencias sin otra compañía que el canto de las alondras, al que se sumó poco a poco el de infinidad de aves matutinas y la acuciante llamada de un gallo, sin una voz discordante o el traqueteo de un motor intruso, de tal modo que tan sólo el lejano repicar de una campana les permitió recordar que existían otros seres humanos.

Sentados sobre un muro de piedra aspiraron con ansia conscientes de que estaban disfrutando de una especie de largo orgasmo de los sentidos que muy pronto comenzaría a descender de intensidad.

Una hora más tarde desayunaron, tal como Orquídea tenía por costumbre, café muy fuerte y pan recién horneado con mermelada de jazmín y rosas en un acogedor local de la pintoresca calle Jean Ossola, momento que la muchacha aprovechó para satisfacer la curiosidad que sentía sobre si su acompañante realmente era cosaco.

—De pura raza.

—¿Y eres bueno sobre el caballo?

—Lo soy mejor sobre los trescientos de un Ferrari —fue la sincera respuesta—. Debo admitir que la única vez que me decidí a subirme a uno apenas duré tres minutos sobre la silla. ¿Decepcionada?

—Mucho. Tenía entendido que los cosacos son unos jinetes legendarios, osados guerreros amantes de la libertad que siempre están luchando y galopando sin más leyes que la que ellos mismos se imponen.

—Los tiempos cambian... —le hizo notar el perfumista con un esbozo de amarga sonrisa—. Durante la revolución rusa, esos míticos jinetes de que hablas se enfrentaron abiertamente a los bolcheviques, por lo que cuando éstos triunfaron ejecutaron a miles de ellos y los demás se vieron obligados a emigrar. Al acabar la Segunda Guerra Mundial, Stalin, que aún los odiaba, pidió a los ingleses que le enviara a cuantos quedaban en Europa pese a que casi ninguno había sobrevivido a la Gran Guerra. Cincuenta mil cosacos provenientes de Serbia, Italia, Holanda, Alemania o Francia fueron concentrados en Austria con el fin de enviarlos de inmediato a la zona alemana controlada por Rusia. La llamaron Operación Keelhaus, y la mayoría fueron fusilados en la masacre más salvaje que ha tenido nunca lugar en tiempos de paz. Como entre ellos se encontraban tres de mis abuelos, cuando consiga un perfume en verdad diferente lo llamaré Keelhaus-3 en su memoria.

—Te ayudaré a encontrarlo.

—Empiezo a creer que si alguien puede hacerlo eres tú. Te espero mañana a la misma hora.

—Allí estaré.

Allí estuvo, en efecto, y en esta ocasión la muchacha le condujo en otra dirección, como si se tratara de la guía de un museo ansiosa por mostrar al visitante cada cuadro o cada estatua, con la diferencia de que en esta ocasión se trataba de un inmenso jardín en el que las obras de arte aparecían dotadas de vida propia.

El amanecer les sorprendió en un punto muy concreto en el que se concentraban la mayor parte de las variantes existentes de La Flor, ya que para los habitantes de Grasse el jazmín siempre había sido y seguiría siendo La Flor entre las flores.

Durante casi media hora Yuri Antanov no hizo otra cosa que aspirar moviendo apenas la cabeza de un lado a otro como si rebuscara en aquel caudaloso río de maravillosos efluvios una pepita de oro entre los guijarros, aquella que con el tiempo convertiría un simple frasco de esencias en una auténtica joya.

Cuando a la tarde siguiente el pelirrojo Hermes regresó a casa de Román Balanegra, se lo encontró inclinado sobre un resobado mapa del este del país repleto de marcas y tachaduras, teniendo a su lado a un espigado y fibroso nativo cuyo rostro evocaba un piano de cola por el color de su piel y la extraordinaria perfección de su inmaculada dentadura.

—Éste es el señor Hermes, el que pretendemos que nos haga ricos, y éste es Gazá Magalé, el mejor pistero del país, y el único que conoce esta región casi tan bien como yo —los presentó—. Hemos cazado juntos durante más de veinte años y vendrá conmigo.

—¿Cuántos más les acompañarán?

El dueño de la casa negó con la cabeza al señalar:

—«Dos son compañía, tres multitud», y aunque en este caso no se trate de una relación amorosa, cualquier extraño resultaría un estorbo.

—Pero se verán obligados a vagar durante días o semanas por esas selvas... —le hizo notar el recién llegado—. ¿Cómo piensan cargar con las tiendas de campaña, las armas y las provisiones?

—¿Tiendas de campaña? —pareció sorprenderse el pistero cuyos dientes semejaban teclas de piano—. ¿Para qué demonios necesitamos tiendas de campaña?

—Para dormir, supongo... —fue la dubitativa respuesta del europeo.

El negro se volvió hacia aquel con quien había recorrido selvas, pantanos y praderas durante media vida con el fin de inquirir en un tono de evidente sorpresa:

—¿Alguna vez has dormido en tienda de campaña en las selvas del levante?

—No, que yo recuerde... —replicó el interrogado, que a continuación sonrió a su huésped como si se viera en la obligación de aclarar sus palabras—: Los elefantes apenas se detienen, ni de día ni de noche, y por lo general tan sólo duermen tres o cuatro horas al día, e incluso a veces lo hacen sin dejar de avanzar —dijo—. Debido a esa maldita costumbre, cuando les sigues la pista en la selva no puedes perder tiempo montando y desmontando tiendas de campaña.

—Pues yo siempre había creído que los campamentos de tiendas de campaña alrededor del fuego constituían la esencia de la vida en África.

—Eso queda para las películas, los safaris de turistas y los millonarios a los que les encanta matar un elefante a cincuenta metros de distancia en la seguridad de la pradera y con un profesional armado de un Holland&Holland 500 cubriéndoles las espaldas. A los «marfileros», que nos vemos obligados a seguir a los elefantes a través de la selva, no nos queda más remedio que dormir en el suelo y cenar frío porque el fuego les alerta. Encontrar a la gente de Kony en el laberinto de jungla y pantanos del poniente será como encontrar a una manada de elefantes y, por lo tanto, únicamente cargaremos lo necesario para cuatro días.

—¿Y cree que en cuatro días conseguirán su objetivo? —se sorprendió el otro.

—¡Ni por asomo! —pareció escandalizarse Román Balanegra—. La zona en la que se supone que se esconde tiene aproximadamente el tamaño de Francia, pero como sabemos que no respeta fronteras su campo de acción es casi tan grande como media Europa, o sea que por contento me daría con localizar a ese hijo de puta antes de un mes... —Alzó las manos con las palmas hacia arriba como si con tan simple gesto lo explicara todo al concluir—: Tan sólo conseguiremos abatirlo si somos capaces de movernos con extraordinaria rapidez y sin ningún tipo de impedimentos.

—¿En ese caso cómo piensan abastecerse durante todo ese tiempo? —inquirió el cada vez más intrigado Hermes.

—¿Acaso pretende aprender nuestros trucos antes de habernos pagado? —fue la divertida respuesta del cazador al tiempo que indicaba con la barbilla el maletín que el pelirrojo había dejado en el suelo—: ¿Ha traído el dinero?

—Y la póliza de seguros... —fue la respuesta del aludido al tiempo que colocaba el maletín sobre la mesa, lo abría y permitía ver que se encontraba repleto de fajos de billetes que aún olían a recién impresos—. Aquí hay medio millón de euros... —especificó—. El resto se encuentra depositado en un banco suizo a la espera de resultados.

Permitió que durante unos instantes los ojos de los dos hombres se alegraran a la vista de tan gratificante espectáculo, y a continuación extrajo del bolsillo de la chaqueta un documento y una pluma al tiempo que añadía:

—Si firma aquí y Joseph Kony muere antes de noventa días, el banco suizo depositará en su cuenta la cantidad que falta ya que usted figura como único beneficiario de esta póliza de seguros.

—¿Y cómo ha conseguido organizar algo que tiene todo el aspecto de ser totalmente irregular, por no decir abiertamente ilegal?

—Como se consigue casi todo en esta vida, querido amigo; con dinero. Si hemos decidido quitar de la circulación a un enemigo público no podemos andarnos con remilgos en torno a la validez o no de una póliza de seguros; les está esperando y punto.

—Un momento... —intervino Gazá Magalé, al que se le advertía bastante confundido por el rumbo que tomaba la conversación—. ¿Qué ocurriría si en el transcurso de esos noventa días Joseph Kony se muere de un infarto, por la picadura de una serpiente o un ataque de hipo...?

—Que habrán demostrado ustedes que además de magníficos cazadores son excelentes hechiceros capaces de eliminar a su enemigo a distancia, por lo que cobrarán su dinero de igual modo; lo único que nos interesa es la cabeza de ese asesino, y si me la traen serán ricos.

—Ricos o muertos... —Román Balanegra seleccionó tres gruesos fajos de billetes y se los entregó a quien le acompañaría en su difícil misión—. Haz el favor de ir a buscar lo que le he encargado a Dimitri —pidió—. Tenemos que estar dispuestos mañana al mediodía.

Gazá Magalé se guardó el dinero, hizo un casi imperceptible ademán de despedida con la mano y desapareció a largas zancadas.

—Es la única persona de este mundo al que le confiaría mi vida... —musitó el dueño de la casa en cuanto hubo abandonado la estancia—. Y creo que si no hubiera aceptado acompañarme me lo habría pensado mejor.

—¿Me respondería a una pregunta con total sinceridad? —Ante el mudo gesto de asentimiento, Hermes añadió—: ¿Qué posibilidades de éxito calcula que tienen?

—¿De matar a Kony, o de regresar con vida? —Como advirtiera un manifiesto desconcierto por parte de quien le hiciera la pregunta, el cazador aclaró—: Tal vez tengamos un cinco por ciento de posibilidades de conseguir volarle la cabeza, pero muchas menos de que no nos la vuelen a nosotros.

—¿Y les compensa el riesgo?

Román Balanegra señaló con el dedo el maletín de billetes recién salidos del banco al inquirir:

—¡Usted mismo! El mundo se precipita hacia una crisis galopante, los ahorros que conseguí pateando selvas durante toda una vida ni siquiera rinden un tres por ciento, la bolsa se precipita al abismo y si te descuidas tu banco quiebra y te quedas sin nada... —Extrajo del mueble de mimbre que se encontraba a sus espaldas una botella de ginebra y dos vasos que llenó con parsimonia mientras mascullaba—: Y hace tiempo que le tengo ganas al tal Saitán; arrancarle los cuernos de un tiro significaría una forma de agradecerle a este continente cuánto de bueno ha hecho durante casi un siglo por tres generaciones de Balanegras.

—A propósito de ese nombre, no he podido dejar de darle vueltas durante toda la noche... —reconoció el pelirrojo mientras paladeaba muy despacio la ginebra que le habían servido—. Me gustaría saber por qué razón llamaban a su abuelo El Hombre de las Balas Negras?

—Porque sus balas eran negras —fue la rápida respuesta que al parecer se caía por su propio peso.

—Eso ya lo imagino. ¿Pero qué significado tiene? ¿Es que son más eficaces o se trata de una superstición de cazador profesional?

—¡Qué bobería! Lo que ocurre es que cuando mi abuelo llegó a África los elefantes se habían convertido en una plaga que arrasaba las plantaciones y devoraban en una sola noche la cosecha de un poblado para todo el año.

—¿Tanto comen?

—Un macho grande se zampa cinco sacos de maíz tierno de una sentada.

—¡Qué barbaridad!

—Y tanto. A principios del mil novecientos nadie sospechaba que los orejudos correrían peligro de extinción, ni se hablaba de la preservación de la fauna salvaje. Tan sólo eran unos incómodos tragaldabas que proporcionaban abundante carne fresca y colmillos que se pagaban muy caros. —Agitó la cabeza y sonrió, en esta ocasión con cierta nostalgia—. Mi abuelo cazó junto el mítico Samaki Salmón, que como jefe de Operaciones del Control de Elefantes de Uganda llegó a abatir cuatro mil por la sencilla razón de que ocupaban el setenta por ciento de la superficie del país y se hacía necesario matar cincuenta al día con el fin de reducir esa enorme superficie invadida.

—¿Pretende hacerme creer que hubo un tiempo en que se masacraban cincuenta elefantes diarios?

—Eso tan sólo en Uganda; en el resto del continente muchísimos más.

—¡Qué monstruosidad!

—¿Por qué lo considera una monstruosidad? —pareció sorprenderse el dueño de la casa—. ¿Acaso no le gustan los animales?

—¡Naturalmente...! —protestó su huésped—. Por eso mismo lo digo.

—¿Pero le gustan los animales en general o sólo los elefantes? —fue la capciosa pregunta que vino a continuación.

—Me gustan la mayoría de los animales, pero en especial los elefantes, a los que considero unas bestias hermosas, altivas, inteligentes y simpáticas.

—*Dumbo* era simpático con sus enormes orejas que le permitían volar... —puntualizó Román Balanegra alzando significativamente el dedo—. Por el contrario, *Ochopatas* era un monstruo con unos colmillos de metro setenta que atacó a treinta y tantas personas, de las que consiguió matar a nueve, a las que ensartó, destrozó contra los árboles y machacó hasta dejarlas irreconocibles. Una vez muertas las cubría con hojas y ramas como suelen hacer los orejudos asesinos. Pusieron precio a su cabeza y tuve que perseguirlo durante cinco meses por las selvas de Camerún y Gabón hasta acabar con él.

—Nunca imaginé que existieran elefantes asesinos.

—¡Pues existen! A lo largo de su vida desarrollan tres juegos de muelas, pero si llegan a los ochenta años ya los han desgastado, sobre todo los elefantes que viven en la selva, ya que suelen comer ramas muy duras. Al quedar desdentados se vuelven imprudentes y agresivos, penetrando en los campos de cultivo incluso cuando están las mujeres y los niños trabajando. Eso era lo que solía hacer *Ochopatas* hasta que un nativo le disparó con un arma de escaso calibre y la bala se le incrustó en un colmillo produciéndole un dolor insoportable que le condujo a querer vengarse de todos los seres humanos que encontraba a su paso... —Román Balanegra lanzó un sonoro resoplido al recordar viejos tiempos—. Y además era listo el hijo de la gran puta. ¡Más listo que una ardilla! Si me descuido me ensarta como una aceituna.

—¿Por qué le llamaban *Ochopatas*?

—Porque con las cuatro normales, aquellos enormes

colmillos, la trompa y un «manubrio» que arrastraba por el suelo, en cuanto agachaba la cabeza más parecía un ciempiés que un paquidermo.

—Pero el que existiera un elefante asesino no es razón para aniquilar a miles de ellos.

El anfitrión rellenó de ginebra los vasos, bebió más con delectación que con ansias, se diría que estaba a punto de dar por concluida la conversación, pero al fin señaló como si se armara de paciencia:

—Dejemos esto claro para que sepa de una vez a qué atenerse; la leyenda de que el león es el rey de la selva es un mito porque esos pomposos y rugientes melenudos se cagan patas abajo en cuanto se aproxima un elefante, que es el indiscutible rey de las selvas, las montañas, los pantanos y las praderas africanas, ya que no tienen otro enemigo que un hombre armado con un rifle. Ni tan siquiera las letales «mambas verdes» le preocupan, porque poseen una piel tan gruesa que la pobre serpiente se dejaría en ella los colmillos antes de inyectarle una gota de veneno; e incluso aunque se lo inyectara, para una bestia de su tamaño sería como si nos bebiéramos esta botella de ginebra a medias; tan sólo sentiría un leve mareo... ¿Se va haciendo una idea de adónde quiero llegar?

—Más o menos.

—Un bicho enorme que no tiene enemigos, vive casi cinco veces lo que la inmensa mayoría de los animales y aumenta de número continuamente hasta que acaba por transformarse en una plaga. Su fuerza, número y tamaño los convierte en «depredadores pacíficos», porque cada uno de ellos come y, sobre todo, bebe por un centenar de los de cualquier otra especie. Cuando su número se dispara, como ocurrió a principios del siglo pasado, condenan a morir de hambre y sed a toda la fauna salvaje de una región. Por eso, si en verdad se ama a los animales, hay que elegir entre uno o muchos.

—Nunca se me había ocurrido analizarlo desde esa perspectiva.

—Pues es la auténtica: he visto a una manada de elefantes llegar a una charca en la que se encontraban abrevando cientos de animales en perfecta armonía, espantarlos a trompazos, beberse el agua, ducharse, cagarse y mearse en ella, revolcándose hasta convertirla en un lodazal y largarse luego tan tranquilos.

—Empiezo a entender su postura... —admitió el pelirrojo—. Pero aún no me ha aclarado lo de Balanegra.

—¡Simple! Ante la acumulación de «trabajo», y para evitar futuras discusiones sobre quién había abatido a una determinada pieza, se decidió que cada cazador pintara sus balas de un color distinto. Como jefe, Samaki eligió salmón, ya que ése era su auténtico apellido, Red Williams se quedó con el rojo, uno, del que no recuerdo el nombre porque a los dos meses lo mató un macho furioso, con el azul, y a mi abuelo le correspondió el negro.

—¡Curiosa historia...!

—En este continente lo que abundan son las historias curiosas referentes a una época en las que un orejudo exhibía unos colmillos por los que cualquier aficionado pagaría una fortuna con el fin de exhibirlos como trofeo.

—¿Y a qué viene esa enfermiza obsesión por los trofeos? —quiso saber su interlocutor—. ¿Qué importa que un colmillo, un cuerno, una cabeza o una piel sea tres o cinco centímetros mayor que otra? Parece cosa de niños...

—Y lo es... —admitió el «marfileño»—. Una presunción que ha costado millones de muertes y la destrucción de la fauna africana porque han sido los aficionados a esos trofeos los que han aniquilado las especies por el simple placer de colgar en sus paredes un despojo que acabará apolillándose. Los trofeos no sirven más que para alimentar la vanidad de unos imbéciles que necesitan tema de conversación para las visitas: «Ese león lo maté en Kenia...» «Ese kudú me costó quince días de penalidades... Es récord de Tanganica...» —Román Balanegra se mostraba ahora molesto—. Fueron esos cretinos los que jodieron el continente.

—¿Acaso no se considera uno de ellos?

—¡En absoluto! Yo era un profesional que acabó viviendo del marfil como otros viven de convertir las praderas en campos de cultivo.

—¡Vamos! —protestó el que se hacía llamar Hermes—. ¿No intentará comparar la labor positiva de los colonos con la de los cazadores? No lo dice en serio.

—Con frecuencia los colonos nos contrataban con el fin de que les libráramos de las grandes manadas que invadían sus campos. Millones de búfalos, cebras, jirafas y antílopes fueron aniquilados porque un agricultor sin escrúpulos quería apoderarse de territorios que pertenecían a los animales. He tenido que matar más elefantes por petición de los hacendados que por la calidad de sus colmillos y por lo tanto en África nadie tiene que echarle nada en cara a nadie; en apenas un siglo hemos convertido un continente virgen en un puto continente sin futuro...

—Y por si no bastara hace su aparición Joseph Kony.

—Siempre existe un Joseph Kony en alguna parte —fue la amarga respuesta—. Lo que ocurre es que en estas tierras medran con mayor facilidad porque cuentan con la selva, lo que les proporciona una impunidad que no encontrarían en ninguna ciudad del mundo.

—¿Y usted está decidido a acabar con esa impunidad?

—No se confunda; no soy yo, sino ustedes los que han elegido ese camino que en el fondo apruebo, y no sólo por los beneficios económicos que pueda reportarme. Uno de los principales problemas de las democracias estriba en que terroristas y criminales que no acatan sus leyes se aprovechan de ellas, por lo que aplaudo que en ocasiones muy especiales, como es el caso de Kony, incluso el juez más inflexible mire hacia otro lado.

—¡Bien! Ya han mirado hacia otra parte. Ahora le toca a usted terminar el trabajo.

—Se hará lo que se pueda.

El alba del sexto día amenazaba con poner fin a la fiesta de aromas de que disfrutaban tumbados en el prado, contemplando cómo languidecían las últimas estrellas en el momento en que sus manos se rozaron, luego sus dedos se entrecruzaron para acabar acariciándose, y cuando Orquídea advirtió que el rostro de Yuri le impedía seguir viendo las estrellas no se alteró, sino que permitió que se aproximara aún más devolviéndole de buena gana el largo y dulce beso.

Siguieron minutos dulces y apasionados, de los más hermosos que la muchacha recordaba, siempre a oscuras y en silencio, aspirando cada uno el excitante efluvio que emitía el cuerpo de su acompañante, viviendo el instante, pero viviendo con más intensidad la emoción del momento que estaba a punto de llegar.

Y es que la pasión siempre ha estado formada por recuerdos, presente y ansias de un cercano futuro.

Ese futuro galopaba aprisa a lomos de un perentorio deseo, y cuando comprendió que él le estaba subiendo las faldas al tiempo que se desabrochaba la bragueta, bajó la mano buscando protegerse de una precipitada acción que llegaba a su entender demasiado pronto, por lo que sintió un desconocido contacto que se esforzó en alejar, pero casi de inmediato advirtió que un líquido tibio y viscoso

le regaba los muslos al tiempo que una desagradable vaha-
rada de un olor nuevo, diferente y agresivo ascendía des-
plazando de un golpe los aromas reinantes.

Apartó de un empellón a su jadeante pareja, dio un
salto echando a correr sorda a las disculpas y los ruegos,
no necesitó la luz de la abandonada linterna porque aquél
era un paisaje que conocía palmo a palmo y avanzó sin
detenerse un instante hasta penetrar en la casa, subir a su
habitación y meterse en la ducha.

Permaneció luego largo rato tumbada en la cama, desconcertada, triste y asqueada hasta que sintió unos discre-
tos golpes en la puerta, y al poco penetró su madre, que la
cerró tras ella.

—¿Qué te ocurre? —quiso saber—. ¿Te encuentras
mal?

Dudó unos instantes, pero al fin comprendió que necesitaba consejo y no encontraría nadie más apropiado
que pudiera proporcionárselo.

Andrea Stuart escuchó el corto relato en silencio, se
tomó un tiempo para responder y lo hizo al tiempo que
alargaba la mano con el fin de apoderarse de una de las de
su hija.

—Debería decirte que me enorgullece tu reacción,
pero si quieres que sea sincera no estoy del todo segura
de que así sea —musitó—. Ya eres una mujer y deberías
entender que lo que le ha ocurrido a ese muchacho es lógico.

—Ya no es ningún muchacho.

—Cuando están tumbados en un prado teniendo por
primera vez entre los brazos a una criatura como tú, todos los hombres son muchachos... —sentenció su madre
con naturalidad—. En un momento como ése resulta muy
difícil reaccionar con frialdad.

—No lo esperaba de Yuri.

—Lo que tiene de diferente es la nariz, no el resto del cuerpo, querida —fue la respuesta, que no carecía de un innegable sentido del humor—. Y tal vez fuera precisamente su extraordinario olfato el que le jugó esa mala pasada, porque estoy convencida de que en ese momento, y aun sin proponértelo, debías de emanar un aroma que para alguien como él debía de resultar irresistible.

—No soy una flor.

—Tomándomelo a broma te diría que en esta ocasión has sido más bien un «capullo» —sentenció la buena mujer en idéntico tono—. Yuri es un hombre atractivo e interesante que se gana muy bien la vida, por lo que parece hecho a tu medida puesto que tenéis las mismas inquietudes y aficiones. Olvida lo ocurrido y piensa en ello, porque estoy segura de que de ahora en adelante se tomará las cosas con más calma.

—Por mucha calma con que se lo tome tarde o temprano llegaríamos al mismo punto. Y no estoy dispuesta a pasar por ello.

Andrea Stuart lanzo un hondo suspiro, se puso en pie y se encaminó a la puerta.

Ya en ella se volvió con el fin de comentar en un tono de profunda tristeza:

—Me duele oírte decir eso, porque si no estás dispuesta a pasar por ello nunca tendré nietos, que es lo único que necesito para que mi vida haya sido perfecta.

Abandonó la estancia dejando a su hija sumida en un estado de ansiedad muy semejante a los que solían asaltarle cuando se encontraba rodeada de demasiada gente, malos olores o excesivo ruido.

Recordando cuanto había ocurrido horas antes no le quedaba otro remedio que aceptar la indiscutible realidad

de que durante unos minutos el desarrollo de los acontecimientos se le había antojado como un cuento de hadas
que rozaba la perfección que siempre había exigido a cada
uno de sus actos.

El lugar apropiado, los aromas apropiados, el hombre
apropiado y los besos y las caricias apropiados...

Nada desentonaba.

Hubiera deseado que aquella situación se prolongara
durante mucho, mucho tiempo.

Pero reconocía que no estaba anímicamente prepara-
da a la hora de hacer frente a cuanto aconteció a continuación.

El lugar seguía siendo el mismo, pero ni el hombre, ni
los besos ni las caricias, lo eran.

Y sobre todo el olor.

¡Aquella horrenda pestilencia!

Olor pringoso que le acompañó intentando penetrar
en cada poro de su cuerpo durante la larga carrera, después de frotarse furiosamente las piernas con estropajo y
jabón, e incluso aferrándose a su memoria como si hubiera decidido no desprenderse nunca.

Trató de imaginarse lo que hubiera significado permitir que semejante pestilencia penetrara hasta lo más profundo de su cuerpo para pasar a formar parte de él y a
punto estuvo de correr al baño a vomitar.

Yuri telefoneó a media tarde.

—Lo siento —fue lo primero que dijo.

—No tienes por qué... —le replicó en todo calmado y
sin el menor asomo de reproche—. La culpa es mía. Ca-
rezco de la experiencia necesaria como para saber cuál es
el momento exacto en que se debe detener a un hombre y
por ahora no tengo intención de adquirirla.

—Pero yo sí sé cuándo debo detenerme.

—En ese caso lamento que no lo hicieras a tiempo. Dejémoslo así, porque además ya no me quedan rincones de Grasse por enseñarte.

La Nariz Cosaca volvió a llamar en media docena de ocasiones e incluso intentó conseguir la mediación de Andrea, pero ésta se mostró de igual modo tajante al señalar:

—Como a toda madre me gustaría poder decir aquello de: «Conozco a mi hija», pero no es cierto. Orquídea, que siempre ha sido impredecible, ha convertido L'Armonia en una especie de gigantesca casa de muñecas en la que todo debe ser perfecto, empezando por ella misma, y una casa de muñecas no resiste el impacto de un chorro de semen.

A la mañana siguiente Yuri Antanov se fue para no volver nunca.

Las aguas volvieron a su cauce excepto por el hecho evidente de que el mundo exterior cambiaba con sorprendente rapidez.

Una arrolladora crisis cuyas raíces cada cual trataba de explicar de un modo diferente hacía mella en la sociedad a tal punto que la inicial inquietud se había ido convirtiendo en temor, y ese temor llevaba camino de transformarse en pánico.

Aun tan aislada como vivía en lo que Andrea había denominado «su casa de muñecas», Orquídea lo percibía a través de los medios de comunicación, los incontables amigos de Internet y las charlas nocturnas con su padre, que se había visto obligado a admitir que algunos de sus negocios empezaban a resentirse a causa de la globalización del problema.

Su fiel contable, Mario Volpi, al que la muchacha conocía desde muy niña por el cariñoso apelativo de Supermario, les visitaba ahora con mucha más frecuencia de lo habitual, y los dos hombres solían pasarse las horas cuchicheando al borde de la piscina, tal vez diseñando complejas estrategias de mercado o inversiones en negocios emergentes visto que los caminos conocidos no parecían llevar a ninguna parte.

La selecta cadena de pequeños hoteles de la que Jules Kanac se había sentido siempre orgulloso había tenido que ser malvendida a causa del notable bajón turístico y la competencia de los productos manufacturados en China le estaba empujando a la difícil decisión de verse obligado a cerrar una fábrica de zapatos en Italia.

Durante las cenas ya no solía hablar como antaño de música, pintura, cine o literatura, puesto que la mayor parte del tiempo lo dedicaba a lo que parecía haberse convertido en su pasatiempo preferido: despotricar de los altos ejecutivos de todo tipo de empresas.

—Desde que se inventó esa maldita manía de premiarles con parte de los beneficios que obtienen durante su gestión, la economía mundial ha comenzado a navegar sin rumbo, porque lo único que les importa es coger ese dinero y correr en busca de otro puesto más rentable. Son como el caballo de Atila; por donde pasan no vuelve a crecer la hierba, porque dejan las empresas desarboladas ya que jamás renuevan maquinaria, preparan a nuevas generaciones, gastan dinero en promociones o mantienen contento al personal. Todos es ellos, ellos y luego ellos, y el que venga detrás que se las apañe como pueda.

—Podemos recortar gastos reduciendo el personal de la finca... —aventuró en cierta ocasión Andrea Stuart—. A menudo no tienen nada que hacer.

—¡Por Dios, querida! —le replicó escandalizado su marido—. ¡No exageres! Por suerte tenemos suficientes ingresos y reservas muy bien invertidas. Lo que me preocupa es el hecho de que si la cotización del petróleo puede subir como la espuma un día para descender a la tercera parte de su precio en menos de medio año, tenemos la obligación de aceptar que la economía mundial está basada en unos cimientos falsos. No es lo que yo aprendí en la universidad ni en cuarenta años de experiencia, y eso me desconcierta.

Desconcierto y preocupación eran dos palabras que Orquídea jamás imaginó escuchar saliendo de la boca de un hombre tan centrado, seguro de sí mismo y «sólido» como su padre.

Para ella, cuanto se refería al dinero y cómo obtenerlo había carecido de importancia puesto que todas y cada una de sus necesidades se encontraban cubiertas desde que tenía uso de razón.

Pasaba la mayor parte del tiempo en ropa deportiva, no apreciaba las joyas y conducía un viejo, práctico y fiable todoterreno, por lo que sus mayores gastos se encontraban casi siempre ligados a los caballos.

Lo que en verdad le hubiera apetecido era que, aprovechando aquella desfavorable coyuntura, su padre abandonara para siempre los viajes dedicándose a vivir de las rentas, pero ni tan siquiera se atrevió a mencionarlo, convencida como estaba de que Jules Kanac no era de los que se retiraba, sobre todo en los momentos difíciles.

Por el contrario, los retos tenían la virtud de engrandecerle.

La justicia internacional ha conseguido sentar por fin en el banquillo a Thomas Lubanga, líder de la extinta Unión Congoleña de Patriotas, acusado de haber reclutado a niños menores de 15 años para luchar como soldados en la guerra que asoló la República Democrática del Congo. Es el primer caso de la historia en el que se juzga a un acusado por el reclutamiento forzoso de niños en un conflicto.

«Las niñas eran esclavas sexuales de los comandantes», denuncia el fiscal.

La sesión también supuso el estreno de la Corte Penal Internacional (CPI), único tribunal permanente con autoridad para procesar por los delitos de genocidio y crímenes contra la humanidad. Lubanga ha sido acusado de seis cargos de crímenes de guerra y es la primera persona contra la que la Corte, con sede en La Haya, abre formalmente juicio.

El fiscal jefe de la CPI, el argentino Luis Moreno Ocampo, leyó un pliego de acusaciones que impresionó y casi angustió a los asistentes.

«Lubanga —dijo— utilizó a centenares de niños para matar, saquear y violar. Pero también los pequeños fueron violados. Las niñas eran además esclavas sexuales de los comandantes guerrilleros. Éste es uno de los peores crímenes contra la infancia a los que se enfrenta la comunidad internacional. Si es condenado, espero que la sentencia contemple el hecho de que las víctimas fueron una generación entera de pequeños congoleños. Pediré una condena muy severa o próxima a los 30 años, la pena máxima», anunció.

Los hechos tuvieron lugar durante el periodo en que Lubanga dirigía la Unión Congoleña de Patriotas, una milicia de la etnia hema que operaba en la región de Ituri, al este del Congo. La zona, rica en infinidad de minerales se convirtió en un campo de batalla ocupado por los Gobiernos de Uganda y Ruanda, además del Ejército del Congo. Esta lucha alimentó el conflicto de fondo que enfrentaba a las etnias hema y lendu, desatado en 1999.

Naciones Unidas apunta que más de 60.000 civiles fueron masacrados sólo en Ituri. Según la Corte Penal Internacional, la milicia liderada por Lubanga «reclutó, entrenó y utilizó a centenares de niños que tenían entre 9 y 13 años. Niños que siguen padeciendo pesadillas y suelen ser invisibles en otros conflictos. Pero no en éste», afirmó el fiscal Moreno Ocampo.

Después de mostrar una filmación donde se veía a Lubanga junto a niños vestidos de uniforme, el jurista aseguró que si horribles eran los alistamientos forzosos de menores, peor fue el uso de las niñas como esclavas sexuales. A las drogas y malos tratos que los milicianos de Lubanga infligían a sus reclutas; a los secuestros camino del colegio y el uso de brujería para convencerles de que les protegían fuerzas superiores, «hay que sumar las violaciones sistemáticas de niñas».

El testigo 0298 de la causa es un joven de excelente

memoria. Recuerda el horror de las zanjas enfangadas en las que montaba guardia en los campos a los que le llevaron tras raptarle cuando aún no había cumplido los 12 años. Tampoco olvida el silbido de las balas, el peso del Kalashnikov y las palizas: «Nos dijeron que la UPC pegaba o mataba, y nos pegaban.»

Cuando la juez le preguntó si había niñas soldado en su grupo, replicó: «Al llegar al campamento las violaban. Luego trabajaban para los soldados mayores.»

A continuación relató cómo habían atacado una misión: «Matamos a todos, incluido al sacerdote. Nos ordenaban que les desfiguráramos, les cortáramos la cabeza o arrancáramos los ojos. Y obedecíamos.»

Al preguntarles por la edad de las niñas soldado replicó: «Algunas eran más pequeñas que yo. Se las entrenaba igual: con palizas.»

Lubanga se ha limitado a declararse inocente mientras que en Bunia, capital de Ituri, el proceso, que puede durar un año, se sigue a través en una pantalla gigante de televisión.

Román Balanegra concluyó de leer y le devolvió el ejemplar del periódico a su dueño al tiempo que comentaba:

—Una excelente noticia, sin duda. Lubanga es un cerdo que merece que le ahorquen en una plaza pública, pero en realidad no es más que un mal discípulo de Kony, que le lleva casi veinte años y miles de muertos de ventaja.

—Lloraba mientras le subían al avión rumbo a La Haya, pero tres meses antes, cuando nos reunimos con él intentando convencerle de que depusiera las armas, no paraba de sonreír y alardear convencido de que acabarían proclamándole presidente del Congo —señaló Hermes al tiempo que se guardaba el periódico en el bolsillo de la chaqueta—. No cabe duda de que es culto e inteligente, pero se me antojó una especie de viscosa sabandija; un pederasta que alardeaba de ser muy macho.

—¡Y un pedante insoportable! —reconoció su interlocutor—. Le conocí hace años y me enfermaba que todo un licenciado en psicología procedente de una familia acomodada se hubiera convertido en un criminal de guerra cuando era uno de los hombres llamados a conseguir que este continente saliera del pozo. —Román Balanegra se encogió de hombros al concluir—: Reunía los requisitos necesarios para convertirse en un líder, pero acabó siendo una pésima caricatura de dictador.

—Pero es muy listo y nos consta que durante lo que él llamaba Su Gran Batalla Política hizo una inmensa fortuna traficando con oro, diamantes, bauxita y, sobre todo, coltan.

—¿Y de qué le servirá ahora? Se lo tendrá que gastar en papel higiénico. Durante una época le llamaban La Sonrisa de África, y me encanta la idea de que esa estúpida sonrisa haya acabado por convertirse en una mueca... —El cazador alzó el dedo índice como señal de advertencia—. Pero hay algo que debe tener muy presente: Luanga es un hombre de ciudad, un político que pagaba mercenarios con el fin de que le reclutaran niños que apenas tenían fuerzas para levantar un arma, mientras que Kony es un auténtico Señor de la Guerra que se ha rodeado de guerrilleros que llevan muchos años en la brega, por lo que saben muy bien cómo luchar y moverse en la selva.

—¿Mejor que usted?

—Eso es lo que tenemos que comprobar... —El dueño de la casa apuró la segunda taza de café de su desayuno, dejó a un lado la servilleta y se puso en pie al tiempo que añadía—: Y ahora ha llegado el momento de empezar a actuar.

Subieron al *jeep* que aguardaba en la puerta, y tras recorrer unos veinte kilómetros por entre una densa espesura de altos matorrales entremezclados con copudas acacias y densos cañaverales acabaron por desembocar a un pequeño claro en cuyo centro se distinguía un viejo y herrumbroso helicóptero que estaba siendo cargado por Gazá Magalé y un nativo cubierto de grasa de los pies a la cabeza.

—¿De dónde ha sacado semejante cacharro? —quiso saber el sorprendido y alarmado Hermes.

—De su maletín... —fue la humorística respuesta—. En África lo único que hace falta para conseguir cuanto se necesita es dinero y contactos. Usted puso lo primero y yo lo segundo.

—¿Se ha propuesto cazar a Kony desde el aire en un trasto que ya debía de ser viejo durante la guerra del Corea?

—¡Ni loco! —se escandalizó el otro con una ancha sonrisa—. Lo primero que detectan los guerrilleros en la selva es el ruido de un helicóptero, sobre todo si es tan asmático como éste. De inmediato se ocultan y lo más probable es que a las primeras de cambio te lancen un misil.

—¿Entonces...? ¿Para qué lo quiere?

Se trata tan sólo de un vuelo «logístico», por lo que con un poco de suerte estaremos de vuelta al atardecer...

—¿Y si no hay suerte?

—Pasaremos la noche donde nos pille.

—¿Puedo acompañarles?

—Espacio sobra, pero lo de los misiles no es ninguna broma...

—¡Me encantaría ver de cerca esa famosa selva y los pantanales del Alto Kotto!

—¡Usted mismo...! —fue la espontánea respuesta—. El pellejo es suyo.

El pelirrojo observó con preocupación el destartalado aparato que en sus orígenes debió de ser verde y en uno de cuyos costados se distinguían con absoluta claridad los agujeros provocados por media docena de balas, se volvió al piloto, un grasiento y desarrapado nativo que más bien parecía un pordiosero, dudó y se le diría a punto de echarse atrás, pero al fin lanzó un hondo suspiro de resignación al tiempo que exclamaba:

—¡Qué diablos! Me he pasado la vida entre despachos y legajos, y si no vivo ahora una auténtica aventura no se me volverá a presentar la ocasión... ¡Vamos allá!

Trepó al aparato, tomó asiento entre grandes sacos de lona embreada y aguardó mientras Román Balanegra daba instrucciones al piloto indicándoles sobre su resobado mapa la ruta exacta que debían seguir.

Durante unos minutos tuvo la impresión de que su gran aventura se quedaría en fiasco debido a que cuando llegó la hora de elevarse el motor de la aeronave comenzó a traquetear, toser y escupir chorros de un humo apestoso para quedar de pronto en silencio y recomenzar una y otra vez la pintoresca ceremonia de arranque pese a que el rotor permanecía tan impasible como si semejante esfuerzo nada tuviera que ver con él.

Advirtió que comenzaba a sudar a chorros, se secó la frente a golpecitos como tenía por costumbre, y en ese justo momento las palas giraron con furia, por lo que una ráfaga de viento penetró con inusitada fuerza y se llevó volando su blanco pañuelo.

—¡La madre que lo parió! —no pudo por menos que

exclamar pese a que se tenía por un hombre exquisitamente educado—. No he traído repuesto.

—Pues tendrá que secarse el sudor con la manga... —le hizo notar Gazá Magalé mostrando la magnificencia de su blanca dentadura en una divertida sonrisa—. Ese pañuelo va ya camino del río.

—¿Y cómo me sueno?

—Con los dedos.

El helicóptero había empezado a elevarse entre rugidos y bamboleos, y al advertir que el viento continuaba cruzando de un lado a otro de la cabina amenazando con llevárselo también rumbo al río, Hermes se apresuró a colocarse el deshilachado cinturón de seguridad al tiempo que inquiría dirigiéndose a Román Balanegra, que había tomado asiento frente a él:

—¿Por qué no cierra las puertas?

—¿Qué puertas? —fue la inquietante pregunta.

—¿Es que no tiene puertas? —se horrorizó el pelirrojo—. Nunca me había montado en un helicóptero sin puertas.

—¿Está completamente seguro de que esto es un helicóptero? —fue la humorística respuesta—. Cierto que vuela y es capaz de mantenerse quieto en el aire casi un minuto, pero más bien me recuerda al coche de *Chitty Chitty Bang Bang* tras haber pasado veinte años en un desguace. ¿Ha visto la película? —añadió—. A mí me encantaba de niño.

—No me lo imagino de niño.

—¡Pues le aseguro que lo fui! Y muy pequeño; sobre todo al principio.

—¿Cómo puede estar de tan buen humor subido en este trasto? —quiso saber Hermes con mal disimulada acritud—. Me está atacando de los nervios.

—Siempre se pone así cuando iniciamos una cacería —intervino el pistero en el tono de quien se está refiriendo a un caso perdido de antemano—. El mal genio lo guarda para cuando no sale de casa; por eso últimamente se estaba volviendo insoportable.

—¡Si serás cabrón! —le espetó el otro empujándole con un gesto afectuoso.

—¿Acaso miento? —inquirió el negro—. Te has convertido en un viejo gruñón.

—Ni soy viejo, ni soy gruñón; soy un hombre de una cierta edad con un cierto carácter al que le aburre la inactividad.

—¡Cierta edad...! —exclamó el otro divertido—. ¡Edad incierta!

Guardaron silencio, puesto que era necesario elevar mucho la voz para hacerse entender debido al estruendo del cochambroso motor, limitándose a partir de aquel momento a observar el verde y ondulante océano de copas de árboles surcado por infinidad de ríos, riachuelos, arroyos y lagunas que se extendía bajo ellos y que media hora después parecía haberse tragado todo rastro de carretera, camino, casa, choza, campos cultivados o presencia humana.

Algunas colinas que no alcanzaban el rango de auténticas montañas se distinguían de vez en cuando en el horizonte cubiertas por una vegetación tan tupida que inconscientemente producían la sensación de que aquél era un lugar en el que podrían ocultarse miles de hombres armados sin que nadie fuera capaz de dar con ellos.

De tanto en tanto el cazador consultaba su brújula, tocando el hombro del piloto con el fin de que se desprendiera de los auriculares por los que siempre estaba escuchando música y conseguir de ese modo hacerle alguna breve observación, hasta que al fin exclamó señalando un punto:

—Aterriza en aquel claro, pero antes da un par de vueltas a baja altura para que comprobemos que no hay nadie por los alrededores.

El desaliñado nativo obedeció, se cercioraron con ayuda de prismáticos de que no se distinguía presencia humana alguna y al fin se posaron sin detener el motor.

Gazá Magalé saltó de inmediato a tierra mientras Román Balanegra le alargaba uno de los sacos, que el indígena comenzó a rociar de un hediondo líquido amarillento que portaba en una enorme cantimplora.

—¿Qué es eso? —quiso saber Hermes tapándose la nariz con gesto de repugnancia.

—Orina de león mezclada con pimienta.

—¿Y eso?

—La orina espanta a los animales y, por su parte, la pimienta embota el olfato de los perros y les obliga a estornudar, por lo que ni el mejor sabueso se aproximaría a menos de cincuenta metros.

El pistero había cerrado la cantimplora, dejándola en el suelo con el fin de arrastrar el saco hasta el pie de un alto árbol, donde lo cubrió de tierra y maleza que cortó con ayuda de un afilado machete.

—¿Y qué contiene el saco?

—Provisiones, armas, municiones, botas, ropas, mapas y medicinas... —fue la indeterminada respuesta del cazador—. Todo lo necesario para sobrevivir durante seis o siete días.

—Ahora lo entiendo... —admitió su admirado interlocutor—. Están organizando de antemano su intendencia.

—Es un viejo truco que empleábamos en los buenos tiempos en los que nos dedicábamos a la caza furtiva.

—¡Astuto! —reconoció el otro—. Muy astuto. ¿Pero no resultaría más práctico que el helicóptero les abasteciera cuando lo necesitaran?

—Ni por lo más remoto. Los guardabosques sospechaban de un helicóptero que llegaba, descargaba y se iba. Ahora no quedan guardabosques por la zona, pero se supone que ahí abajo se ocultan los hombres de Kony, que al vernos aterrizar acudirían a investigar y acabarían por descubrirnos. De este modo, aunque nos vean, como ya nos habremos ido no encontrarían nada y muy pronto se olvidarán de que por aquí anduvo rondando un helicóptero.

—Nunca te acostarás sin saber una cosa más...

—Lo que importa es no levantarse sin haber aprendido una cosa más.

Gazá Magalé había regresado y en cuanto trepó a la cabina alzaron de nuevo el vuelo siguiendo la ruta previamente señalada.

La operación se repitió por tres veces, pero a la cuarta el motor falló, tosió, se estremeció, lanzó un chorro de humo y al fin se detuvo.

Al instante, y sin necedad de intercambiar palabra y como si se tratara de una maniobra cien veces repetida, el cazador blanco y su ayudante nativo cargaron sus armas, saltaron a tierra y se perdieron de vista en direcciones opuestas mientras el piloto se aplicaba a la tarea de reparar por enésima vez su antediluviano cachivache.

Se trató probablemente del espacio de tiempo más largo en la vida de un aterrorizado Hermes que no cesaba de escudriñar la selva esperando ver surgir de entre los árboles a una fiera salvaje o, lo que se le antojaba aún peor, a los hombres del Ejército de Resistencia del Señor.

—¿Qué les diremos si aparecen? —quiso saber dirigiéndose al atareado piloto.

—Que somos furtivos... —fue la inmediata respuesta—. Ésta es una zona demasiado remota a la que hace mucho tiempo que no acuden los guardabosques, y se supone que la gente de Kony prefiere no meterse en líos con los furtivos porque les consta que constituimos un gremio peligroso.

—¿Realmente es usted un furtivo?

—Aquí solemos hacer un poco de todo, señor... —fue la sincera respuesta—. Por esta parte del mundo es necesario hacer de todo si pretendes sacar a una familia adelante. Y siempre es preferible sobrevivir a base de matar elefantes que de matar gente.

—Eso es muy cierto.

Continuó observándole cada vez más sorprendido de que fuera capaz de hacer funcionar semejante montón de chatarra, hasta que hizo su aparición Román Balanegra acompañado de dos hombres y una mujer de aspecto inofensivo a los que hizo entrega de pequeños sacos de sal que al parecer había traído al respecto.

—La aprecian más que el oro... —dijo a modo de explicación—. El oro pueden encontrarlo en los ríos, pero a menudo tienen que caminar cien kilómetros para conseguir un puñado de sal.

A continuación se dirigió al que parecía más despierto de los recién llegados con el fin de inquirir con absoluta naturalidad:

—¿Qué sabéis de *Bokasa*?

—Que murió hace años —replicó el interrogado a todas luces desconcertado—. ¿O es que nos han mentido?

—No me refiero al difunto emperador Bokasa, sino a ese elefante asesino al que llaman *Bokasa*.

—¿Un elefante asesino? —se alarmó la mujer—. Nadie nos ha dicho que exista un elefante asesino por esta zona.

—¿Cómo es posible? —fingió asombrarse el cazador—. ¿Aún no os han advertido de que anda suelto un orejudo que ha matado a tres hombres y un niño...? —Ante el mudo gesto negativo de los interrogados, añadió muy serio—: Pues más vale que andéis con ojo porque esa maldita bestia ataca sin avisar a todo el que se cruza en su camino.

—¡Dios nos asista!

—¿Y seguro que anda por aquí?

—¡Cualquiera sabe! Es un bicho solitario que va de acá para allá sin rumbo fijo. Nos han enviado con el fin de que avisemos del peligro... ¡Y ahora haced correr la voz para que todo el mundo esté alerta!

Apenas hubo visto alejarse a los aterrorizados nativos el pelirrojo se volvió a Román Balanegra con el fin de inquirir:

—¿A qué ha venido eso?

—A que mañana todos los que se encuentran en el Alto Kotto, por muy pocos que sean, creerán que aquí anda suelto un elefante asesino, por lo que a nadie, ni siquiera a la gente de Kony, le extrañará que nos hayan enviado a eliminarle.

—¡Nunca deja de sorprenderme!

—La sorpresa, y un buen rifle, es lo único que nos puede ayudar a acabar con esa sucia comadreja... —Tocó en el hombro de quien se afanaba con la cabeza metida en el motor con el fin de inquirir como si el tema careciera de importancia—. ¿Qué pasa, Dongaro, volamos o tendremos que volver a pata?

—Volar, volaremos... —fue la tranquila respuesta del

costroso—. Pero entra dentro de lo posible que una vez en el aire nos peguemos una leche del copón.

—Lo tengo asimilado desde que te llamé...

Se alejó unos metros, orinó contra un árbol y recorrió luego unos metros para ir a sentarse a la sombra, con el pesado Holland&Holland Express cruzado sobre las piernas.

El que se hacía llamar simplemente Hermes dudó un largo rato, pero al fin acudió a acomodarse frente a él con el fin de inquirir:

—¿Realmente cree que ese cacharro puede caerse?

—Nada se mantiene en el aire eternamente, amigo mío... —fue la tranquila respuesta—. Ni siquiera las nubes.

—¿Y no le preocupa?

El cazador hizo un amplio gesto señalando a su alrededor en el momento de responder:

—¡Éste es mi mundo! Aquí nací, aquí me crié y aquí moriré, por lo que poco importa que sea por culpa de un elefante, una serpiente o un montón de hierros oxidados.

—¿Y nunca ha experimentado la necesidad de conocer otras cosas?

—¿Como qué?

—La civilización, por ejemplo.

—¿Y quién le ha dicho que no la conozco? —se sorprendió—. He recorrido media Europa y me he pasado días enteros en sus mejores museos y cabarets. Por un tiempo resulta divertido, pero siempre acabo llegando a la conclusión de que aquello no es lo mío. Por suerte o por desgracia salí a mi padre, ya que mi madre prefiere el frío de Londres.

—¿Vive allí?

—Si es que aún vive... —Román Balanegra hizo una

pausa, dio la impresión de querer sumirse en un largo silencio, pero al fin añadió—: Cuando cumplí dieciocho años fui a verla con la intención de preguntarle por qué me había abandonado cuando aún no sabía andar, pero en el momento de encontrarme frente a ella ni siquiera me atreví a decirle quién era. Se había casado con un lord y no era cuestión de echarle en cara que veinte años atrás había vivido una de esas apasionadas aventuras africanas con las que sueñan ciertas mujeres. Está claro que una cosa es dejarse deslumbrar por un apuesto «cazador blanco» a orillas de una romántica laguna escuchando el rugir de los leones, y otra muy distinta pasarse los días limpiándole el culo a un mocoso mientras tu marido anda por ahí pegando tiros.

—Lo siento... —fue todo lo que acertó a decir el pelirrojo.

—¿Y por qué razón tiene que sentirlo? —replicó su interlocutor, y se le advertía sincero al puntualizar—: Gracias a que mi madre me abandonó pude hacer siempre lo que me gustaba. Si me hubiera llevado a Londres probablemente habría pasado la mayor parte de mi vida entre las cuatro paredes de un despacho... ¡Dios! No puedo ni imaginarlo.

—¿Realmente le atrae el peligro?

—El concepto de peligro, al igual que el concepto de felicidad, cambia con cada persona. Casi ningún ser humano es absolutamente feliz a no ser que sepa que tiene un problema que resolver, ya que está convencido de que tan sólo se sentirá feliz cuando lo haya resuelto.

—¡Curiosa teoría!

—Pero válida. Y si el interfecto consigue vencer esa dificultad, al día siguiente procurará que sea otro el asunto que se vea en la necesidad de resolver antes de poder sentirse feliz, ya que, a mi entender, para la especie humana la perfección siempre se encuentra un paso más allá del punto al que es capaz de llegar. Debido a tan extraña idiosincrasia la humanidad ha ido progresando a base de generarse a sí misma dificultades en forma de nuevos retos que en ocasiones no conducen más que a ser más desgraciados de lo que éramos en un principio. —Se recostó dispuesto a echarse un corto sueño al tiempo que añadía—: Mientras consideremos que el dos es mejor que el uno, el cuatro mejor que el dos y el ocho mejor que el cuatro nunca alcanzaremos la meta en la que descansar seguros y satisfechos, porque si algo resulta indiscutible es que la numeración nunca se acaba.

Cuando el locutor anunció que en Nueva York un tal Bernard Madoff había cometido una estafa valorada en cincuenta mil millones de dólares, Jules Kanac fue víctima de un ataque cerebral del que no se recuperó jamás.

Permaneció casi diez minutos sentado a solas y sin mover un músculo frente al televisor, tardó meses en conseguir balbucear algunas palabras de forma casi inteligible y se encontró postrado por el resto de su vida en una silla de ruedas.

La terrible impresión producida por el hecho de que la mayor parte de su fortuna se había convertido en humo de la noche a la mañana fue un inesperado mazazo que cambió por completo su vida y la de su familia.

Tampoco era de extrañar, puesto que la vida de millones de familias de todo el mundo estaban cambiando de forma radical a causa de una serie de confusos acontecimientos que se habían descontrolado por culpa de la ineptitud y la avaricia de unos dirigentes que lo único que habían sabido dirigir con eficacia era el descontrol y la corrupción.

Políticos, banqueros y empresarios se habían dedicado a jugar a la ruleta rusa con la economía mundial y habían acabado por volarle la cabeza.

Ahora algunos de los culpables incluso se pegaban físicamente un tiro en la sien, pero por desgracia su decisión llegaba demasiado tarde; el daño estaba hecho.

Apenas había pasado un mes desde el día en que tan inesperada e irreversible desgracia se había abatido sobre su pequeña familia, cuando Andrea Stuart pareció sentirse en la obligación de rogarle a su hija que la acompañara con el fin de dar un largo paseo por la rosaleda a salvo de oídos indiscretos.

—Creo que ha llegado el momento de empezar a pensar en vender L'Armonia —dijo cuando se cercioró de que se encontraban lo suficientemente lejos de la casa.

—¿Vender L'Armonia? —se horrorizó la muchacha, incapaz de aceptar semejante idea—. ¡Eso nunca!

—¿Y qué otra cosa podemos hacer, querida? —fue la lógica pregunta dadas las circunstancias—. Nuestro capital se ha esfumado, resulta evidente que tu padre nunca volverá a trabajar y las facturas empiezan a amontonarse sin que encuentre el modo de hacerles frente.

—¿Y si buscáramos a alguien que se ocupara de los asuntos de papá? —quiso saber Orquídea Kanac—. Siempre decía que lo que importaba de sus negocios se centraba en que tenía muy buenos contactos, y supongo que esos contactos no se habrán perdido.

—¡Supongo! —admitió de mala gana su madre—. Me consta que en la caja fuerte guarda una libreta con infinidad de nombres y teléfonos, pero no tengo ni la menor idea de a quién pertenecen porque la mayor parte de los nombres e incluso sus números se encuentran escritos en lo que parece ser una clave.

—¿Una clave? —no pudo por menos que repetir su hija ciertamente desconcertada—. ¿Qué quieres decir con eso de «una clave»?

—Lo que he dicho, porque no me parece lógico que

alguien que tiene un teléfono se llame Carlomagno, Ramsés, Tarzán, Buda o Garibaldi... Y cuando marcas uno de esos teléfonos siempre te contesta una panadería, un dispensario o una vieja medio sorda que ni conoce a tu padre ni sabe de quién diablos le estás hablando.

—¡Curioso! ¡Muy curioso! —admitió la muchacha, cuya perplejidad iba en aumento—. ¿A qué se dedicaba papá?

—A negocios.

—Eso ya lo sé; lo que nunca he sabido es a qué tipo de negocios.

—La cadena de hoteles, la agencia de viajes y algunas fábricas.

—Todo eso lo vendió hace tiempo, pero aun así continuaba viajando y se mostraba más activo que nunca... —le hizo notar Orquídea mientras se agachaba a aspirar muy de cerca el perfume de una rosa—. Siempre he tenido la sensación de que no eran sus auténticas fuentes de ingresos y tan sólo le servían para justificar gastos.

—Puede que fuera así... —admitió Andrea Stuart con el gesto propio de quien pretende evitar implicarse o dar explicaciones.

—¿Cómo que «puede», mamá? —se impacientó su hija—. ¿Pretendes hacerme creer que llevas tantos años casada con un hombre del que no sabes cómo se gana la vida y pese a ello nunca te has preguntado de dónde saca el dinero con el que paga tus facturas?

—Es el mismo dinero que paga tus facturas y tampoco tú lo sabes... —La atribulada mujer hizo una corta pausa, lanzó una ojeada al prodigioso jardín, aspiró profundamente como si pretendiera llenar para siempre sus pulmones de aquel aire limpio y perfumado, y luego añadió en voz casi inaudible—: Y resulta evidente que no has empezado a preguntarte de dónde sale hasta que ha comenzado a escasear.

—En eso tienes razón... —se vio obligada a reconocer su interlocutora al tiempo que tomaba asiento en el banco en el que acostumbraba pasarse horas leyendo a la sombra de un manzano—. Nadie suele plantearse la razón por la que esté sano hasta que enferma... —Golpeó repetidas veces con la mano extendida el asiento en una muda invitación para que se acomodara junto a ella a la par que puntualizaba a modo de conclusión—: El error ha sido mutuo y, por lo tanto, no debemos echarnos nada en cara sino tratar de hacer frente a la situación. Es posible que con mucha paciencia consigamos que papá nos vaya aclarando quiénes son esos contactos y para qué sirven, pero ante todo necesitamos a alguien que sepa algo más sobre sus negocios.

—El único que lo sabe es Mario, que ha sido su contable y hombre de confianza desde que yo recuerdo.

—¿Supermario?

—El mismo; de pequeñita empezaste a llamarle Supermario porque era increíblemente hábil en toda clase de juegos, pero pese a que ha dado muestras de honradez y una fidelidad a toda prueba, tu padre aseguraba que no está capacitado para hacer más de lo que hace. Su listón ha llegado a la cota máxima y el propio Mario lo sabe. Por ello me temo que ponernos en sus manos sería un suicidio.

—Pero imagino que podría aclararnos muchas cosas y la única forma de averiguarlo es preguntándoselo.

Mario Volpi, más conocido en la casa por Supermario, llegó al día siguiente a las cuatro de la tarde con una puntualidad impropia de un italiano, y estuvo de acuerdo en que el lugar más seguro para hablar era el jardín, aunque prefirió hacerlo en un pequeño cenador rodeado de jazmines que, a decir verdad, nadie recordaba haber utilizado nunca.

—Le prometí a Jules que bajo ninguna circunstancia hablaría acerca de la naturaleza de algunos de sus negocios —fue lo primero que dijo—. Pero está claro que ni él, ni yo, ni nadie, podría imaginar que se produjeran las actuales circunstancias. Cuando me obligó a prometer que guardaría silencio lo hizo pensando en vuestra seguridad y bienestar pero resulta paradójico que por culpa de dicha promesa ese bienestar y esa seguridad corran peligro. Eso me desconcierta.

—Admitirás que más desconcertadas debemos sentirnos nosotras, que nos hemos encontrado de pronto en la ruina sin saber cómo ni por qué... —le hizo notar Andrea Stuart—. Soy consciente del profundo aprecio que te profesa mi marido, que confía en ti a ojos cerrados, pero estoy segura de que a la vista de lo ocurrido aceptará que no digas lo que sabes.

—Lo dudo... —replicó el italiano—. Su mayor preocupación se centraba en que ninguna de vosotras supiera nunca a qué se dedicaba en realidad, por lo que estoy convencido de que si le pidiera permiso para contarlo me lo negaría... —Hizo una larga pausa, como si le costara un gran esfuerzo encontrar las palabras adecuadas para tan difícil situación y, cuando al fin habló, se le notaba sinceramente afectado—. Le debo mucho a Jules y mi obligación es callar, pero me consta que él ya difícilmente podrá sufrir más de lo que está sufriendo, mientras que si os aclaro las cosas sin que él lo sepa tal vez seáis capaces de encontrar una salida a esta difícil situación.

—Pareces poco convencido... —le hizo notar Orquídea.

—Es que no lo estoy, pequeña. Tu padre es un hombre excepcional que sabía llevar sus asuntos de una forma impecable hasta el punto de que durante los casi treinta años que he trabajado para él tan sólo le he visto cometer un error: confiar en los banqueros. Y es ese único error el que le ha llevado a la ruina.

—Por lo que se está viendo es un error que ha cometido la inmensa mayoría de la gente.

—Razón de más para que tu padre no lo cometiera, pero no es momento de lamentarse o buscar culpables sino de tomar decisiones... —El italiano observó a las dos mujeres que se sentaban frente a él y a las que hacía muchos años que apreciaba, y tras una meditada pausa, inquirió—: ¿Realmente queréis saber la naturaleza de esos negocios? —Ante el doble gesto de asentimiento, añadió como si a él mismo le costara aceptarlo—: Tráfico de armas.

—¿Cómo has dicho?

—¡No es posible!

—He dicho tráfico de armas y sí es posible. Ésa ha sido siempre la base de nuestras operaciones y el resto, hoteles, fábricas e incluso la agencia de viajes, no han sido más que simples tapaderas.

Madre e hija necesitaron guardar silencio un largo rato con el fin de conseguir asimilar la espantosa verdad, que jamás hubieran podido imaginar; el hecho de que el hombre al que adoraban hubiera hecho su fortuna negociando con la muerte resultaba un golpe demasiado difícil de asimilar.

Supermario pareció comprenderlo así porque al cabo de unos instantes puntualizó:

—Tal vez os consuele saber que casi el treinta por ciento de la industria norteamericana está relacionado con la construcción de barcos de guerra, aviones de combate, bombas, cañones, misiles, tanques, minas antipersonas, municiones y toda clase de armamento imaginable, lo cual quiere decir que uno de cada tres obreros y técnicos de Estados Unidos, así como sus familias, viven de que alguien mate a alguien. Dentro de ese contexto Jules y yo no somos más que parte del sistema porque alguien tiene que vender lo que otros fabrican.

—Suena espantoso.

—Es espantoso... —reconoció Mario Volpi con encomiable sinceridad—. A lo largo de la historia la humanidad ha ido avanzando a base de navegar sobre un río de su propia sangre, y para que ese río discurra con suficiente cauce alguien tiene que fabricar y vender las armas con las que se derrame esa sangre. Personalmente hubiera preferido que tu padre vendiera neveras, pero eso no da lo suficiente como para comprar L'Armonia.

—Eso último ha sonado demasiado cruel —protestó Andrea Stuart, a todas luces ofendida.

—No ha sido mi intención ser cruel —se disculpó el contable—. Tan sólo he procurado exponer la realidad de los hechos.

—¿Con qué clase de armas traficabais? —quiso saber de improviso Orquídea Kanac.

—Únicamente con fusiles de asalto. De hecho, en la profesión nadie sabe cuál es la auténtica identidad de tu padre; tan sólo se le conoce por un apodo: AK-47.

El AK-47 es un fusil de asalto diseñado en 1947 por Mijaíl Kaláshnikov.

El ejército ruso lo adoptó como arma principal, pero no fue hasta siete años más tarde cuando entró en servicio a gran escala. Posteriormente fue adoptado también por los países del Pacto de Varsovia.

Lo que hace peculiar a este fusil de asalto es su ingenioso sistema de recarga, que utiliza la fuerza de los gases de combustión producidos por el disparo para facilitar la colocación de un nuevo cartucho en la recámara del arma y expulsar el casquillo ya utilizado.

Esto hace que el arma tenga un menor retroceso y, por tanto, la fiabilidad en el disparo sea mayor. Su cargador curvado, que le confiere una mayor capacidad en un espacio menor, es también signo distintivo de este fusil. Los cargadores del AK y sus derivados se hacen de aluminio o plástico con el fin de acelerar y abaratar el tiempo de fabricación. Su cadencia de tiro es de seiscientos disparos por minuto.

El AK-47 es famoso por su gran fiabilidad ya que soporta condiciones atmosféricas muy desfavorables sin ningún incidente; se ha probado que el arma sigue disparando a pesar de ser lanzada al barro, sumergida en agua y atropellada por una camioneta. Ejemplares viejos con decenas de años de servicio activo no presentan ningún problema. Es un arma muy segura y permite alcanzar con facilidad un blanco que esté situado a una distancia máxima de cuatrocientos metros.

Durante la guerra del Vietnam se reparaban con piezas de aviones derribados y muchos soldados americanos los cambiaban por M-16 debido a que estos últimos se encasquillaban y eran mucho menos eficaces en los ríos y selvas.

Es una de las armas más solicitadas para combate irregular y se ha convertido en símbolo de la insurrección popular debido a que es utilizada por facciones terroristas, grupos criminales, guerrilleros rebeldes y estados dictatoriales.

Gracias a que los materiales y la construcción AK-47 son de bajo costo, se ha convertido en el arma más numerosa del planeta; se calcula que se han fabricado más de cien millones de fusiles de este tipo sin contar los que se hayan fabricado ilegalmente.

Permaneció largo rato inmóvil y en silencio frente al ordenador, releyendo una y otra vez la información que aparecía en la pantalla acerca del eficaz instrumento de muerte sobre el que al parecer se había cimentado la fortuna de su padre.

Lo primero que le vino a la mente fue el hecho de que cien millones de aquellas armas disparando a una velocidad de seiscientas balas por minuto podrían acabar con la práctica totalidad de los seres humanos en apenas dos minutos.

Sobraban por tanto el resto de los tanques, cañones, bombas o misiles, lo cual quería decir que la tercera parte de la industria americana carecía de razón de ser si de lo que se trataba era de hacer desaparecer de la faz de la tierra a todos los hombres, mujeres, ancianos y niños.

Observó detenidamente las diferentes fotografías del letal artilugio que sin la ayuda de un simple dedo apenas servía ni para clavar un clavo, y no pudo por menos que preguntarse si quien lo había creado se sentiría orgulloso del resultado de su esfuerzo.

Sesenta años matando gente eran muchos años y muchos cadáveres.

¿Qué impulsaba a un individuo a todas luces inteligente a dedicar su talento a la tarea de destruir a seres humanos con mayor rapidez y eficacia?

Orquídea Kanac había dedicado la mayor parte de su vida al estudio de toda clase de materias y al análisis del comportamiento, pero se veía obligada a reconocer que aquélla era la primera vez que se planteaba una pregunta de semejantes características.

Y es que si pretendía ser sincera consigo misma debía reconocer que para ella, la violencia, la guerra o la muerte habían sido siempre algo que se encontraba al otro lado de la pantalla de la televisión.

Aquel delgadísimo cristal, al igual que el de su ordenador personal, habían conseguido mantenerla alejada de la desagradable y maloliente realidad que comenzaba fuera de los límites del municipio de Grasse.

Sin embargo, ahora parecían querer quebrarse como si se tratara de las paredes de un acuario que amenazara con empaparle la alfombra al tiempo que cubría el suelo de algas y peces agonizantes.

Cuando al poco bajó a cenar descubrió que su padre parecía esforzarse por mantenerse más ausente que nunca e incapaz de llevarse el tenedor a la boca, como si la presencia de quien había sido durante tantos años su hombre de confianza le produjera temor en lugar de seguridad.

Apenas probó bocado, en los postres rogó a su esposa con un gesto que le acompañara a su dormitorio, se despidió con un intermitente y nervioso bascular de cabeza, y en cuanto se hubo perdido de vista, Supermario comentó:

—Le conozco lo suficiente como para saber que sospecha que he hablado demasiado. Debe de resultar terrorífico estar encerrado dentro de un cuerpo sin apenas ser capaz de expresar lo que siente.

—Alguien escribió en cierta ocasión que no hay peor cárcel que tu propio cuerpo...

—Especialmente para un hombre de la vitalidad de tu padre, que en mi opinión preferiría estar muerto a verse en ese estado.

—Es muy posible... —le replicó Orquídea, que se había apoderado de dos copas y una botella de coñac Napoleón al tiempo que le pedía con un mudo gesto que le acompañara a tomar el aire en los butacones del porche—. Sin embargo, yo prefiero que viva porque de ese modo puedo cuidarlo y mantengo la esperanza de que algún día volverá a ser como era.

—No debes hacerte ilusiones.

—El día que no pueda hacerme ilusiones sobre el bienestar de mis padres me quedará muy poco sobre lo que ilusionarme... —Llenó las dos copas y aguardó hasta que una de las mujeres de servicio concluyera de recoger los platos, apagara las luces y se retirara a su habitación, antes de añadir—: Y ahora que nadie puede oírnos cuéntame algo más sobre esos negocios.

Mario Volpi se tomó un tiempo para meditar bebiendo muy despacio antes de inquirir a su vez:

—¿Como qué?

—Como todo lo que sepas.

—Lo que sé es que tu padre compraba grandes cantidades de Kalashnikov a una serie de proveedores, los guardaba en distintos almacenes distribuidos por media docena de países y se los revendía a quien mejor se los pagaba.

—Eso suena demasiado... —la muchacha dudó antes de añadir—: «genérico».

—Sin duda —admitió su interlocutor—. Pero es lo único que puedo decirte, puesto que durante todos estos años ni siquiera he conseguido averiguar los verdaderos nombres de los fabricantes o los destinatarios. Todas las operaciones se realizaban utilizando claves que tan sólo él conoce.

—¿Te suenan los seudónimos de Carlomagno, Garibaldi, Buda o Tarzán?

—Los he utilizado docenas de veces, pero te juro que no tengo ni la menor idea de quién se esconde tras ellos. Lo único que puedo decirte es que a Buda se le paga, o sea que se trata de un fabricante o proveedor. Por el contrario, de Garibaldi y Tarzán se cobra, lo que significa que son compradores. Excepto en casos muy especiales las operaciones se realizaban a través de paraísos fiscales, o sea que tampoco puedo serte de mucha utilidad al respecto.

—Ya veo.

—Lo lamento, pero gracias a esa forma de actuar nunca nos hemos visto en problemas. Y éste es un negocio peligroso, querida. ¡Muy, muy peligroso! La mayoría de nuestros competidores ha acabado en la cárcel o en el cementerio... —Apuró su copa, lanzó un hondo suspiro y al poco comentó en un tono de profunda resignación—: Puedes estar segura de que lamento en el alma lo que le ha ocurrido a tu padre, pero en el fondo siento una especie de alivio al comprender que todo ha terminado. De ahora en adelante tendré que acostumbrarme a vivir de un modo mucho más modesto, pero también mucho más tranquilo.

Orquídea Kanac le rellenó la copa, se embriagó con el aroma que llegaba del inmenso jardín y, por último, inquirió:

—¿Te arrepientes de lo que has hecho?

—Ésa es una palabra del todo inapropiada, querida... —fue la tranquila respuesta—. Nos arrepentimos cuando realizamos una mala acción, no cuanto la repetimos una y otra vez con absoluta naturalidad. No soy un violador, un cleptómano, un ludópata, ni un criminal de los que actúan movidos por impulsos incontenibles de los cuales luego se arrepienten. Soy alguien que sabe que lo que hace causará muerte y dolor, pero que el número de víctimas no disminuiría por el hecho de que no les disparen con un Kalashnikov. Existen muchas otras armas y muchos otros traficantes.

—Triste disculpa.

—Todas las disculpas son tristes, pequeña. ¿O acaso supones que cuando compro un coche nuevo no calculo mentalmente cuántos fusiles he tenido que vender para pagarlo? —Hizo una corta pausa antes de añadir indicando con un gesto a su alrededor—: ¿Quieres que te diga cuánto pagó tu padre, en fusiles de asalto, por L'Armonia...?

Víctor Durán, un eurodiputado al que le unía desde hacía ya muchos años una buena amistad, entró a media mañana en su despacho y le alargó el ejemplar del libro *Hierba Alta*, que aparecía firmado por José Carlos Rodríguez Soto, un misionero comboniano español que había colgado los hábitos tras una década de difícil trabajo pastoral en Uganda.

—Necesito que leas con mucha atención el capítulo segundo... —dijo mientras abandonaba la estancia—. Pero no lo comentes con nadie. Te espero a almorzar donde siempre.

Colocó los pies sobre la mesa y abrió el libro por el capítulo indicado:

—Nosotros no somos soldados como los de cualquier otro ejército —comenzaba—. Somos el ejército de Dios, y combatimos por los diez mandamientos.

Así se expresaba el coronel Santo Alit, un hombre que pasaba sobradamente de los cincuenta. Alit hablaba en lengua acholi y yo, mientras tomaba notas sentado en el suelo, traducía en inglés a los dos diplomáticos que tenía a mi lado.

—Joseph Kony es como Jesucristo, que vino a salvarnos. Así como Judas vendió a Jesús por treinta monedas de plata, ha habido muchos que han intentado traicionar a Kony, el enviado de Dios, pero no han podido con él porque Dios envía a sus ángeles para que le protejan.

Con esta convicción explicaba las cosas el general de brigada Sam Kolo, número tres del Ejército de Resistencia del Señor (LRA). Seguí tomando notas y, a media voz, como pasando una confidencia, lo repetí en inglés al primer secretario de la embajada holandesa y a la mujer que ostentaba el mismo cargo en la embajada noruega. El holandés me respondió:

—Perdone, padre, ¿qué dice usted de Jesucristo?

Me dieron ganas de echarme a reír. Las caras serias de los jóvenes guerrilleros que nos rodeaban me las quitaron al instante.

—Perdone, señor, yo traduzco.

Asistíamos a una reunión con los rebeldes en Paloda, un remoto bosque en el distrito de Kitgum. Era el 28 de diciembre de 2004, y era mi quinto encuentro con los hombres de Kony. Esta vez éramos más de treinta personas entre líderes religiosos, parlamentarios y observadores internacionales. Era la primera vez que acudían periodistas.

La mediadora, Betty Bigombe, nos había dicho al principio que no habría tiempo para traducir del acholi al inglés y había pedido a los que no conocían esta lengua que se pusieran al lado de alguien que les pudiera traducir. Así fue como vine a hacer de traductor de aquellos extraños sermones sobre los diez mandamientos, Jesucristo y los ángeles. Aquel diplomático debió de pensar que estaba aprovechando la ocasión para catequizarlo, pero le dejé bien claro que aquello no era de mi cosecha.

Al principio de aquella reunión, el catequista-jefe y principal asesor religioso de Kony, el coronel Jenaro Bongomin, había levantado los brazos hacia el cielo, y cerrando los ojos con expresión mística había improvisado una oración mientras parecía entrar en trance. Le llamaban el Papa, y era el encargado de asuntos religiosos del LRA.

Mientras escuchaba a aquellos hombres con uniforme militar y rosario al cuello hablar de Dios y sus ángeles, no pude evitar acordarme de una de las peores masacres perpetradas por el LRA en una aldea cercana a Patongo, en el distrito de Pader, en noviembre de 2002, cuando tras matar a veinte personas el comandante ordenó descuartizar dos de los cadáveres, poner los ensangrentados miembros en una gran olla y hervirlos en presencia de los aterrorizados supervivientes. Las horribles mutilaciones, matanzas y actos del más absoluto salvajismo del LRA, cubiertos de aquel barniz religioso de oraciones y supuestas revelaciones del Espíritu Santo, provocaban la repulsa más absoluta ante una combinación tan repugnante. Aquella acumulación de rasgos absurdos, ilógicos, grotescos y macabros conducía fácilmente a asociar la extraña guerrilla del LRA con los clichés del salvajismo de la violencia gratuita e irremediable en África.

Durante las últimas décadas, la mayor parte de los movimientos rebeldes armados de África y otras partes del mundo, como los Tamiles de Sri Lanka, la RENAMO de Mozambique, UNITA en Angola, los independentistas eritreos, el Polisario del Sahara Occidental, los miembros de Hezbolá en el Líbano o los guerrilleros izquierdistas de Centroamérica, por norma general habían hecho grandes esfuerzos por ganarse las simpatías de la población y por dar a conocer sus reivindicaciones en los círculos internacionales más variados, abriendo incluso oficinas en capitales europeas. Pero el LRA se ajustaba mal a este modelo de guerrilla. Para empezar, no controlaba ni la más insignificante población del norte de Uganda, ni tampoco mostraba ningún interés por ocupar una zona del país. Sus fuerzas consistían en unidades pequeñas, no raramente formadas sólo por cinco o diez personas, las cuales, haciendo gala de una gran movilidad y recorriendo itinerarios imprevisibles, sembraban el terror más absoluto matando, quemando poblados, secuestrando a niños, mutilando y disparando a vehículos que después incendiaban, a menudo con sus ocupantes heridos dentro. Sus jefes hacían gala de un aislamiento total, no realizaban proclamas entre la población, ni intentaban atraerse sus simpatías. Todo esto, junto con sus rituales religiosos, les confería un carácter misterioso.

Sus ceremonias y creencias se fundían en un sincretismo difícil de entender. Utilizaban la Biblia. En sus interminables sermones, Kony afirmaba que así como Dios utilizó la guerra para purificar al pueblo de Israel pecador, él hacía lo mismo con la raza acholi, que al haber aceptado el gobierno de Museveni, había caído en la degeneración y se había corrompido irremediablemente. Kony se veía a sí mismo como un mesías elegido para crear un nuevo pueblo, tarea que realizaría eliminando a los elementos negativos y dando origen a los nuevos acholis, los niños nacidos en su movimiento rebelde. Esto justificaba el secuestro masivo de niñas a las que se obligaba a ser esclavas sexuales tras ser repartidas entre los comandantes, con el fin de que engendraran numerosos hijos. Del mismo

Kony se decía que contaba con sesenta esposas, pero como él mismo decía, Salomón tuvo más de seiscientas y Dios estaba con él. También utilizaban elementos islámicos, influenciados sin duda por sus generosos padrinos sudaneses. Entre las normas del LRA con las que amenazaban a la población figuraba la de no trabajar los viernes y la prohibición de criar cerdos. Tampoco había duda de que en su particular credo espiritual sobresalían prácticas y creencias de la religión tradicional acholi, particularmente el aspecto de posesión por los espíritus. El mismo Kony, médium del Espíritu Santo cristiano, aseguraba estar en contacto permanente con varios espíritus que le asesoraban sobre sus acciones militares. El principal de ellos tenía el curioso nombre de «¿Tú quién eres?». Esta aura espiritual tenía una influencia considerable en sus seguidores, la mayor parte de ellos niños secuestrados, que vivían aterrorizados, convencidos de que Kony conocía incluso sus pensamientos más profundos y sabía dónde se encontraban en cada momento.

Todo esto hacía que fuera fácil pensar que Kony y su guerrilla respondían a los estereotipos fáciles de un África salvaje, hundida en sus supersticiones primitivas, que no tiene remedio. Sin embargo, aquello formaba parte de una historia mucho más compleja, de difícil —pero no imposible— comprensión.

En Uganda, como en muchos países africanos, hay grandes diferencias culturales entre las etnias del norte y del sur. Distintos conflictos étnicos, políticos y religiosos han minado una y otra vez el proyecto de construcción de Uganda como nación que aglutine la diversidad de sus gentes.

Sonó el teléfono y lo descolgó sin apartar los pies de la mesa. Era Durán.

—¿Has hecho lo que te he pedido? —quiso saber.

—Estoy en ello.

—Pues date prisa porque empiezo a tener hambre y nos esperan.

—¿Nos esperan? —se sorprendió—. ¿Quiénes?

—Tom y Valeria. Puede que más tarde se nos reúna alguien más.

—¿Han leído esto?

—Lo han leído, y por eso nos reunimos.

El otro colgó y regresó a las páginas del apasionante relato:

A finales de 1986, una hechicera llamada Alice Lakwena, que decía ser una médium que se comunicaba con los espíritus más variopintos, tomó las riendas de algunas unidades del UPDA y comenzó su peculiar grupo llamado Movimiento del Espíritu Santo, una secta sincretista que tenía normas tan curiosas como la prohibición de parapetarse durante los combates o el uso de piedras como armas en la creencia de que se convertirían en granadas al ser lanzadas contra el enemigo. Uno de sus mandamientos más curiosos rezaba así: «Tendrás dos testículos, ni más ni menos.» Sería para sonreír si no fuera por el hecho de que muchos de los miles de jóvenes que se unieron a esta secta murieron en combates en los que cayeron como moscas. A finales de 1987, el ejército de Museveni detuvo el avance de los rebeldes de Lakwena a pocos kilómetros de Jinja, la segunda ciudad del país y lugar donde el río Nilo comienza su curso al salir del lago Victoria. Alice Lakwena huyó a Kenia, donde murió en un campo de refugiados en enero de 2007.

Mientras su peculiar ejército se desintegraba y volvía al norte para intentar reorganizarse, ocurría un hecho decisivo que contribuyó al empobrecimiento de los acholi y que volvía a demostrar que «a perro flaco todo son pulgas»: bandas de guerreros karimoyón, una tribu vecina de pastores seminómadas bien armados de fusiles automáticos, se dedicaron durante unos dos meses a arrasar los poblados acholi y a llevarse cuantas cabezas de ganado —vacas, ovejas y cabras— encontraron a su paso. Pocos dudan que aquel saqueo que supuso la quiebra de la base de la economía rural del pueblo acholi fuera realizado con la connivencia del ejército, ante cuya mirada complacida los acholi perdían toda su riqueza.

Por aquellas fechas comenzó la primera negociación entre el gobierno de Museveni y el UPDA, diálogo que culminó en junio de 1988 con la firma de un acuerdo de paz en el que el grueso de los oficiales y tropas del UPDA fueron incorporados al ejército regular. Sin embargo, aquello no significó el final de la guerra. Desde aquellos años se han sucedido momentos de gran violencia con periodos de relativa calma, y han tenido lugar distintos intentos de terminar con el conflicto por medio de la negociación pacífica, pero casi siempre ha ocurrido lo mismo: tras varios meses de grandes esperanzas de llegar a la paz, cuando parece que finalmente está al alcance de la mano, siempre ha terminado por suceder algo que ha tirado todo por tierra y ha desatado una nueva oleada de violencia, casi siempre peor que la anterior.

Así ocurrió en 1988, cuando un grupo integrado

por restos del Movimiento del Espíritu Santo se quedó fuera de las negociaciones y decidieron seguir la guerra bajo el mando de un pariente de Alice Lakwena llamado Joseph Kony, natural de Odek, en el distrito de Gulu, que tenía entonces 27 años. Durante los tres años siguientes la guerra entró en una fase de estancamiento, con numerosos abusos contra la población civil cometidos por ambas partes. La violencia se instaló en la región Acholi como rutina y la gente no tuvo más remedio que acostumbrarse a vivir con esa inseguridad, a veces intermitente y a veces continua e insoportable. Hasta que el gobierno lanzó una durísima ofensiva militar en marzo de 1991 conocida como Operación Sésamo, bajo el mando del general David Tinyefuza, en la que se impuso el aislamiento del norte, se restringieron las informaciones sobre lo que ocurría y se detuvieron a varios oponentes políticos del régimen de Museveni. El gobierno obligó a los campesinos a llevar siempre encima armas tradicionales —lanzas, hachas, arcos y flechas— para unirse a la caza al guerrillero, algo que sólo consiguió enfurecer más a los hombres de Kony, quienes se dedicaron a realizar horrorosas mutilaciones a los infelices sorprendidos con un arco y flechas o con un hacha en las manos. En agosto de 1991 el gobierno anunciaba que Kony había sido derrotado. Muchos creyeron que la pesadilla había terminado y durante el resto de aquel año y hasta mediados de 1993 apenas hubo incidentes de violencia y parecía que la región Acholi comenzaba a levantar cabeza.

Pero la paz no dura en el norte de Uganda. Durante la segunda mitad del año 1993 los guerrilleros de Kony —conocidos ahora con el novedoso y extraño nombre de Ejército de Resistencia del Señor o LRA—comenzaron a recibir ayuda del régimen islámico de Sudán, que se vengaba así del apoyo brindado por Museveni a su amigo John Garang, líder de los rebeldes sudaneses del SPLA, aunque sería más exacto afirmar que ha sido siempre el gobierno de Estados Unidos quien ha proporcionado armas y todo tipo de ayudas al SPLA por mediación del gobierno ugandés de Museveni, uno de sus más firmes aliados en el continente africano, sobre todo como bastión para detener la expansión del terrorismo islámico en África del Este.

Durante aquellos últimos meses del año 1993, cuando los guerrilleros de Kony reanudaron sus ataques en la región Acholi comenzó una nueva iniciativa de paz liderada por una ministra del gobierno ugandés llamada Betty Bigombe, en la que tomó también parte el obispo anglicano Baker Ochola. Tras varios meses de contactos, finalmente los altos mandos del LRA y del ejército ugandés entraron en negociaciones directas para concluir la guerra y se declaró un alto el fuego que ambas partes respetaron bastante escrupulosamente. Cuando parecía que estaba a punto de firmarse un acuerdo de paz total, Kony pidió seis meses para dar tiempo a todas sus unidades a reunificarse y prepararse para la nueva situación de cese de las hostilidades. Como respuesta, el 6 de febrero del 1994 Museveni lanzó un ultimátum a los rebeldes para que depusieran las armas en un plazo de siete días. No pasaron ni tres días antes de que se reanudaran las hostilidades. Se discute todavía hoy a qué se pudo deber el fracaso de aquellas negociaciones. Hay quien dice que uno de los factores decisivos fue la envidia de algunos políticos que —en una sociedad marcadamente machista— no estaban dispuestos a aceptar que una mujer se llevara el mérito de haber conseguido la paz. El gobierno de Uganda siempre ha asegurado que ya incluso durante las negociaciones, el LRA había empezado a recibir un gran apoyo militar del ejército de Sudán, y que aquel tiempo de tregua sirvió al LRA para reorganizarse y tener un tiempo de respiro.

Con el fracaso de la iniciativa de paz de Betty Bigombe, y el apoyo total del gobierno sudanés al LRA, comenzó el periodo de la guerra marcado por el terror más cruel. El conflicto ha adquirido también durante estos últimos años una dimensión claramente internacional. Atrapados en esta violencia sin límites, la población civil —sobre todo las mujeres y los niños— no fue una víctima accidental atrapada en el campo de batalla, sino un verdadero objetivo, como parte de una estrategia diabólica en la que se intenta controlarlos, humillarlos hasta extremos insospechados e incluso destruirlos.

El LRA siempre recurrió al secuestro de civiles para reforzar sus filas, especialmente en momentos de debilidad numérica, pero sobre todo fue a partir de 1994 cuando el secuestro de niños y niñas tomó proporciones masivas. UNICEF ha calculado en 30.000 el número de menores que han pasado por esta experiencia indescriptible. Durante años se ha repetido la misma historia interminable: el LRA se infiltra en el norte de Uganda desde sus bases en Sudán y durante varios meses se dedica a secuestrar a niños, a los que lleva atados con cuerdas y en fila a sus campos de entrenamiento en territorio sudanés, donde se les adiestra en el manejo de las armas. Las muchachas, además de ser también obligadas a combatir, tienen que soportar la humillación de ser repartidas entre los comandantes como esclavas sexuales. Al gobierno de Sudán le ha venido muy bien contar con una reserva inagotable de niños soldado del LRA que han luchado en primera línea contra el SPLA, ahorrándose recursos y posibilidades de pérdidas de sus propios efectivos. A esos mismos niños, de regreso a Uganda ya convertidos en guerrilleros, se les obliga a realizar las peores atrocidades a menudo contra sus propios familiares, inculcándoles de este modo el miedo a escapar y volver con su familia. Algo más de la mitad de ellos consiguieron escapar, y llegaron destrozados anímicamente, traumatizados, a menudo con enfermedades incurables, convertidos en piltrafas humanas. Miles de padres en el norte de Uganda —algunos de los cuales han perdido a todos sus hijos en una sola noche— han caído en la más absoluta desesperación.

Aunque el LRA atacó siempre objetivos militares, parece haber mostrado una especial predilección por lo que en el lenguaje eufemístico de nuestro tiempo se conoce como «*soft targets*», o «daños colaterales», es decir, la población civil, convertida en objetivo de acciones militares. Viajar por las carreteras del norte de Uganda se convirtió durante años en una experiencia de terror, en la que se iba siempre con el alma en vilo, siempre con el riesgo de caer en una emboscada. Lo más común para el LRA era disparar hasta matar a todos los ocupantes del vehículo, saquear las pertenencias y después quemar el coche o el autobús, a menudo con los heridos dentro. Ni siquiera los convoyes de ayuda humanitaria de organismos de Naciones Unidas o de las ONG se han librado de estos ataques mortíferos.

El LRA atacó también repetidas veces poblados y suburbios de las principales ciudades (Gulu y Kitgum), muy especialmente de noche, quemando cientos de viviendas. El dormir por las noches escondidos en la maleza —no raramente bajo la lluvia—, al escaso abrigo de los soportales de las tiendas en el centro de las ciudades o en los dormitorios de las misiones se convirtió en algo habitual para la gente de las zonas rurales, que llamaban a esta práctica *alup*. Una palabra acholi empleada para designar un juego parecido al escondite. Los niños y jóvenes que tenían la gran suerte de estudiar en un internado temblaban al llegar la época de vacaciones sólo de pensar que tendrían que pasar uno o dos meses en sus casas, durmiendo escondidos en la hierba.

El LRA realizó también masacres de hasta cientos de personas de una sola vez como método para propagar el terror. La lista es interminable: doscientas personas fusiladas en la orilla de un río en la localidad de Atyak en abril de 1995 (después de esta masacre Uganda y Sudán rompieron sus relaciones diplomáticas, que volvieron a restablecer en 2001), y lo curioso es que quien dirigió aquella carnicería fue un oficial originario de Atyak, Vincent Ottii, número dos del LRA. Otras ciento cincuenta personas, refugiados sudaneses, fueron asesinadas durante tres días de ataques en el campo de Acholpii, en julio de 1996, cuatrocientas en el condado de Lamwo en enero de 1997, noventa en Mucwini en julio de 2002, y ciento veinte en la aldea de Amyel el 12 de octubre del mismo año. En febrero de 2004 tuvo lugar la masacre de Barlonyo, en Lira, en la que más de trescientos desplazados fueron asesinados, la mayor parte quemados vivos en sus cabañas. Un dato que no se le escapa a nadie que ha vivido en el norte de Uganda es que en casi todos estos asesinatos masivos, el ejército ugandés siempre ha llegado cuando ya era demasiado tarde.

Desde 1994, el gobierno de Sudán proporcionó minas antitanque y antipersona al LRA. El ejército ugandés minó también —en 1999— amplias zonas de la región Acholi limítrofes con la frontera sudanesa, haciendo imposible para los habitantes de estas zonas regresar a sus hogares. A pesar de esta siembra de minas, sin embargo, parece que los mutilados —o muertos— por ellas habría que contarlos por cientos, más que por miles.

El LRA era mucho más que un grupo de exaltados, compuesto por Kony y un puñado de niños secuestrados que realizaban actos irracionales y salvajes. Detrás de aquella extraordinaria brutalidad había una organización bien estructurada, cohesionada en torno a la figura de un líder indiscutido, al que se atribuían poderes sobrenaturales, fuertemente apoyada por Sudán, y muy disciplinada. El LRA estaba dividido en cinco brigadas, cada una con su nombre: Sinia, Gilva, Trinkle, Stockree y Control Altar, esta última bajo el mando directo de Kony. Y contaba con oficiales encargados de tareas de coordinación como finanzas, inteligencia, comisaría política, asuntos religiosos, relaciones externas, adiestramiento militar y planificación de operaciones...

Llegó al restaurante con el estómago revuelto, saludó de forma casi automática a quienes esperaban y de inmediato extendió la mano con la palma hacia delante como si intentara adelantárseles al tiempo que dejaba el ejemplar del libro justo en el centro de la mesa.

—Imagino lo que vais a decir... —señaló—. Si todo lo que ahí se cuenta es cierto, y no me cabe duda de que debo de serlo, hay que hacer algo al respecto. ¡Y pronto!

—Por eso estamos aquí. No podemos pasarnos la vida discutiendo sobre el sexo de los ángeles mientras continúa semejante sangría... —reconoció de inmediato el elegante y siempre comedido Tom Scott—. Tengo cinco hijos y al leer lo que cuenta este hombre no he podido evitar imaginarme lo que sentirán los padres de esas infelices criaturas. Tenemos que pararle los pies a Kony y a quienes les facilitan las armas con las que continúa cometiendo semejantes atrocidades.

—Estoy convencida de que no nos votaron para que nos tomáramos la justicia por nuestra mano, pero de igual modo estoy convencida de que a la vista de los crímenes de semejante bestia la mayoría de quienes nos eligieron aprobarían que nos olvidáramos un poco de las formas de la ley y pensáramos algo más en el espíritu de la justicia —admitió segura de sí misma Valeria Foster-Miller—. ¿Qué habéis pensado?

—En que se debe actuar en dos líneas muy bien señalizadas y muy diferentes entre sí... —señaló Víctor Durán bajando instintivamente el tono de voz pese a que se encontraban en una mesa tan apartada que nadie podía oírle—. La primera acabar con Kony por las buenas o por las malas; la segunda resulta igualmente difícil, pero mucho más delicada puesto que se trata de averiguar quién le compra el oro, y sobre todo el coltan, que se ha convertido en su principal fuente de ingresos. Si consiguiéramos cortar ese chorro de dinero estaría acabado.

—Siempre le quedaría el tráfico de diamantes...

—Actualmente los diamantes apenas producen beneficios... —puntualizó Foster-Miller—. La crisis trae como consecuencia que la gente no los compre, sino más bien intente vender los que tiene, y como los diamantes nunca se destruyen, podría darse el caso de que llegaran al mercado quinientos millones de quilates guardados desde hace miles de años, lo cual hundiría aún más su precio.

—Siempre me había creído aquello de que «Los diamantes son el mejor amigo de las mujeres y lo son para siempre».

—Precisamente en eso estriba su mayor riesgo. Al no ser un bien de consumo ya que ni se comen ni se gastan, ya que tan sólo constituyen un adorno, cada vez hay más. La situación comienza a ser tan grave que la empresa De Beers, que controla casi la mitad de su producción mundial, ha cerrado cuatro minas en Botswana debido a que calcula una caída de los precios del cuarenta por ciento. Si a ello se une el hecho de que últimamente se ha conseguido controlar de un modo bastante eficaz el tráfico de los llamados «diamantes de sangre» que no puedan documentar su origen, y que precisamente son con los que trafica Kony, podemos llegar a la conclusión de que el dinero que le proporcionen no le alcanzaría ni para las balas.

—¿Qué pruebas tenemos de que se ha centrado en oro y coltan? —quiso saber Tom Scott.

—El hecho, a mi modo de ver muy significativo, de que últimamente la mayoría de sus matanzas y correrías las haya realizado en el Congo, y concretamente en la zona de Kiwu Norte, que es donde se encuentran los principales yacimientos.

—Mientras parte de sus hombres asesinan, violan y

mutilan, otros se dedican a robar mineral —refrendó Durán convencido de lo que decía—. Es lo que hacen todos los que se encuentran implicados en esas malditas guerras, y mi propuesta es que antes de seguir adelante visitemos la región y nos hagamos una idea más clara de la magnitud del conflicto.

—Te recuerdo que no podemos intervenir de un modo oficial —le hizo notar Tom Scott—. Careceríamos de cobertura legal de cualquier tipo.

—Lo sé muy bien, pero estarás de acuerdo en que nada nos impide viajar al Congo a título personal. He hablado con un buen amigo que para un caso como éste nos proporcionaría su avión privado.

—No me gusta utilizar aviones privados... —alegó de inmediato y frunciendo el ceño con gesto de profundo desagrado Valeria Foster-Miller—. Suelen pertenecer a gente que siempre acaba pidiendo que les devuelvas el favor...

—¡No hay problema! —fue la burlona respuesta—. Te he oído cantar y te aseguro que Julio nunca te va a pedir que le acompañes en un escenario.

Fue a raíz de ese viaje, e incluso cabría pensar que dos semanas antes, en el momento en que Víctor Durán le pidió que leyera el esclarecedor libro del misionero comboniano, cuando el pelirrojo Hermes decidió olvidar las leyes que había jurado defender, y como resultado de ello se encontraba tumbado ahora sobre el grasiento suelo de la cabina de lo que pretendía seguir siendo un helicóptero, observando cómo una tímida luna comenzaba a hacer su aparición sobre las copas de los árboles.

Pese a todos los esfuerzos y las promesas del mugriento piloto, su más mugriento ingenio volador se había negado a moverse antes de que las sombras de la noche cayeran sobre su cabeza con tan asombrosa rapidez que le resultó imposible continuar trabajando.

Se habían posado casi sobre la raya del ecuador, por lo que apenas existía crepúsculo y se pasaba en cuestión de minutos de una luz cegadora a unas tinieblas absolutas.

Un hombre, como Hermes, nacido y criado en el corazón de Europa jamás conseguiría acostumbrarse a cambios de luz tan bruscos.

En cuanto el sol desapareció en el horizonte las palabras de Román Balanegra fueron claras, concisas e indiscutibles, ya que al tiempo que le colocaba un enorme revólver en la mano, señaló sin dar pie a discusión de ningún tipo:

—Coma algo, no encienda fuego bajo ninguna circunstancia y procure descansar cuanto le sea posible. Gazá y yo montaremos guardia... —Antes de alejarse hacia la espesura con su pesado fusil al hombro, añadió—: Y sobre todo no hable, porque nunca me he explicado la razón pero en el silencio de la noche en la selva las voces humanas alcanzan increíbles distancias...

Fue como si se lo hubieran tragado de pronto las tinieblas y al poco Hermes advirtió que el piloto le susurraba al oído que se sentía más seguro durmiendo en el bosque, por lo que se encontró de improviso absolutamente solo y como idiotizado en el interior de aquel inmundo habitáculo.

—Si lo que pretendía era vivir una aventura creo que me he pasado... —fue lo primero que le vino a la mente.

El revólver, que más parecía un cañón antitanque que un arma de defensa personal, descansaba al alcance de su mano, pero su presencia no contribuía a proporcionarle una sensación de seguridad, puesto que estaba convencido de que en caso de apuro sería más probable que lo empleara contra sí mismo que contra un posible atacante.

Jamás había disparado ni tan siquiera una escopeta de feria.

No podía fumar, no tenía con quién hablar, no debía hacer el menor ruido y los mosquitos habían conseguido que el sueño huyera de aquella espesa jungla.

Lo único que podía hacer era cubrirse de tal modo que tan sólo consiguieran martirizarle en los parpados.

Y pensar.

Pensar en que en menos de dos meses su vida había dado un giro de ciento ochenta grados.

Pensar en lo que había visto en unos yacimientos abiertos en lo más intrincado de la selva, en los que infelices muchachos que deberían estar en la escuela, trabajaban catorce horas diarias a cuarenta grados de temperatura buscando coltan en inestables terrenos de aluvión que cuando menos se esperaba les sepultaban vivos.

Pensar en la razón por la que los seres humanos habían hecho las cosas tan rematadamente mal como para que su futuro hubiera quedado en manos de una cuadrilla de desarrapados.

Cuando el presidente de una empresa enviaba por Internet un mensaje ordenando que se realizase una transferencia multimillonaria, lo enviaba gracias al esfuerzo de aquellos chicuelos.

Cuando un piloto confiaba a un moderno GPS la responsabilidad de dejar a salvo a trescientos pasajeros en un aeropuerto perdido en una diminuta isla del Pacífico, lo conseguía gracias al hambre de aquellos niños.

Cuando un sofisticado satélite proporcionaba información sobre la dirección y la fuerza de un huracán, conservaba su posición en el espacio gracias a los sufrimientos y fatigas de aquellos adolescentes.

Cuando un desesperado inmigrante pedía auxilio porque su cayuco navegaba a la deriva en mitad del océano, su teléfono móvil funcionaba gracias a que otros tan miserables como él se habían dejado la piel en las minas.

Cuatro mil millones de personas, más de la mitad de los habitantes del planeta, dependían de un modo u otro de un puñado de críos hambrientos, y dentro de veinte años la práctica totalidad de los seres humanos serían incapaces de desenvolverse sin su ayuda.

Los medios más rudimentarios, palos, troncos, picos, palas, escoplos, martillos y unas encallecidas manos que no habían tenido tiempo de aprender a escribir, constituían la base sobre la que se asentaba la fabulosa tecnología punta del orgulloso siglo veintiuno.

¿Cómo se explicaba? ¿Acaso la humanidad era tan inconsciente como para no darse cuenta de que corría ciegamente hacia el abismo?

Hacía treinta años que alguien cayó en la cuenta de que un metal casi desconocido, el tantalio, poseía propiedades físico-químicas «mágicas» puesto que era mucho mejor conductor de la electricidad que el cobre, a la par que dúctil, maleable, de gran dureza, con un alto grado de fusión e inoxidable dado que tan sólo lo atacaba un ácido fluorhídrico que apenas existía en la naturaleza.

A la luz de tal hallazgo los fabricantes de aparatos electrónicos vieron el cielo abierto ya que tan prodigioso material les permitía reducir de forma espectacular el tamaño de sus productos al tiempo que aumentaban sus prestaciones y se abarataban los precios.

Se había dado el pistoletazo de salida a una dura competición en la que lo único que importaba era ganar;

ganar dinero, ganar prestigio y ganar cuotas de mercado.

Con el nacimiento del nuevo siglo nacía una nueva forma de relacionarse y la carrera se fue acelerando hasta alcanzar un ritmo vertiginoso.

La industria armamentista no tardó en comprender que un misil disparado a cientos de kilómetros de distancia impactaría con precisión milimétrica sobre un blanco situado en el corazón del territorio enemigo, pese a que con frecuencia un minúsculo error de cálculo arrasara un hospital o destruyera un edificio cercano con todos sus habitantes dentro.

Los terroristas descubrieron que servía para detonar a distancia un coche bomba y los gamberros que resultaba divertido grabar y difundir sus agresiones a un indefenso indigente.

Todo ello gracias a que aquellos chicuelos continuaban arriesgándose a morir aplastados por el imprevisto deslizamiento del inestable terreno del yacimiento en que se encontraba el tantalio.

Y es que ese tantalio tenía la curiosa costumbre de encontrarse unido a otro mineral, la columbita, con el que aparecía en forma de pequeñas piedras de un gris verdoso a las que se había bautizado con el lógico nombre de col-tan.

Y el coltan tenía a su vez la fea costumbre de no encontrarse sino en terrenos de aluvión, y por si ello no bastara, el ochenta por ciento de las reservas mundiales se localizaban en el Congo.

Eso venía a significar que el futuro de las nuevas tecnologías se asentaba en un remoto punto del corazón de África y en un país que debería ser, gracias a sus infinitas riquezas y su escaso número de habitantes, uno de los más prósperos del planeta.

Además del coltan el Congo poseía la tercera parte de las reservas mundiales de estaño, gran cantidad de uranio, cobalto, petróleo, oro, inmensos bosques de maderas nobles y el mayor potencial de energía hidráulica del continente, pero pese a ello la inmensa mayoría de los congoleños malvivían bajo el umbral de la pobreza o incluso bajo el umbral de la miseria.

No era de extrañar que su país se hubiera convertido en la presa codiciada por unas grandes potencias que la mejor forma que habían encontrado de despojarle de sus riquezas era provocar un sinfín de guerras disfrazadas de enfrentamientos tribales, fronterizos o religiosos que durante los últimos veinte años le habían costado la vida a cinco millones de inocentes.

La estrategia de las grandes empresas consistía en financiar a todo el que se prestase a provocar alborotos al tiempo que incitaban a los países vecinos, Uganda, Ruanda y Burundi a intervenir militarmente aprovechando del embrollo para expoliar las reservas de coltan de forma descarada.

Y es que a su modo de ver la esencia del demoniaco juego de la guerra del Congo estribaba en que había sido diseñada con la intención de que nadie consiguiera ganar nunca; ni gobierno, ni hutus, ni tutsis, ni ugandeses, ni ruandeses ni las mismísimas Naciones Unidas que acudieran al rescate con un ejército de un millón de hombres conseguirían la victoria.

Era como una kafkiana partida de ajedrez en la que todas las piezas fueran peones que se movieran en las cuatro direcciones con la seguridad de que no existía rey, reina, alfil o posibilidad alguna de dar jaque mate al enemigo.

La guerra por la guerra y sin perseguir otro objetivo que aquel que había perseguido todas las guerras no religiosas desde la noche de los tiempos: obtener un beneficio ilícito.

Y mientras tanto, asesinos de la calaña de Joseph Kony campaban a sus anchas masacrando inocentes.

Cerró los ojos convencido de que aquélla sería la noche más larga y angustiosa de su vida, tal vez la última, pero cuando al fin consiguió conciliar el sueño se sentía tan orgulloso de sí mismo como nunca lo había estado anteriormente.

Aquello era mil veces más excitante e importante que calentar una butaca en el Parlamento Europeo.

Abrió el frasco, dejó caer dos gotas sobre el pañuelo y lo agitó muy despacio cerrando los ojos y aspirando profundamente.

La salida contenía sin duda sanguina, coco, una pizca de pimienta y bergamota; en el corazón se percibía un leve aroma a jazmines y azahar, mientras que el fondo debía de estar constituido por almizcle, un toque de salitre, madera de roble y un inconcreto rastro de un aroma que aún no alcanzaba a aislar.

Tal vez la Nariz Cosaca podría haberle proporcionado más detalles e incluso ella misma se sentía capaz de llegar al fondo del misterio del perfume que tan rotundo éxito estaba alcanzando, pero para ello hubiera necesitado un tiempo y unos medios de los que en aquellos momentos carecía.

Un año atrás aquel hermoso y delicado frasco en forma de cañón antiguo que contenía Bounty-La Rebelión, la última y ciertamente revolucionaria creación de la exclusiva firma Fashion-Look, hubiera constituido para ella un fabuloso reto; una especie de gigantesco crucigrama al que consagrar semanas de esfuerzo con el fin de diferenciar sin apenas margen de error la proporción de las diferentes esencias que lo conformaban, pero ahora no.

Desde muy niña se había acostumbrado a jugar al escondite con los aromas, aprendiendo a buscarlos y analizarlos en cada frasco de agua de colonia, cada jabón, cada laca de uñas e incluso cada desodorante.

Era aquélla una pasión lógica y propia de quien había nacido y se había criado en L'Armonia sin abandonar apenas los límites de Grasse.

Se aproximó aún más el pañuelo a la nariz y permaneció muy quieta contemplando el mar en la distancia, ensimismada en su propio mundo e incapaz de asimilar que muy pronto aquella habitación, aquella casa, aquellos jardines y aquellos inimitables olores ya no serían suyos.

Era como si la estuvieran vaciando por dentro, como si poco a poco le despojaran del estómago, el hígado, el corazón y los pulmones para acabar por transformarla en un frasco en el que no quedaba más que un ligero recuerdo de la maravillosa esencia que contuvo algún día.

¿Adónde podría ir si la arrancaban de su cuna?

Orquídea Kanak se daba perfecta cuenta de que desde hacía meses el miedo se iba adueñando de ella poco a poco, y que ese miedo apestaba a coliflor, cebolla, ajo y sudor rancio.

Apestaba a miseria.

Distinguió la figura de su madre alejándose por el jardín en dirección al cenador en el que anteriormente no se sentaba nadie, y al percatarse de que caminaba como sin fuerzas y desmadejada comprendió que se sentía vencida de antemano, incapaz de enfrentarse a los difíciles momentos que llegaban.

Los pétalos se le estaban cayendo uno tras otro.

Cuando al poco volvió a verla, semioculta entre las ramas de los manzanos, sentada en el banco del cenador, con los codos apoyados en las rodillas y la cabeza entre las manos, experimentó la extraña sensación de que se trataba de una altiva, orgullosa y delicada palmera a la que un inesperado e irreverente rayo hubiera fulminado partiéndolo por la mitad y dejando una parte apoyada en la otra formando un dramático ángulo precursor de la muerte.

Era una mujer acabada.

Andrea Stuart no había cumplido aún cuarenta y tres años, por lo que ni siquiera había abandonado el verano de su vida cuando ya parecía como inmersa en lo más crudo de un invierno que acababa.

Orquídea recordaba que quince años atrás una imprevista helada se abatió sobre los huertos y los jardines a mediados de mayo causando una catástrofe y un desconcierto semejante al que ahora afectaba a su familia.

La gran diferencia estribaba en que la mayoría de las plantas conseguían reponerse y florecer y la mayoría de los seres humanos, no.

El primer puñetazo, la enfermedad de su marido, la había golpeado con extrema dureza, pero el segundo, la evidencia de que carecería de los medios necesarios para cuidarle e intentar su recuperación, le habían quebrado el alma.

Aún observó su desesperanzada soledad un largo rato, pero al fin cerró el frasco, dejó el pañuelo sobre la mesa y se encaminó al dormitorio de su padre, al que encontró sentado en una ancha butaca contemplando la televisión con aspecto de quien tiene la mente muy lejos de la brutal cacería de jóvenes focas que tenía lugar en esos momentos en la pantalla.

Apagó el aparato con el mando a distancia, acercó una silla y se acomodó frente a quien siempre había llenado la mitad de su corazón, que se limitó a mirarla como si sospechara que iba a castigarle por sus malas acciones sin que le quedara la menor posibilidad de defenderse.

Se observaron unos instantes y la muchacha tuvo la desagradable sensación de que se encontraban uno a cada lado de un profundo barranco y no existía otra forma de comunicarse más que por medio de gritos y aspavientos.

¡Qué triste cuando aquellas largas charlas nocturnas en las que aprendía tantas cosas tenían lugar en un tono suave, cadencioso y reposado!

Le cogió de las manos y las descubrió húmedas, frías y tan resbaladizas que únicamente un casi imperceptible temblor diferenciaba las fuertes manos que tantas veces la elevaron al aire siendo niña, de las de un cadáver.

Buscó a su padre al otro lado de aquel rostro inexpresivo y aquellos ojos sin brillo y no pudo encontrarlo.

—Mario me lo ha contado todo... —musitó al fin sin dejar de mirarle con fijeza—. Y nada más lejos de mi ánimo que censurarte, porque no soy quién para ello. Tus razones tendrías para hacer lo que hiciste y como sin duda la más importante se refería a nosotras, lo único que puedo hacer es agradecer el que nos hayas cuidado.

Le acarició ahora las muñecas, aspiró profundamente y no hizo pausa alguna con el fin de no dar tiempo a que las emociones se apoderaran de alguien a quien lo único que le quedaba ya era emociones.

—Ahora ha llegado el momento de pagar mi deuda... —añadió—. Supongo que nunca conseguiré saber si te sentías a gusto contigo mismo por lo que hacías, y tampoco sé si conseguiré sentirme a gusto con lo que voy a hacer, pero es mi obligación. Me habéis traído al mundo, me habéis dado mucho amor, me habéis proporcionado una vida maravillosa y admito que debo pagar por ello...

Resultaba difícil saber si la expresión de Jules Kanac mostraba sorpresa, horror, incomprensión, o no sentía nada y tan sólo estaba intentado procesar con desesperante lentitud el significado de las palabras que acababa de escuchar.

Al cabo de un tiempo que a su hija le pareció infinitamente largo negó una y otra vez con la cabeza al tiempo que conseguía balbucear:

—¡No! ¡Eso no...!

—¿Por qué no? —quiso saber Orquídea.

No obtuvo respuesta; tan sólo el mismo gesto negativo.

La muchacha, que se tomó un tiempo para reflexionar; extendió la mano, acomodó la bata de su padre, le alisó el cabello que le caía sobre la oreja y, por último, le habló sin dejar de mirarle a los ojos como si confiara más en que pudiera leer en sus labios que escuchar sus palabras.

—Si no lo hago, mamá y tú acabaréis en un asilo y yo en un cementerio, porque te juro que prefiero colgarme del roble del jardín que abandonar la paz de L'Armonia para enfrentarme al hediondo y escandaloso mundo de ahí afuera... —Hizo una pausa, le acarició de nuevo las manos y al fin añadió remarcando mucho las palabras—: No tienes derecho a haberme acostumbrado a este tipo de vida y pretender que lo deje porque imagines que no soy capaz de hacer el mismo tipo de sacrificios que te viste obligado a hacer.

La respuesta resultó sumamente trabajosa.

—¡Nnnnnnn... o!

—Sí, papá... —insistió ella—. Pienso averiguar cuál es la clave de todos esos números de tu libreta de teléfonos, a quién pertenecen y quiénes son esos proveedores y compradores a los que denominas Buda, Tarzán, Carlomagno o cosas por el estilo...

Jules Kanac se limitó a elevar el dedo índice hasta la altura del cuello de su hija con el fin de cruzarlo con un gesto brusco de un lado a otro.

—¿Qué pretendes decirme con eso? —fue la tranquila respuesta—. ¿Que me degollarían? ¡No digas bobadas! Has estado treinta y tantos años en ese negocio y nadie te ha tocado un pelo. Sin embargo, quien te ha llevado a esta situación ha sido un banquero estafador, por lo que deberías aceptar que quienes están asesinando al mundo son los ejecutivos de chaqueta y corbata, no los terroristas o los guerrilleros.

Aguardó con la evidente intención de que tuviera tiempo de captar la esencia de lo que pretendía hacerle comprender, y cuando consideró que así era, continuó en el mismo tono pausado de quien pretende convencer a un niño para que se tome un purgante:

—He intentado negociar con el director del banco fórmulas que nos permitan conservar la casa, y pese a los millones que has ingresado en esa sucursal durante todos estos años, he llegado a la conclusión de que no nos ayudará. Me han dicho que está en tratos con el fin de vendérsela a la Fashion-Look, que tiene intención de establecer la sede de su sección de cosmética en Grasse, y parece ser que concretamente en nuestra casa. O sea que si me veo obligada a tratar con canallas, prefiero hacerlo con canallas que produzcan beneficios.

Lanzó un hondo suspiro como si aquélla fuera la decisión más importante de su vida, y no cabía duda de que lo era, acarició de nuevo con un gesto de profundo amor la blanca barba de quien formaba una parte tan importante de su vida y cuando habló de nuevo lo hizo en un tono de indiscutible firmeza:

—Necesito esos nombres y esos números de teléfono —dijo—. Y no descansaré hasta que los consiga.

Orquídea Kanac había sido sin duda una muchacha de extraño comportamiento, pero en muy poco tiempo había pasado a convertirse en una mujer de ideas muy claras.

A partir del momento en que la desgracia se había precipitado de forma tan inesperada sobre su familia, hizo suya una máxima que le había impresionado cuando era todavía una simple adolescente: «Pocos son tan inteligentes como se creen, y pocos tan estúpidos como los demás les creen.»

Y lo ocurrido a su padre no hacía más que reafirmar sus creencias.

Hasta una mente tan brillante como la de Jules Kanac podía fallar permitiendo que le engañaran como a un imbécil, al tiempo que dos años antes había escuchado de labios de una analfabeta criada peruana: «El mundo se está comportando como si la plata no se fuera a acabar nunca, e incluso en mi pueblo, Potosí, se agotaron las mayores minas que jamás hayan existido. La riqueza se encuentra en la cima de una montaña y la miseria en el fondo de un barranco; siempre ha sido más fácil precipitarse a un barranco que ascender a una montaña.»

Siendo sincera consigo misma se veía obligada a admitir que su familia se había comportado «como si la plata no se fuera a acabar nunca».

Y de hecho estaba convencida de que en realidad no se había acabado y quedaba mucho más en el filón que su padre había explotado durante años, por lo que de lo único que se trataba era de volver a encontrar la veta.

Debido a ello, a la mañana siguiente y aprovechando que su madre había tenido que bajar a Niza, se situó de nuevo frente a su padre mostrándole una hoja de papel en la que había dibujado con grandes caracteres todas las letras del abecedario.

—Vamos a hacer una cosa muy sencilla... —le explicó—. Para saber el nombre de tus clientes y proveedores te iré señalando letras y tú te limitas a asentir cuando marque la correcta. Empecemos por el tal Buda, que Mario asegura que es quien te proporciona las armas. ¿Su apellido empieza por A? —Ante la negativa colocó el dedo índice sobre la segunda letra al tiempo que insistía...—: ¿Por B?

Fue una larga y dura semana de trabajo, pero al finalizar las difíciles sesiones la muchacha había conseguido anotar en una nueva libreta los auténticos nombres y los auténticos números de teléfono de la veintena de personas distribuidas por una docena de países con los que Jules Kanac había hecho millonarios negocios a lo largo de casi treinta años.

Con semejante tesoro en las manos se reunió de nuevo con Supermario, al que le espetó sin el menor miramiento:

—¿Continúas queriendo ganar dinero?

—Siempre que respetemos las normas establecidas.

—Lo que ha funcionado bien no tiene por qué cambiarse... —fue la segura respuesta—. A todos los efectos continuaremos comportándonos como siempre lo ha hecho AK-47, puesto que nadie tiene por qué saber que el verdadero AK-47 se encuentra postrado en una silla de ruedas.

—¿Tienes idea de lo que va a suceder si te implicas en esto? —inquirió el italiano mirándola directamente a los ojos.

—Tal vez no, pero lo que sí tengo es una clara idea de lo que sucederá si no me implico.

—Es que se trata de tráfico de armas.

—Respóndeme a una sencilla pregunta, Mario —puntualizó la muchacha—. ¿Dejará de existir el tráfico de armas por el hecho de que mis padres acaben en un asilo y yo me cuelgue de un árbol?

—Supongo que no.

—¡Seguro que no! —recalcó ella—. El puesto de AK-47 lo ocupará otro que probablemente se gastará los beneficios en drogas, putas y juego. Sin embargo, tú y yo lo dedicaremos a sacar adelante a nuestras familias.

—Conozco ese argumento... —le hizo notar su interlocutor con un asomo de sonrisa—. Me lo he aplicado a mí mismo miles de veces: alguien tiene que hacerlo y, por lo tanto... ¡qué más da! —Hizo una pausa y observó con indudable cariño a quien había visto nacer y crecer al añadir—: El problema no se centra en el tipo de disculpa que utilicemos a la hora de justificarnos; el problema estriba en si tú misma la aceptas como razón válida.

—Ya la he aceptado.

—¿Con todas sus consecuencias?

—Con todas sus consecuencias.

Ante la firmeza de la respuesta a Supermario no le quedó otra opción que encogerse de hombros, con lo que parecía querer evidenciar que a partir de aquel momento el tema se le escapaba de las manos, y cambiando el rumbo de la conversación, comentó:

—¡De acuerdo! Se trata de tu vida y ahora eres quien manda. ¿Qué piensas hacer?

—Por lo que he podido deducir tenemos un cargamento depositado en un almacén de las afueras de El Cairo y su destinatario, el denominado Tarzán, las necesita con urgencia.

—Tarzán es de los que pagan con coltan... —le hizo notar su interlocutor—. Si conseguimos hacerle llegar esas armas habrás resuelto tus problemas para los dos próximos años.

—¿Y cómo se las hacemos llegar?

—Por medio del que siempre ha sido nuestro transportista en África. El problema estriba en que tiene la mala costumbre de cobrar por adelantado.

—¿Aceptaría quedarse con el diez por ciento del cargamento?

—¡Ni de broma! Arriesga mucho y, por lo tanto, tan sólo acepta cobrar en dinero contante y sonante.

—¿Cuánto?

—Doscientos mil euros.

—Tendré que buscarlos.

—Intentaré ayudarte, pero ya que me voy a meter en esto hasta el cuello, prefiero estar al tanto de todo. ¿Quién es ése al que tu padre llama Tarzán?

—Un tal Joseph Kony.

—Hace tiempo que me lo temía...

Fue como si de pronto hubieran encendido la luz del mundo.

Tan rápido como el crepúsculo llegó el amanecer, y con la primera claridad del día el mugriento piloto se encontraba ya atareado apretando tuercas y taponando fugas de combustible con cinta aislante, por lo que al cabo de media hora ocurrió el milagro de que las aspas comenzaran a girar de nuevo, instante en el que reaparecieron como por ensalmo Román Balanegra y Gazá Magalé, quienes saltaron al interior del aparato al tiempo que el primero exclamaba:

—¡Larguémonos de aquí antes de que el ruido de ese jodido motor despierte a los muertos...!

Alzaron el vuelo, depositaron en sus respectivos escondites los sacos de provisiones que faltaban, y de inmediato emprendieron el regreso a Mobayé, siempre temerosos de que en el momento menos pensado aquella burda caricatura de helicóptero se desplomara como una piedra lanzada al aire.

El milagro se completó cuando el aparato se posó suavemente en el claro de la espesura, a diez metros del vehículo del cazador, y todo quedó en silencio, por lo que se pudo escuchar el suspiro de alivio de quienes habían permanecido en innegable tensión durante las últimas horas.

—¡Si no lo veo, no lo creo!

—¡Aquí concluye mi primera y última aventura!

Por su parte, Román Balanegra extrajo del bolsillo un fajo de billetes que depositó en la grasienta mano del piloto al tiempo que señalaba:

—¡Escúchame bien, negro loco! Esto es para que cada sábado hagas el mismo recorrido a mucha altura y sin posarte, a no ser que te lancemos cohetes. En ese caso bajas a buscarnos; de lo contrario puedes emborracharte hasta el próximo sábado.

—¿Cuántas semanas?

—Seis.

—¿Y cuánto me llevaré si os saco de allí, porque esto apenas alcanza para la gasolina?

—Con eso tienes para llegar a China y volver, pero si cumples tendrás otros cincuenta mil.

—¡Trato hecho!

Trepó a su artilugio volador, que ante la sorpresa de todos se puso ahora en marcha a la primera, hizo un curioso ademán de despedida consistente en una especie de amistoso «corte de mangas» y al poco su montón de chatarra no era más que un punto que se perdía de vista en el horizonte.

El pelirrojo Hermes no pudo por menos que inquirir en un tono que demostraba su falta de fe.

—¿Confía en que vuelva?

—Confío en que confía en que le pagaré cincuenta mil euros.

Durante el trayecto de regreso a la casa escucharon por la radio del todoterreno la noticia de que la Corte Penal Internacional con sede en La Haya había convertido a Omar al Bashir, presidente de Sudán, en un nuevo fugitivo de la justicia, ordenando su arresto por los crímenes de guerra y contra la humanidad cometidos en la región de Darfur. No se incluían el cargo de genocidio, solicitado por el fiscal, por falta de pruebas.

No obstante, se le acusaba de haber convertido en una tragedia humana la lucha contra grupos de rebeldes de población negra marginados por la comunidad árabe. Desde hacía nueve años, y apoyándose en las milicias musulmanas denominadas *janjaweed*, la represión incluía asesinatos, violaciones y torturas de miles de civiles con un saldo superior a los trescientos mil muertos. Al parecer, casi tres millones de sudaneses habían perdido su hogar y vivían refugiados en países vecinos, por lo que el portavoz de la Corte Penal aseguraba que el hecho de que Al Bashir fuera un jefe de Estado no le eximía de responsabilidades ni le hacía impune ante la ley. La respuesta del gobierno de Jartum había sido expulsar del país a diez agencias humanitarias con la excusa de que eran las que proporcionaban información falsa, por lo que dos millones de personas corrían peligro de inanición. Entre las diez ONG a las que se había ordenado la suspensión de sus actividades se encontraban algunas tan conocidas como Oxfam, Save the Children y Médicos Sin Fronteras.

—Todas esas acusaciones son justas... —comentó desde el asiento trasero Gazá Magalé—. Pero Al Bhashir es un hijo de puta redomado que lleva veintitantos años matando gente y burlándose de quienes le persiguen, por lo que me juego el cuello a que va a pasar lo mismo que con Joseph Kony: o le pegan un tiro o no hay nada que hacer.

—No se puede andar por ahí pegando tiros a los presidentes... —replicó Hermes volviéndose a mirarle.

—¿Por qué no? —pareció sorprenderse Román Balanegra, que era quien conducía—. Los americanos suelen hacerlo cada medio siglo y casi siempre les ha dado resultado; Lincoln y Kennedy son dos magníficos ejemplos de cómo solucionan el problema los gringos cuando no les gusta un presidente.

—Aquéllos fueron magnicidios cometidos por americanos contra americanos; un problema interno.

—¡Oh, vamos! —protestó el cazador—. No me venga con pamplinas, querido amigo; si pagan por la cabeza de Kony de igual modo podrían pagar por la cabeza de Al Bashir, y le garantizo que resulta mucho más fácil cargarse a un presidente que se pasea por las calles de Jartum vitoreado por una multitud exaltada que cargarse a esa comadreja de Kony en la selva.

—En eso tal vez tenga razón.

—La tengo, y también debe tener en cuenta que es a través de Sudán como Kony saca el coltan con el que paga las armas que necesita. Y esas armas llegan a sus manos cruzando la frontera sudanesa porque su presidente lo permite. Son buitres del mismo nido.

—Hay tantos buitres en el mundo en que nos ha tocado vivir que si tuviéramos que pagar diez millones de euros por cada una de sus cabezas vaciaríamos las arcas de la mayoría de los países.

—Mejor estarían arruinados que con tanto político carroñero merodeando por los despachos oficiales, visto que a la larga los arruinan de igual modo... —puntualizó el cazador para añadir de inmediato—: pero como resulta evidente que nadie acabará nunca con esa raza maldita, nuestro único consuelo estriba en hacer bien nuestro trabajo... —Se dirigió ahora a quien se encontraba a sus espaldas para añadir afectuosamente—: O sea que ya lo sabes, negro, descansa bien esta noche y no te acuestes con más de dos de tus mujeres porque en cuanto amanezca pasaré a recogerte para ponernos en marcha.

Cumplió su palabra porque con la primera claridad del alba Román Balanegra y Gazá Magalé se despidieron de la numerosa familia del pistero, se echaron al hombro sus pesados rifles y sus ligeras mochilas e iniciaron a buen ritmo una incierta aventura de la que les constaba que tenían escasas esperanzas de regresar con vida.

Marcharon durante cuatro días y sin apenas unos minutos de descanso por lo más intrincado del bosque, pasando las noches al relente, bajo una lluvia que a menudo se convertía en diluvio, y sin otra protección que un ligero impermeable.

No cabía luego la oportunidad de calentarse al sol, que no llegaba al suelo en la impenetrabilidad de la espesura, ni ante un buen fuego, que ni intentaron encender ni hubiera ardido en la leña empapada.

Perdieron la cuenta de los pantanos de nipa que atravesaron con el fango a las rodillas y los riachuelos que vadearon con el agua a la cintura.

Cuando aparecía uno de tales riachuelos, y aparecían demasiado a menudo, se veían obligados a vadearlo o seguirlo durante largo rato aguas arriba con las armas y las mochilas sobre la cabeza para a continuación sacudirse como perros mojados, y reemprendían la marcha confiando en que no apareciese otro antes de haber recuperado el aliento.

La selva a su alrededor permanecía en paz, y al rumor de la lluvia golpeando contra las hojas de las más altas copas sucedía el grito de los monos, el canto de infinidad de aves que no alcanzaban a distinguir y el pesado vuelo de gigantescas perdices que surgían de entre sus mismos pies y que a menudo les obligaban a dar un respingo.

De tanto en tanto, distinguían alguna huidiza serpiente, aunque la mayor parte de las veces no les daba tiempo a determinar si se trataba de una especie venenosa o no, así como huellas de jabalíes, antílopes o leopardos.

En ocasiones, por fortuna no demasiado a menudo, el bosque de gruesos árboles con ancha copa y suelo llano dejaba paso al *bícoro*, la selva primaria, hecha de matojos, espinos y caña brava, allí donde los elefantes solían adentrarse buscando tallos y frutos tiernos y donde más problemas les habían dado en los viejos tiempos en que se dedicaban a cazar «orejudos».

Cuando se sabían perseguidos, y de alguna forma los viejos paquidermos solían averiguarlo muy pronto, buscaban el *bícoro* y allí se quedaban muy quietos y en silencio, con el oído atento y venteando el aire con la trompa en alto, porque para unos animales que veían poco y mal, no existía mejor campo de batalla que aquel en que su enemigo nada veía.

Y a la hora de la verdad, si se lanzaban a la carga a través de la espesura tierna, su corpachón lo arrasaba, se abría camino fácilmente y aplastaba a su perseguidor, que no tenía posibilidad alguna de escape, atrapado por los mil brazos de los zarzales y las raíces de la selva primaria.

Y cuando un elefante pasaba sobre un cazador; cuando lo lanzaba al aire con su trompa una y otra vez, golpeándolo contra los árboles y machacándolo con sus toneladas de peso, la pasta informe que quedaba resultaba del todo irreconocible.

Pero ahora no perseguían orejudos, perseguían fanáticos, y los años de experiencia les servían de mucho, pero no lo eran todo. Habían aprendido a meterse en la sencilla mente de un paquidermo con el fin de reaccionar como él lo haría, pero les resultaba imposible meterse en las retorcidas mentes de unos desalmados capaces de asesinar, violar o mutilar niños con la absurda e increíble disculpa de que cumplían un mandato divino.

Aunque a decir verdad dicha absurda e increíble disculpa era la que con mayor frecuencia habían utilizado los seres humanos a la hora de perpetrar los más horrendos crímenes e iniciar las más crueles guerras.

«¡Dios lo quiere!»

Todas las razas y todas las lenguas a lo largo de todos los tiempos habían echado mano de tan socorrido grito sin que importara mucho a qué clase de dios se refería.

Román Balanegra recordaba que cuando era niño tenía la absurda costumbre de pasarse días montando la maqueta de un barco, pero cuando al fin estaba listo y le había quedado perfecto, jugaba con él apenas unas horas, porque lo que en realidad deseaba era ponerlo a flotar en el río y permitir que la corriente se lo llevara.

Corría entonces hasta un recodo situado a unos dos kilómetros de distancia y se apostaba tras unos matorrales con su rifle del calibre veintidós.

Cuando el hermoso velero cruzaba por el centro del río le disparaba hasta conseguir hundirlo pese a que más tarde su padre inquiriera la caprichosa e incomprensible razón por la que se había tomado tanto trabajo inútil, ya que para demostrar su magnífica puntería le hubiera bastado con un simple coco.

Tal vez la respuesta estuviera en que reventar un coco no le producía emoción alguna, mientras que destruir su propia obra, sí.

Tal vez al Creador le ocurría lo mismo; se había tomado tanto trabajo a la hora de diseñar a los seres humanos con el fin de divertirse más a la hora de destruirlos.

Y es que los seres humanos eran los únicos a los que

les había concedido la capacidad de preguntarse las caprichosas e incomprensibles razones por las que les estaban destruyendo.

La respuesta era entonces sencilla:

«Porque soy Dios y me apetece hacerlo.»

Ningún animal entendería semejante respuesta.

Según Román Balanegra la innegable evidencia de que cualquier animal era siempre superior a un ser humano estribaba en el hecho de que no tenía un dios al que pedirle explicaciones ni al que rendirle cuentas.

Marchar durante horas por la selva siempre en silencio dejaba mucho tiempo para pensar y hacer memoria.

A la hora de más calor del cuarto día decidieron sentarse a descansar y comer algo en el lugar más agradable, fresco y ventilado que habían encontrado hasta el presente en su andadura, el corazón de lo que fingía ser el atrio de una prodigiosa catedral, ya que estaba formado por gruesas cañas de bambú de casi veinte metros de altura que se levantaban a ambos lados de un ancho camino uniendo sus extremos en el centro en lo que recordaba unas ojivas góticas.

Como algunos rayos de sol conseguían colarse por entre las ramas y las cañas para acabar por incidir sobre una alfombra conformada por cientos de miles de hojas de distintos tamaños, formas y colores a cuya superficie acudían a calentarse insectos, lagartos y serpientes, el escenario cobraba un aire irreal, casi de pintura renacentista.

Un negro y un blanco sentados frente a frente, cada uno de ellos con una lata y una cuchara en la mano, masticando en silencio unas judías con chorizo frías embadurnadas de manteca cuajada, acompañadas de galletas saladas demasiado húmedas y reblandecidas constituían en verdad un curioso espectáculo, teniendo en cuenta que debían encontrarse a más de cien kilómetros del punto civilizado más cercano.

Y ni rastro de los hombres de Kony.

Ni una huella, ni un trozo de tela enganchado en una rama, ni la colilla de un cigarrillo, ni tan siquiera un puñado de excrementos plagado de moscas.

—Por aquí no ha pasado nadie desde la última vez en que nos sentamos a comer en este mismo sitio, y de eso hace años... —musitó Gazá Magalé en el momento en que hubo concluido de chuparse el dedo con el que había rebañado hasta la última gota de grasa de la lata—. Ni tan siquiera un triste furtivo en busca de una mísera piel de leopardo.

—Eso está claro... —admitió Román Balanegra—. Pero lo que de igual modo está claro es que si podemos descartar que Kony no ha pasado por aquí, podemos determinar dónde no se encuentra, puesto que los dos sabemos que para llegar a los montes tendrían que haber pasado por este claro, que es el único de la zona. —Extrajo de su mochila el viejo y manoseado mapa al que parecía tener tanto cariño, como si se tratara realmente del mapa de un fabuloso tesoro pirata—. Si como parece ser cruzaron el Ubangui, la única ruta transitable hacia el noroeste atraviesa esta zona, y como no hemos encontrado rastro alguno que denote su presencia resulta evidente que se han encaminado hacia la frontera sudanesa.

—¡Parece lógico! —replicó el nativo como si aquélla fuera una conclusión admitida de antemano—. Cuanto más cerca estén de la frontera con mayor facilidad recibirán las armas.

—¡En efecto! —masculló su «jefe» y compañero de cacerías—. Eso es lo lógico, pero si ese hijo de puta ha cometido tantas barbaridades sin que le atrapen es porque nunca sigue pautas lógicas. La policía acaba deteniendo a los asesinos en serie porque suelen tener lo que llaman un *modus operandi* que acaba por volverles previsibles. Lo malo de Kony no es que sea el mayor asesino en serie de la historia; lo malo es que está tan loco que nunca puedes estar seguro de cuál va a ser su próximo paso.

—O sea que tenemos que aplicar la vieja norma de tu padre con respecto a los orejudos: «Para averiguar dónde están, primero tenemos que determinar dónde no están.»

—Lo aprendió de mi abuelo, que aseguraba que el perfecto cazador es aquel que nunca da por sentado que un paquidermo nunca puede trepar a la copa de un pino.

—Aún recuerdo el día en que pisamos al puñetero gorila que dormía cubierto por la hojarasca. Por poco nos arranca los huevos.

—¿Y por qué nos pasó? —inquirió con intención su interlocutor al tiempo que le apuntaba directamente a los ojos con el dedo índice—. Porque estábamos convencidos de que no encontraríamos un gorila en doscientos kilómetros a la redonda, y ése fue un error que casi nos cuesta el pellejo. Aquí, y teniendo enfrente a los hombres de Kony, nunca debemos dar nada por sentado, negro. ¡Y ahora mueve el culo! Nos queda mucho bosque por delante.

Reanudaron la marcha a través de un paisaje casi idílico, puesto que la selva comenzó pronto a ralear y las altas cañas de bambú cedieron su sitio a «lianas de agua», que se precipitaban desde treinta metros de altura formando extraños dibujos en el aire, gruesas como un brazo y por las que escurría la lluvia, que formaba en los claros una cortina de agua maravillosamente iluminada por los rayos del sol de media tarde.

Enormes faisanes y perdices se alzaban a su paso volando cansinamente, y de las copas de los árboles saltaban infinidad de ardillas rojizas que abrían su cola como en un ancho timón para dirigir sus largos vuelos de más de veinte metros.

Un pangolín impasible le observó desde tan cerca como nunca le había permitido aproximarse ningún otro; le pareció escuchar a su derecha la algarabía de una familia de gorilas, y hubieran jurado que la extraña bestia que le observaba, medio oculta por la maleza desde la orilla, era un okapi, con el que jamás se habían encontrado con anterioridad frente a frente, y tan sólo conocían por fotografías.

Chillaban las águilas guerreras sobre sus cabezas, y chillaban las loras en las ramas bajas. Aspiraron el oscuro y embriagador perfume de selva húmeda y caliente; de tierra negra y hojarasca putrefacta; de árboles vivos; de frutos fermentados al aire; el olor que incitó al primer Balanegra a quedarse para siempre en África, consciente de que en pocos lugares encontraría ya aquel aroma primitivo y auténtico que le permitía tomar consciencia de su propia libertad cuando vagaba por lo más profundo del bosque.

Marchaban sin prisas con las mochilas a la espalda y los rifles al hombro, buscando en las cortezas de los árboles y en la alfombra de maleza signos que le hablaran de lo que les interesaba: los fanáticos asesinos del Ejército de Resistencia del Señor.

Abundaban las huellas de venados, leopardos, jabalíes, pequeños duiqueros, chimpancés y la infinita gama de aves de los bosques umbrosos con buen agua y clima cálido, tranquilos sin la presencia del depredador humano.

Dos horas más tarde la espesura fue mostrando nuevos claros, decreció la pendiente, desaparecieron las lianas, los ocumes e incluso las palmeras, y comenzó a imperar la verde pradera de alta hierba salpicada aquí y allá por masas de arbustos espinosos, y altivas ceibas festoneadas por infinitos nidos de tejedores.

Ya la altiplanicie se abría ante ellos sin obstáculo alguno hasta las lejanas montañas, y ambos sabían que era en aquella llanura, y en la gigantesca hoya de unos kilómetros más arriba, la que se empantanaba con las grandes lluvias, donde toda clase de animales se reunían a abrevar sin molestarse los unos a los otros.

Se encaminaron a un otero que se alzaba a una media hora de camino, treparon a su cumbre, tomaron asiento sobre lajas de piedra muy lisa, y extrajeron de sus fundas largos prismáticos con el fin de observar a través de ellos, metro a metro, la gran planicie que rodeaba la laguna.

Había más, muchos más animales y de muchas más especies de las que recordaban, pero procuraron no extasiarse en la indudable belleza del espectáculo, centrándose en el hecho de que ramoneaban con la tranquila beatitud de quien se siente libre de peligros.

—O yo no entiendo de bichos, o a hace mucho que a éstos no les molesta nadie... —comentó al fin el nativo.

—Entiendes de bichos... —fue la respuesta—. Éste debe de ser uno de los pocos rincones del continente al que aún no ha llegado la civilización, y si no ha llegado la civilización significa que tampoco ha llegado Joseph Kony. Lo que más me sorprende es que su tranquilidad indica que no están acostumbrados a que ronden los furtivos, y los dos sabemos que siempre hay alguien por ahí necesitado de un poco de carne fresca o un buen par de colmillos.

—Aquí las noticias corren como la pólvora y ningún furtivo se mete en el bosque a sabiendas de que puede tropezarse con los exploradores que acostumbran mandar por delante esa pandilla de salvajes; son de los que primero te vuelan la cabeza y luego preguntan qué demonios hacías.

—¿Te preocupan?

—Recuerda el viejo dicho: «Marfilero que no está preocupado es porque está muerto.» —El negro golpeó levemente la culata de su rifle al añadir—: Desde el momento en que meto una bala en la recamara no dejo de pensar adónde irá a parar.

—Eres bueno en tu oficio... —admitió su acompañante sin el menor reparo—. El mejor que he conocido y te consta que he conocido muchos.

—Modestia aparte, los dos somos los mejores en el oficio y los dos sabemos que lo somos. Lo que no sabemos es si somos lo suficientemente buenos como para salir de una pieza de este intento; los seres humanos siempre han demostrado ser más peligrosos que los «orejudos».

—Pero es que los que perseguimos no son seres humanos, viejo. Son inhumanos.

—Lo sé, y por eso ando hasta con el ojo del culo abierto.

—¡Ya lo había notado!

—¡Jodido blanco!

—¡Fíjate en aquel bicho...! —señaló Román Balanegra en tono de admiración—. Debe de tener casi cien kilos de marfil en los morros. En estos momentos no puedo evitar echar de menos los viejos tiempos.

—Tendríamos que matar más de mil de ésos para conseguir diez millones de euros, o sea que deja de sentir nostalgia.

Continuaron observando a los animales hasta que observaron cómo muy a lo lejos cruzaba el vetusto helicóptero de color verdoso.

—Por lo visto es sábado... —comentó el pistero.

—Y por lo visto ese hediondo comemierda está decidido a cobrar su dinero.

—¡Más vale así!

Al oscurecer, se tendieron a dormir sin encender fuego y sin cenar, apoyando la cabeza en las mochilas, contemplando los millones de estrellas que tachonaban un cielo sin una nube, llenándose los oídos de los mil rumores de la pradera, y la nariz, de sus infinitos aromas que despertaban con la noche.

Se sentían sin duda felices de estar allí; del cansancio del día; de los animales que les rodeaban y de su soledad en el más desconocido y remoto rincón de África pese a que no tuvieran la certeza de si regresarían vivos a casa.

Durmieron a pierna suelta y al despertar el búho que había pasado la noche llamando a su pareja se había dormido, las aves diurnas iniciaban tímidamente sus trinos en un bosquecillo de ocumes, e impalas y gacelas comenzaban a ramonear la hierba húmeda.

El sol tardaría aún en coronar la copa de las acacias pardas y lanzar su primer rayo sobre el lomo de los rinocerontes, pero ya las tonalidades de grises permitían jugar a averiguar cuáles serían los colores que dominarían el paisaje, y de entre esos grises destacaban las primeras jirafas, que acudían, bamboleándose, a abrevar al remanso.

Román Balanegra se arrebujó en su impermeable y recogió con el dedo la escarcha que se había depositado sobre una laja de piedra.

Las flores, los árboles y los animales, lo que había sido siempre su mundo, despertaban a un nuevo día, y a su modo de ver no existían grises más hermosos, ni calma más profunda, ni aun colores más vivos cuando los primeros rayos del sol barrían oblicuamente y por muy corto espacio de tiempo la pradera, y hasta las mismas bestias se movían con más elegancia; más gráciles, casi en cámara lenta; tal vez dormidas aún; tal vez tan sólo relajadas por la noche en calma, sin que el calor comenzara a tensar sus nervios y el peligro las pusiera a punto de saltar.

Amanecía en África, y había quien ansiaba que esos amaneceres fueran diferentes: que no sirvieran tan sólo para despertar a las bestias y dormir a los búhos, sino que fuera también un despertar de ruidos y máquinas; de agitación y progreso; de millones de hombres que se afanaban como hormigas sobre y bajo la tierra, como en Europa, como en América, como en todo el resto del mundo, que carecía de espacios libres para las cebras y las jirafas, para los elefantes y las gacelas, para los pesados rinocerontes o los frágiles impalas.

Al octavo día acudieron a uno de los puntos de «abastecimiento» que habían preparado con ayuda del helicóptero, agradeciendo la ropa limpia, las botas secas y la comida abundante.

Para unos hombres acostumbrados a vivir bajo la lluvia y dormir en el fango, el hecho de conseguir despojarse de cuanto llevaban encima desde hacía una semana, lavarse en una tibia laguna y secarse con una auténtica toalla que no apestaba a humedad constituía un placer comparable al de albergarse en un hotel de cinco estrellas.

Reunieron cuanto habían traído, incluidas las latas de comida vacías que jamás tiraban ni enterraban con el fin de no dejar ni el más mínimo rastro de su paso, lo introdujeron todo en el saco embreado que continuaba apestando a orines de león y pimienta molida, lo ocultaron en el mismo punto convencidos de que ni hombres ni bestias darían con él y se dispusieron a comer a la sombra de una acacia.

—¿Cómo te sientes, negro?

—¡Puta madre, blanco! —fue la alegre respuesta—. Y todo sería perfecto si pudiéramos calentar este estofado de buey.

—¿Serías capaz de detectar el olor del humo a tres kilómetros?

—Seguro.

—Pues no serías el único.

—Lo sé... —no pudo por menos que admitir de mala gana Gazá Magalé—. Y por eso me aguanto y me lo como frío.

—Consuélate con la idea de que cuando volvamos podrás comer todo lo que te apetezca hasta que te mueras de viejo.

—¡Si es que regresamos!

—¿Te preocupa?

—Si quieres que te sea sincero, no —replicó de inmediato el pistero, y resultaba evidente que decía la verdad—. Con lo que nos han pagado mi familia no tendrá nunca problemas, y prefiero que me liquiden de un tiro haciendo lo que me gusta que morirme de asco en una cama. Las camas están hechas para dormir, soñar y follar, no para morirse.

—¡Hermosa teoría!

—Los tipos como tú y como yo tenemos la obligación de espicharla tal como hemos vivido, en mitad del bosque y con un arma en la mano. Sería injusto que acabáramos como esos infelices que apenas han puesto los pies fuera de su pueblo o de sus casas.

—Pero lo realmente justo sería que nos liquidara un orejudo cabreado —le hizo notar Román Balanegra—. No un hijo de puta asesino de niños.

—Intentaremos volarle la sesera antes de que lo logre. Luego Dios dirá.

Decidieron echarse una reparadora siesta de media hora y se despertaron maldiciendo su suerte dado que la ropa y las botas volvían a empaparse por culpa de un furibundo chaparrón al que siguió una lluvia fina pero constante que presentaba todo el aspecto de no querer detenerse durante los próximos tres días.

—¡País de ranas!

Reanudaron la marcha, la noche les sorprendió en el centro de una llanura en la que la hierba les superaba en altura, la cortaron en haces con ayuda de sus afilados machetes y se tumbaron sobre ellos cerrando los ojos dispuestos a dormir al relente una vez más y conscientes de que la humedad les calaría hasta los huesos.

Ya no tenían veinte años, por lo que no se levantaron dispuestos como antaño a avanzar durante doce horas a paso de carga, y Román Balanegra no pudo por menos que lanzar un sonoro reniego al advertir que la articulación del hombro derecho le molestaba como si se la hubieran atravesado con un hierro candente.

Aquel hombro había soportado tantas veces el brutal retroceso de la culata de un Holland&Holland 500 que resultaba un milagro que no se hubiera descoyuntado hacía ya mucho tiempo.

—¡Jodido esto de hacerse viejo! —masculló malhumorado—. Como el brazo me moleste en el momento de disparar a lo peor le pego el tiro en el culo a esa maldita comadreja.

El nativo golpeó una vez más la culata de su potente fusil al tiempo que comentaba:

—Con una bala de este calibre en el culo ese hijo de puta no vuelve a ponerse en pie en su vida. La única vez que le disparé a un tipo saltó como una botella rota en pedazos.

Su acompañante le observó frunciendo el ceño, con lo que pretendía demostrar su incredulidad.

—No sabía que hubieras matado a nadie —dijo.

—Es que no era nadie... —fue la sorprendente respuesta.

—¡Explícate, negro! ¿A quién mataste?

—A un *kalumbaga*...

—¿Y eso qué coño es?

—Un «traganiños» o más exactamente «un comedor de niños albinos».

El cazador tardó en responder, como si estuviera haciendo memoria, y al fin señaló asintiendo con la cabeza.

—He oído hablar de ellos, pero no sabía que los llamaran así.

—Es un término que tan sólo se emplea en el sur de Uganda y parte de Ruanda y Tanzania, que es donde hay casi doscientos mil albinos y tan sólo el año pasado mataron a cuarenta. Entre los blancos nace uno por cada veinte mil personas, pero en África nace uno de cada cuatro mil. Por suerte, aquí, en la República, no suelen darse muchos casos.

—¿Y cómo es que te cargaste a un *kalumbaga*?

—Porque una tía mía organizó una casa de acogida para niños albinos, y se los estaban robando y devorando porque los *kalumbagas* tienen la absurda superstición de que al comer su carne se vuelven más vigorosos sexualmente y son más longevos.

—Por lo que he oído decir Joseph Kony debe de ser uno de esos *kalumbagas*.

—Puedes jugarte el cuello.

—Cuéntame esa historia.

—No va a gustarte.

—Déjame decidirlo por mí mismo.

—¡Como quieras! Hace unos cinco años mi tía me pidió ayuda, acudí y me aposté en la copa de un árbol. Los que habían visto al ladrón aseguraban que era muy fuerte, pero también muy ágil, ya que surgía de improviso de entre la maleza cubierto con una máscara, le atizaba un garrotazo al chicuelo que tenía más cerca abriéndole la cabeza como un coco, se lo cargaba al hombro y echaba a correr perdiéndose en el bosque antes de que nadie pudiera dar la voz de alarma. Del niño nunca más volvía a saberse nada.

—¡Hijo de puta! ¡Matarlos a garrotazos...!

—Como si fueran focas. Los pobres albinos no tenían más que dos opciones: o vivir hacinados en una habitación, o salir a jugar y tomar el aire arriesgándose a acabar en la cazuela de un fanático.

—¡Joder!

—Joder, le jodí. ¡Y bien jodido! Esperé sin prisas y te consta que a la hora de acechar a una pieza puedo ser el hijo de puta más paciente del mundo. El maldito «traganiños» tardó nueve días en aparecer, pero conseguí localizarle a tiempo, y en el momento en que surgió de entre la maleza corriendo como un gamo y con el garrote alzado ya lo tenía en el punto de mira. Te juro que voló por los aires casi cinco metros y el agujero que le atravesaba el pecho de un lado a otro era del tamaño de un balón de fútbol, porque había cambiado las balas de acero que usamos para matar orejudos por balas de plomo abiertas en cruz.

—¡Qué bestialidad! —exclamó su interlocutor ciertamente impresionado—. Con munición de plomo calibre quinientos abierta en cruz no me extraña que lo dejaras hecho un pingajo.

—En el momento en que tocó el suelo apenas le quedaba sangre en el cuerpo, y los intestinos habían ido a parar a la copa de un árbol. Tuve que recoger el cadáver con una carretilla para echárselo de comer a las hienas, que era lo que el muy cerdo se merecía, porque cuando le quitamos la máscara descubrimos que se trataba de uno de los políticos más influyentes y respetados de la región.

—¿Y por qué nunca me habías contado esa historia?

—Porque era un asunto privado entre él y yo. Y porque no me agrada la idea de haber matado a un hombre pese a que se trate de un *kalumbaga*.

—¿Pensarás lo mismo cuando tengas que dispararle a un miembro del Ejército de Resistencia del Señor?

—En el fondo son la misma mierda, y una vez perdida «la virginidad» igual da cargarse a ocho que a ochenta. No te preocupes; cuando llegue el momento no me temblará el pulso.

—Nunca he tenido la menor preocupación al respecto, negro. Te conozco muy bien... —El cazador se echó al hombro el arma y la mochila al tiempo que señalaba—: Y ahora andando que el camino continúa siendo largo.

Tal como era de esperar llovió mansamente durante toda la mañana y, cuando ya empezaban a notar que las piernas les pesaban, el pistero se detuvo de improviso señalando lo que a primera vista parecía un pedazo de rama de color marrón que venía flotando en el agua de una minúscula torrentera.

—¡Fíjate en esto! —musitó apenas al tiempo que se agachaba y con ayuda de su machete lo apartaba a la orilla.

—¡Vaya por Dios! —fue la respuesta en el mismo tono apagado pero francamente humorístico—. ¡Hermoso mojón has encontrado!

—Yo diría más bien que es él quien nos ha encontrado a nosotros... —puntualizó Gazá Magalé con una leve sonrisa al tiempo que aplastaba el excremento con la hoja del machete—. Y viene a contarnos que ahí delante hay alguien que no es de esta región, puesto que su mierda contiene granos de maíz sin digerir y sabes tan bien como yo que por aquí nadie se atreve a cultivar maíz porque los elefantes les destrozarían las plantaciones.

—¿Uno de los hombres de Kony?

—Probablemente.

—¿Un explorador, un centinela o un francotirador?

—¡Cualquiera sabe!

Román Balanegra extrajo los prismáticos de su funda, trepó a la rama más baja de un árbol cercano, atisbó apartando ligeramente las hojas y, tras estudiar con especial detenimiento cada detalle del terreno que se abría frente a él, señaló:

—Debe de tratarse de un centinela que se oculta en el cañaveral de la colina, porque desde allí desciende el riachuelo que nos ha traído tan hediondo regalo. El puesto de vigilancia está muy bien elegido, puesto que en cuanto hubiéramos avanzado doscientos metros más nos habría localizado.

—Pero cometió un error al no enterrar su mierda sin caer en la cuenta de que el agua acabaría por arrastrarla. ¡Suerte hemos tenido al descubrirla a tiempo!

—Siempre hemos tenido suerte en la selva, negro —fue la respuesta acompañada de un guiño—. De lo contrario a santo de qué estaríamos vivos después de habernos cargado a tantos orejudos.

—¿Qué hacemos ahora?

—Intentar atrapar a ese hijo de mala madre para que nos cuente cosas de Kony.

El otro le dirigió una larga mirada de extrañeza al inquirir:

—¿Vivo?

—¡Naturalmente, caraculo! ¿Dónde has visto que un muerto cuente cosas?

—Sabes que no me gusta que me llames caraculo.

—Pues déjate barba o adelgaza. Y ahora cállate un poco porque tengo que pensar la forma de atrapar a ese malnacido.

Enfocó de nuevo los prismáticos hacia el cañaveral, estudió con sumo cuidado los alrededores así como la dirección de los negros nubarrones que se aproximaban amenazantes y, por último, saltó a tierra al tiempo que señalaba:

—El viento viene del sur, o sea que tendré que aproximarme dando un rodeo por el norte no vaya a ser que el tipo tenga buen olfato.

—¿Acaso te has creído que es un elefante, blanco de los cojones? —le espetó el pistero sin el menor miramiento—. Tendrías que ir tirándote pedos.

—Más vale prevenir que lamentar. Calculo que tardaré una hora larga en entrar al cañaveral por aquel extremo, y si no me equivoco en esos momentos los nubarrones estarán descargando con toda su furia, que es lo que necesito para que el ruido le impida oír mis pasos.

—¡Un momento! —le atajó el otro—. ¿Y por qué diablos no vamos los dos si te consta que soy mejor que tú a la hora de aproximarme a alguien sin ser visto?

—Porque te necesito de señuelo. A las tres y media en punto sales del bosque, avanzas un poco y te detienes a cagar tomándote tu tiempo y poniendo cara de estreñido, por lo que el tipo te podrá ver muy bien si, como es de suponer, le han proporcionado unos prismáticos.

—No me gustaría que me pegaran un balazo con los pantalones bajados.

—No te preocupes: estarás fuera de tiro —replicó Román Balanegra sin inmutarse.

—¿Cómo lo sabes?

—Te bastará con mantenerte a quinientos metros porque la gente de Kony va armada con AK-47, que es un arma cojonuda en distancias cortas pero con un alcance limitado a cuatrocientos.

—¡Si tú lo dices!

—Si de algo entiendo es de armas, negro. Me crié entre ellas.

—De acuerdo, pero recuerda que se trata de mis cojones.

—¡Para lo que te sirven!

—¡Jodido blanco! ¿De quién crees que son mis nueve hijos?

—¡Vete tú a saber! —El cazador golpeó afectuosamente el brazo de su amigo y compañero de correrías al tiempo que añadía—: Y ahora en serio, hermano; te quedas ahí fuera unos diez minutos, vuelves aquí y permaneces atento. Si al cabo de un par de horas no tienes noticias mías te vas a casa y te olvidas de todo este maldito asunto.

—Eso no te lo crees tú ni borracho —fue la rápida respuesta.

—¡Pues anda y que te jodan! ¡Hasta la vista!

—¡Suerte!

Tiempo atrás y en situación normal aquel rodeo no le hubiera exigido más de cuarenta minutos a buen paso, pero pese a que las piernas seguían siendo las mismas no respondían de idéntica manera, por lo que se lo tomó con calma consciente de que no le convenía llegar al cañaveral agotado o con el corazón palpitante.

Esa calma le permitía de igual modo dedicar mayor atención a cuanto encontraba a su paso, no fuera a darse el caso de espantar a una bandada de cualquiera de las cientos de asustadizas aves que abundaban en el bosque alertando a quien no tenía otra obligación que estar alerta.

Los buenos centinelas, al igual que los buenos cazadores, sabían interpretar señales que por lo general pasaban desapercibidas al resto de los mortales, y si era cierto que quien se ocultaba en el cañaveral de la colina era un miembro del Ejército de Resistencia del Señor, resultaba lógico suponer que lo hubieran elegido por ser eficaz en su trabajo.

En tiempos de confrontaciones armadas y en una región tan inhóspita como el oriente de la República Centroafricana, la diferencia entre estar vivo o muerto dependía con frecuencia de detalles tan nimios como saber interpretar el significado del brusco vuelo de un ave o el histérico chillido de un mono molesto por la presencia de un intruso.

Y es que en la mayor parte del territorio que se extendía desde cien kilómetros al este de Mobayé hasta la incierta línea fronteriza con Sudán, el ser humano solía ser un intruso.

Román Balanegra lo sabía y ésa era la razón por la que le había pedido al pistero que aguardara por lo menos una hora antes de salir del bosque e intentar distraer la atención de un más que probable emboscado.

Su cálculo de tiempo resultó correcto, aunque no así el del momento en que comenzaron a descargar con fuerza unas nubes, que se adelantaron a sus previsiones hasta el punto de que cuando alcanzó el cañaveral chorreaba agua como si se encontrara bajo las cataratas del lago Victoria.

Por fortuna, el ruido de sus pisadas quedaba ahora ahogado por el estruendo de las gruesas gotas golpeando con furia sobre las cañas, a las que de tanto en tanto hacían vibrar extrayendo extrañas notas y obligándole a pensar que estaba penetrando en un mágico y gigantesco instrumento musical, pese a lo cual avanzó con infinita paciencia consciente de que en el momento menos pensado podía enfrentarse a una desagradable sorpresa.

Apartaba las cañas y las largas, afiladas y cortantes hojas casi una por una, sin avanzar un metro sin cerciorarse de que no existía peligro, con el arma alzada y el dedo en el gatillo listo a disparar en una décima de segundo al igual que lo había hecho docenas de veces cuando quien se camuflaba tras la cortina vegetal no era un hombre de setenta u ochenta kilos sino un elefante de tres toneladas.

La tensión era, no obstante, idéntica, puesto que la diferencia de peso y tamaño se veía compensada por el hecho de que el hombre estaba en posesión de un Kalashnikov capaz de lanzarle encima una lluvia de balas antes de que tuviera tiempo de darse cuenta de lo que estaba ocurriendo.

Su Holland&Holland 500 era sin discusión la mejor arma imaginable a la hora de abatir a un elefante en el corazón de la espesura, pero el AK-47 era de igual modo la mejor arma imaginable cuando se pretendía aniquilar a un ser humano en el corazón de esa misma espesura por mucho fusil Express de gran calibre que poseyera.

Si él disponía de dos potentísimas balas en la recámara, su enemigo disponía de treinta en un cargador y estaba convencido de que se las vomitaría encima en cuestión de segundos.

La única forma que existía de compensar las fuerzas se centraba, como tantas miles de veces a lo largo de la historia, en el factor sorpresa.

De improviso se hizo el silencio, como si el director de la monumental orquesta de viento, truenos y lluvia hubiera movido bruscamente su batuta cortando toda acción de los instrumentos, lo que le obligó a permanecer inmóvil, con un pie en el aire y el arma apoyada en un grueso bambú, aguzando al máximo el oído.

Pero lo que le llegó no fue ruido alguno, sino un olor acre y distinto; un olor que no pertenecía en absoluto a aquella parte de selva que Román Balanegra tan bien conocía.

Tenía, tal como había previsto, el viento a favor, pero aun así y pese a que lo percibía con nitidez tardó unos instantes en llegar a la conclusión de que lo que flotaba en el ambiente era peste a cuero mojado, a correaje militar o a pesadas botas engrasadas mil veces con el fin de protegerlas de la constante acción del agua.

Ningún cazador profesional de selvas pantanosas en las que se veían obligados a entrar y salir constantemente de riachuelos y lagunas poco profundas acostumbraba usar unas botas de cuero que tardaban mucho en secarse y llegaban a convertirse en un auténtico martirio. Por lo general preferían las de lona con suela de goma ya que desde la primera vez que se empapaban se amoldaban al pie como un guante y se secaban luego con mucha mayor rapidez.

No obstante, a los militares, incluso a los de los ejércitos africanos, se les solía proporcionar botas de cuero, mucho más eficaces y resistentes a la hora de realizar una marcha de varios días por terreno seco, pero ciertamente engorrosas e incluso dolorosas cuando se veían obligados a adentrarse en zonas pantanosas.

Resultaba lógico, por tanto, llegar a la conclusión de que el dueño de unas botas que apestaban a cuero mojado era un soldado.

Del Ejército de Resistencia del Señor, pero soldado al fin y al cabo.

El jefe de intendencia de aquel nefasto ejército de asesinos debía de ser sin duda un fanático religioso.

Pero un estúpido.

Al fin y al cabo una cosa llevaba aparejada la otra.

Volvió la lluvia, regresó el estruendo, el olor a cuero mojado se diluyó en el aire, Román Balanegra pudo apoyar de nuevo sin miedo el pie en la empapada hojarasca sin miedo a que una caña al quebrarse delatara su presencia, pero ahora, al avanzar, tenía mucho más claro el punto en que debía encontrarse exactamente su enemigo.

Lo descubrió a unos ocho metros a su derecha, tumbado en el suelo de un amplio claro de unos cinco metros de diámetro abierto a machetazos, observando a través de unos viejos prismáticos cómo a poco más de medio kilómetro de distancia un negro desarmado parecía hacer ímprobos esfuerzos por evacuar las tripas.

No era momento de andarse con contemplaciones, por lo que de un seco culatazo dejó al observador inconsciente con los prismáticos y la cara incrustados en el fango.

Tardó unos cinco minutos en cerciorarse de que no existían indicios de que se encontrara acompañado, y tan sólo entonces cruzó el último metro de cañas que le separaba del espacio abierto y agitó los brazos con el fin de indicar al falso estreñido que la situación había sido controlada.

En cuanto Gazá Magalé se encontró a su lado le dieron la vuelta al inconsciente centinela y ninguno de los dos se sorprendió en exceso al descubrir que se trataba de un desgarbado y granujiento muchacho que aún no debía de haber cumplido los quince años.

—¡Vaya por Dios! —no pudo por menos que exclamar el pistero—. ¡Lo que nos faltaba!

—¡Pues menos mal que no le volé la cabeza al muy hijo de puta!

—¿Y cuál hubiera sido el problema? —quiso saber el otro—. Si estos cabrones van por ahí matando gente como adultos, lo lógico es que estén dispuestos a que los maten como a adultos.

—¡No me jodas, negro! —masculló un malhumorado Román Balanegra—. ¿Cómo crees que me sentiría el resto de mi vida al saber que el primer ser humano que me cargué, y por la espalda, era un mocoso? ¡La madre que lo parió! ¿Quién le mandaría meterse en esto?

La respuesta la dio media hora después el herido, quien en el momento de recuperar el conocimiento y encontrarse en presencia de dos hombretones con cara de pocos amigos, no dio muestras de sentirse atemorizado, sino por el contrario más bien desafiante.

—Nadie ataca impunemente a un siervo del Señor... —fue lo primero que dijo tras palparse la dolorida cabeza—. Antes de una hora estaréis muertos.

—Pues supongo que se deberá a que nos parta un rayo, porque por lo que veo estás más solo que Jesús en el desierto —puntualizó un sonriente y despectivo Gazá Magalé—. ¿Cómo te llamas?

—Josué.

—¡No me vengas con cuentos que te sacudo un guantazo, enano de mierda! Ése es el pomposo nombre bíblico con que te han bautizado los estúpidos sacerdotes del Ejército de Resistencia de los cojones... ¿Cómo te llamabas antes?

—Yansok. Ahora me llamo Josué-Yansok.

—¡Eso está mejor! ¿Y cuánto tiempo llevas con la gente de Kony, señor Josué-Yansok? —quiso saber Román Balanegra.

—Cuatro años.

—¿Te raptaron?

El muchacho dudó por una décima de segundo:

—¡No! Seguí al Maestro porque comprendí que era la luz que me conduciría por el camino de la salvación eterna.

—No me vengas con gilipolleces, mentecato... —le espetó el pistero haciendo ademán de propinarle un bofetón—. Me juego el cuello a que te raptaron y te enseñaron a manejar un arma, a robar y a matar gente, por lo que has llegado a creerte un tipo duro que no está dispuesto a admitir que cuando te cogieron andabas cagado de miedo. Por desgracia he visto muchos como tú.

—¡Bueno! —intervino de nuevo el cazador, que se

había entretenido en revolver entre las pertenencias del prisionero sin encontrar nada de interés—. Al fin y al cabo importa poco quién eres y por qué has llegado adonde has llegado. Lo que en verdad me importa es saber qué demonios hacías aquí.

—Vigilar —fue la seca respuesta.

—Eso está claro. Pero lo que no tengo tan claro es qué demonios vigilabas si a nadie en su sano juicio se le ocurriría atacar llegando por esos bosques y esos pantanales. Y por lo que veo no tienes ni siquiera una radio con la que avisar en el improbable caso de que existiera peligro. O sea que cuéntame lo que haces o lo vas a pasar mal.

No obtuvo respuesta, y tras tres o cuatro preguntas más resultó evidente que el tal Josué-Yansok había decidido sumirse en un digno y absoluto silencio.

Ello trajo como consecuencia que Gazá Magalé perdiera la paciencia, por lo que desenvainando su afilado machete comentó con absoluta naturalidad y como si fuera algo que acostumbrara hacer cada día:

—Creo que lo mejor que podemos hacer es cortarle la cabeza a este renacuajo hijo de puta, porque si le dejamos vivo contará que nos ha visto y estaremos jodidos.

—Pero si lo matamos el cielo se cubrirá de buitres antes de una hora, por lo que sin duda acudirá alguno de los suyos a ver qué le ha pasado y de igual modo estaremos jodidos.

—Lo enterraremos.

—¿Acaso has traído una pala? —Ante la negativa, el cazador añadió—: Pues no me veo cavando durante dos horas sin otra ayuda que un machete para que al rato lleguen las hienas, lo desentierren y acudan de igual modo los buitres.

—¿Y si fingiéramos un accidente?

—¿Qué clase de accidente? ¿Que se disparó sin darse cuenta o que se clavó una caña de bambú en las tripas mientras meaba? ¡No digas bobadas, negro!

—¡Espera un momento! —fue la respuesta—. Tengo una idea.

—En tu puñetera vida has tenido una idea que no me cause problemas.

—Ésta es buena porque al venir he visto un nido de mambas, y ésas sí que constituyen un accidente de lo más creíble.

Se puso en pie de un salto, echó a correr y su compañero de cacerías comprendió de inmediato lo que se proponía, por lo que apartó las cañas con el fin de que el muchacho pudiera ver cómo cortaba una rama en forma de horquilla y se agachaba a unos doscientos metros de distancia.

Al poco agitó una y otra vez la cabeza mientras comentaba en tono francamente pesimista:

—La verdad es que creo que lo tienes crudo, hijo. De todas las agonías que he visto en mi vida la causada por la mordedura de una de esas malditas mambas verdes es la más larga, horrenda y dolorosa imaginable. Te retorcerás durante tres o cuatro horas, vomitando y echando sangre a través de los poros, aunque no vale la pena que me moleste en contártelo porque imagino que lo sabes. Y cuando te encuentre tu gente, hinchado y amoratado, imaginarán que tuviste un mal encuentro. Al fin y al cabo el nido está a menos de doscientos metros y no es de extrañar que alguna de ellas viniera a hacerte una visita.

La expresión del prisionero había cambiado y su rostro se había vuelto ceniciento, pese a lo cual continuó sin pronunciar palabra.

No obstante, cuando el pistero regresó portando un

reptil de un color verde oscuro, casi negro, de poco más de un metro de largo y al que le tenía la cabeza firmemente sujeta entre la rama en forma de horquilla y el pulgar, susurró apenas:

—¡Mi Señor me salvará!

—Pues más vale que tu Señor se dé prisa porque conozco a este negro y es impaciente y de ideas fijas.

Gazá Magalé se había acuclillado frente al aterrorizado chicuelo y mirándole fijamente a los ojos señaló, aunque parecía estar dirigiéndose más bien a Román Balanegra:

—Si hago que le muerda en el brazo tardará mucho en morir, pero si le muerde en el cuello será bastante más rápido. ¿Qué eliges?

—¿Y a mí qué coño me importa? —fue la desabrida respuesta de su compañero de correrías—. No se trata de mi vida, negro. Pregúntale a él.

—En ese caso te toca elegir, enano, pero elige pronto porque se me está cansando la mano y no quiero arriesgarme a que este jodido bicho se vuelva contra mí. ¡Menudo ridículo!

—En el cuello.

—Lo que tú digas...

Le aproximó la mamba presionando la base de la cabeza de tal forma que le obligo a abrir de par en par la boca mostrando la lengua bífida y los curvados colmillos rezumantes, y al notarla a menos de diez centímetros de distancia el infeliz Josué-Yansok se echó bruscamente atrás, lanzó un alarido de horror y se orinó en los pantalones.

—¡No! —aulló sin poder contener las lágrimas—. ¡No lo haga, por favor! Les contaré lo que quieran.

El nativo dudó unos momentos como si en verdad le

molestara tener que retractarse de lo que al parecer ya era una firme decisión y se entretuvo en la tarea de clavar con sumo cuidado las dos puntas de la horquilla en la tierra, de tal modo que el amenazante reptil quedara con la cabeza inmóvil pese a que el resto de su cuerpo se agitase hasta acabar por enroscarse en la rama. Cuando comprobó que no existía riesgo de que pudiera escurrirse se encaró de nuevo al aterrorizado miembro del Ejército de Resistencia del Señor.

—¡Bien! —comentó con la naturalidad de quien está manteniendo una tranquila charla—. Nuestra buena amiga se quedará un rato donde está, pero te garantizo que como sospeche que nos mientes te la meto en los pantalones para que te muerda allí donde más jode. ¡Empecemos de nuevo! ¿Qué coño haces aquí?

—Advertir a los aviones.

—¿Cómo has dicho? —intervino Román Balanegra, en verdad sorprendido.

—Advertir a los aviones... —repitió Josué-Yansok en el mismo todo—. A la hora de aterrizar tienen que pasar justo sobre el cañaveral, por lo que si he detectado la existencia de algún peligro tengo que hacer señales con el fin de que no se detengan y se dirijan al siguiente punto de encuentro.

—¿Y cómo haces esas señales?

—Encendiendo bengalas.

—No veo que tengas ningún tipo de bengalas.

—Porque las he enterrado justo donde se ha sentado con el fin de que no se humedezcan con tanta agua como está cayendo.

El cazador retrocedió medio metro, escarbó en el punto indicado y al poco extrajo un paquete envuelto en una bolsa de plástico con el logotipo del supermercado más conocido de África Central, y que en efecto contenía una docena de bengalas, cerillas y tres bombas de humo.

—¡De acuerdo! —admitió tras examinarlo todo con sumo cuidado—. Las bengalas te sirven para advertir a los aviones... ¿Y para qué te sirven estas bombas de humo?

—Para avisar a los compañeros que se encuentran al otro lado del pantano —fue la rápida respuesta—. En caso de que se aproxime el enemigo tengo que enganchar la anilla de una rama y salir corriendo porque al cabo de unos diez minutos el peso de la bomba hace que se desprenda dejando escapar el humo cuando ya me encuentro lo suficientemente lejos.

—Resulta ingenioso y suena lógico, o sea que me da la impresión que de momento vamos por buen camino. ¿Dónde aterrizan los aviones?

—En la única planicie que se mantiene siempre seca y que se encuentra a unos veinte kilómetros de distancia, hacia el este.

—¿«El *trekc* de los babuinos»? —quiso saber Gazá Magalé, y como el interrogado se encogiera de hombros reconociendo su ignorancia, añadió—: Tan sólo puede ser ése, aunque no sé cómo diablos aterrizará ahí un avión si está plagado de acacias espinosas.

—Las acacias son de quita y pon... —fue la desconcertante respuesta—. Cuando se aproxima un avión se apartan y se deja libre la pista durante el tiempo justo que tarda en aterrizar. Luego el aparato se camufla y las acacias se vuelven a colocar en su sitio de tal modo que ni los aviones de reconocimiento del ejército ni incluso los satélites artificiales son capaces de detectar que en ese lugar existe una pista.

—¡También está muy bien pensado, sí señor! —reconoció Román Balanegra—. Muy bien pensado. No cabe duda de que cuando está en juego tanto dinero se agudiza el ingenio. Y ahora dime: ¿qué suelen transportar esos aviones?

—Los que vienen del este, armas y provisiones; los que vienen del oeste, sacos de mineral.

—¿Coltan?

—Supongo... —admitió de mala gana el muchacho.

—¡Supones, no! —le espetó en tono furibundo el pistero—. ¡Lo sabes! Con esa maldita disculpa de la religión, lo que hace tu famoso ejército de hijos de puta es expoliar al Congo de lo que le pertenece, especialmente el oro y el coltan. La verdad es que no sé por qué me contengo y no permito que ese bicho acabe contigo. No sois más que una pandilla de fanáticos ladrones, violadores y asesinos. Te juro que disfrutaría viendo cómo te retuerces de dolor mientras la sangre te sale por los poros.

—¡Ya vale, negro! —le reconvino su compañero—. ¡Deja en paz al enano! Al fin y al cabo si ese maldito Kony no hubiera atacado su pueblo ahora estaría en la escuela. —Golpeó apenas la rodilla del prisionero con el fin de llamar su atención al inquirir—: ¿De qué compañías son los aviones, porque para sobrevolar las fronteras tienen que tener algún distintivo o los derribarían a cañonazos?

—Los que provienen de Ruanda y del Congo casi siempre son de la Jambo Safari, Net Gom-Air, Air-Navette o Naturefot. Los que llegan desde Sudán no suelen tener distintivo.

—No es de extrañar; al gobierno sudanés, que es uno de los principales socios de Kony, no le conviene que puedan identificar la procedencia de los aparatos y saben bien que en sus fronteras con la República no hay defensa antiaérea.

—Cuando se traspasan los sacos de un avión a otro,

los de oro tienen que quedar en primer término porque al hacer escala en Sudán los descargan. Su gobierno se queda con el oro y permite que el coltan continúe el viaje... —señaló Josué-Yansok de forma un tanto sorprendente por su espontaneidad.

—¿Viaje adónde?

—A Europa, Norteamérica, China, Corea o Japón... —fue la inconcreta respuesta—. Eso no lo sé con exactitud; tan sólo soy un soldado y esos asuntos únicamente atañen a los oficiales.

—Entiendo... —aceptó el cazador dando por buena la explicación—. ¿Cuándo llegará el próximo avión?

—No tengo ni la menor idea.

—¿Cómo es posible?

—Los oigo llegar, pasan justo sobre mi cabeza y siguen su camino. Es todo lo que debo saber y no me está permitido hacer preguntas.

—Pero, según eso, si tuvieras que avisarles de que hay peligro no te daría tiempo a desenterrar las bengalas y encenderlas —puntualizó Gazá Magalé.

Ahora fue el prisionero el que le dirigió una mirada de soslayo que evidenciaba un cierto desprecio:

—Si hubiera detectado algún tipo de peligro ya me habría preocupado de desenterrar las bengalas y estar con el oído atento para encenderlas a tiempo... —replicó con una mordacidad y una mala intención impropias de su edad—. Pero cualquier imbécil entiende que mientras las cosas permanezcan en calma las bengalas se conservan mejor bajo tierra.

—¡Me da la impresión de que el mocoso te acaba de arrear un buen sopapo en los morros, negro! —comentó divertido Román Balanegra—. Como solía decir mi padre, «los ermitaños no necesitan preservativos».

—Tu padre era un magnífico cazador pero un bocazas —gruñó el otro molesto—. Soltaba siempre lo primero que le venía a la mente, lo que le metió en un montón de líos y lo sabes mejor que nadie... —Hizo un gesto despectivo con la mano como dando por concluido el tema al añadir—: Pero ahora lo que importa es qué carajo vamos a hacer con este pequeño hijo de puta, porque si le dejamos libre correrá a avisar a sus amigos, y te garantizo que corre mucho más que nosotros.

—A su edad, cualquiera... —admitió su interlocutor—. Podemos dejarle maniatado.

—¿En este lugar? —se asombró el negro—. Sería como dejar un cordero amarrado a un árbol; los leopardos, los leones, o lo que es peor, las hienas, acabarían con él esta misma noche y ésa sí que se me antoja una muerte terrible. Seguro que prefiere que le muerda la mamba... ¿O no? —Esto último lo había dicho cacheteando levemente la mejilla del llamado Josué-Yansok con el fin de que le mirara a los ojos, y cuando lo hubo conseguido, insistió tercamente—: Responde, jodido soldadito del jodido Ejército de Resistencia del Señor... ¿Prefieres que te mate una mamba verde o que las hienas te vayan devorando poco a poco a mordiscos? —Al no obtener respuesta debido a que su víctima se encontraba tan atemorizada y aturdida que no atinaba a pronunciar una palabra, alargó la mano, le arrancó con brusquedad la bota del pie derecho y la lanzó al aire mientras exclamaba alegremente—: ¡Te ahorraré el trabajo y elegiré por ti! Prefiero la mamba.

Sujetó contra su rodilla el pie del chico, extendió la otra mano con el fin de apoderarse del reptil y se lo aproximó al talón clavándole los colmillos pese a los desesperados aullidos de terror del infeliz, que de inmediato comenzó a gemir y retorcerse clamando a Dios y llamando desesperadamente a su madre.

Con un gesto brusco Gazá Magalé le quebró el espinazo al reptil justo bajo la cabeza y la lanzó por encima de las cañas.

A continuación le dio unos golpecitos en la espalda al herido.

—¡No te acojones tanto! —dijo—. Cuando no cazo elefantes me dedico a sacarle el veneno a las serpientes porque los laboratorios farmacéuticos lo pagan muy bien. Sé cómo hacerlo y a ésa ya la había vaciado antes de traerla. No te vas a morir, pedazo de mierda, pero el pie se te va a poner como una berenjena. Te pasarás tres o cuatro días jodido, pero si bebes mucha agua dentro de una semana podrás volver andando a tu casa. ¿De dónde eres?

—De Sicu, a orillas del lago Kiwu —replicó a duras penas el muchacho que, pese a lo que su verdugo aseguraba respecto al veneno, no las tenía todas consigo.

—¿Te queda familia allí?

—Supongo que sí.

—La tengas o no la tengas mi consejo es que cuando te recuperes pongas rumbo al sur y no pares hasta llegar a tu pueblo, porque si los hombres de Kony te encuentran herido y desarmado supondrán que has hablado demasiado, por lo que te cortarán el cuello. Y si te encuentro yo te volveré a joder, pero esta vez en serio. ¿Está claro? —Ante el mudo gesto de asentimiento añadió en el mismo tono despectivo—: Te dejaremos las provisiones y el machete para que te defiendas de las alimañas. El resto depende de ti.

Se puso en pie, recogió su mochila y su rifle así como el AK-47 del muchacho y se dispuso a emprender la marcha haciendo un gesto con la cabeza a Román Balanegra.

—¡Agarra esas bengalas y larguémonos de aquí, que

pronto oscurecerá y este jodido cañaveral no es un buen lugar para pasar la noche!

El otro obedeció emprendiendo la marcha tras él al tiempo que comentaba:

—Eres un sádico hijo de puta, negro. Podías haberle advertido al pobre crío antes de que la maldita bicha le mordiera. Casi la espicha del susto.

—¿Y por qué no le advertiste tú, si ya lo sabías?

—No lo sabía. Como te conozco, lo suponía, pero no lo sabía.

—¡Anda ya!

Se habían quedado prácticamente solos en su apartada mesa, y tras servir el café y las copas los camareros se mantuvieron a prudente distancia conscientes de que aquél era un restaurante al que acudían a diario docenas de eurodiputados que solían hablar de delicados asuntos en los que con frecuencia había muchos intereses en juego.

Debido a ello su dueño había instalado un eficaz sistema que detectaba de inmediato cualquier intento de grabación o escucha que se pretendiera utilizar en su local.

En Bruselas, un comedor agradable, una cocina sin pretensiones, un buen servicio, unos precios ajustados y una discreción a toda prueba le garantizaba una clientela fiel y agradecida, y ésa había sido siempre una buena recompensa.

Sacha Gaztell, que cuando se encontraba en «misión secreta» prefería hacerse llamar Hermes, concluyó de relatar la fabulosa experiencia que había significado para él sobrevolar las selvas del poniente de la República Centroafricana en un helicóptero antediluviano, así como el hecho de pasar una noche devorado por los mosquitos a la espera de que quien le devorara fuera un león, por lo que al dar por finalizada su historia, puntualizó con una amplia sonrisa de orgullo y satisfacción:

—Yo he cumplido mi parte con indudable riesgo de

mi vida. ¿Quién de vosotros puede decir lo mismo? ¿Eh? ¿Quién?

—Ninguno... —aceptó con encomiable sinceridad Tom Scott—. Y si quieres que te diga la verdad me has dado envidia. ¡Debió ser alucinante!

—¡Acojonante más bien!

—¿Y cómo es ese tipo? —quiso saber Valeria Foster-Miller—. El cazador blanco.

—Peculiar.

—¿Y eso qué quiere decir?

—Que es tan raro como su apellido, y se comporta siempre de una forma que tan sólo puede describirse como «peculiar». En un momento dado actúa como un Rambo, y al minuto siguiente parece un chiquillo travieso porque empieza a gastar bromas absurdas y a decir boberías.

—¿Pero conseguirá su objetivo? —quiso saber Víctor Durán—. ¿Crees que hemos elegido al hombre adecuado?

—¿Y eso quién puede asegurarlo? —fue la lógica respuesta—. Sobrevolando unos pantanales y unas selvas que a veces semejan una alfombra de copas de árboles que impiden ver el suelo durante más de una hora, llegas a la conclusión de que se trata de un gigantesco pajar en el que nadie encontrará una aguja que para mayor dificultad es muy lista, por lo que nunca se está quieta. —Sacha Gaztell, alias Hermes, hizo una pausa a fin de que sus amigos permanecieran aún más pendientes de sus palabras antes de añadir—: No obstante, os aseguro que cuando observas a esos dos tipos moviéndose por la jungla como si se encontraran en la cocina de su casa y adviertes que conocen hasta el último rincón de esa región como la palma de su mano, llegas a la conclusión de que los días de Joseph Kony están contados.

—¡Dios te oiga! Porque su maldito ejército continúa masacrando inocentes sin una sola semana de descanso —comentó Valeria Foster-Miller—. Cuéntanos algo más del tal Balanegra... ¿Está casado?

—¡Ya empezamos con las historias románticas del apuesto cazador blanco! —fue la respuesta acompañada de una corta carcajada—. Por lo que averigüé se casó con una enfermera congoleña especializada en el sida que le dio dos hijos. El chico es guía de caza fotográfica en Kenia y la chica estudia medicina en Londres. Su mujer, que por lo que pude ver en las fotos que se encuentran por toda la casa debía de ser preciosa, murió hace unos cinco años castigada por un paciente y desde entonces Román vive solo. Pero no te hagas ilusiones; me da la impresión de que las rubias pecosas no son lo suyo...

—¡Anda y que te zurzan!

—Lo cierto es que a estas alturas no me vendría mal un buen remiendo, pero lo que empieza a inquietarme, y mucho, es la idea de que tal vez acabar con Kony no baste. Cualquiera de sus lugartenientes ocupará de inmediato su puesto.

—La historia nos enseña que los segundones suelen durar mucho menos que sus líderes... —puntualizo Víctor Durán—. Lo primordial es cortar la cabeza a ese maldito ejército y luego ya veremos.

—Tan importante es cortarle la cabeza como cortarle los suministros... —intervino Tom Scott en un tono que denotaba su profunda satisfacción. Y a ese respecto me complace comunicaros una excelente noticia.

Todos se volvieron a él, por lo que a su vez se tomó un tiempo para continuar consciente de que el protagonismo había pasado a su lado de la mesa.

—¿Y es?

—Que su principal abastecedor de armas es un traficante al que tan sólo se conoce por el seudónimo de AK-47 y del que nunca hemos conseguido averiguar nada porque el maldito es más escurridizo que una anguila. No obstante, hemos detectamos un mensaje según el cual se ha puesto en contacto con Chin Lee, el mayor fabricante de aparatos electrónicos de Hong Kong que se encuentra desesperado porque se le acaba el coltan.

—¿Cómo lo has sabido? —quiso saber Valeria Foster-Miller.

—Ésa es una pregunta a la que prefiero no responder, querida —fue la rápida respuesta—. Mantengo excelentes relaciones con los servicios secretos de varios países gracias a que nos hacemos mutuos favores dentro de la más absoluta discreción. Confórmate con saber que la fuente es de total confianza.

—Punto en boca. ¿Qué más estás autorizado a decirnos?

—Que en contra de lo que es habitual, y por alguna circunstancia que se nos escapa, pero que cabe atribuir a la difícil situación de la economía mundial, AK-47 solicita un adelanto sobre una importante partida de coltan que se compromete a entregar en el plazo de dos semanas.

—¿Qué cantidad?

—Eso no lo sabemos, pero debe de ser importante ya que está demandando un adelanto de medio millón de euros.

—¿Y se los pagarán?

—Es lo que pretendemos averiguar, querida. Chin Lee no ha llegado a ser lo que es por estúpido y dudamos que se muestre dispuesto a hacer un pago de tal magnitud arriesgándose a perder su dinero dado que a ese traficante nunca se le ha visto la cara. Confiamos en que exija garantías.

—¿Qué clase de garantías?

—¡Vaya usted a saber...!

—Durante treinta años tu padre se negó a entrevistarse con nadie, bien fuera fabricante, transportista o comprador, y eso es lo que nos ha permitido seguir en el negocio sin problemas.

—Durante treinta años mi padre nunca tuvo que enfrentarse a un montón de facturas sin pagar o una amenaza de embargo mientras dispone de un cargamento de fusiles de asalto que han costado una fortuna pudriéndose en un almacén en el que cualquier día los encontrará la policía egipcia —replicó Orquídea Kanac sin alterar un ápice el tono de voz—. ¿Qué otra cosa puedo hacer que reunirme con ese chino e intentar convencerle de que adelante el dinero? ¿Acaso dispones de medio millón de euros?

—Sabes muy bien que no... —admitió el italiano—. Pero te arriesgas demasiado y en este negocio eso suele acarrear fatales consecuencias.

—Nada se me antoja peor que la situación actual... —le hizo ver la muchacha—. Ni tan siquiera la seguridad social se haría cargo del tratamiento que necesita mi padre. ¿Me crees capaz de permitir que se pudra en su silla de ruedas mientras mi madre se apaga como una vela? ¡Antes muerta!

—¡Joder! No cabe duda de que eres hija de quien eres. ¿Tienes algún plan que estés dispuesta a compartir?

—Lo tengo.

Cinco días más tarde el señor Chin Lee aterrizó en el aeropuerto de Niza, en el que le estaba esperando la azafata de una compañía de alquiler de automóviles que le hizo entrega de un sobre cerrado y las llaves de un impecable BMW último modelo, indicándole que se encontraba estacionado en el parking.

Siguiendo las instrucciones que contenía el sobre, el señor Lee salió a la autopista, con dirección a Cannes, pero justo en el cruce que descendía hacia el mar se desvió en dirección contraria por la estrecha carretera que ascendía hacia Mougins entre altos pinos y altas verjas de lujosas mansiones.

No obstante, cuando se encontraba a unos doscientos metros de la entrada del restaurante Le Moulin amainó de improviso la velocidad, se detuvo y recorrió un corto trecho marcha atrás con el fin de ir a detenerse ante la joven de grandes gafas oscuras y larga peluca rubia que evidentemente había llamado su atención.

Intercambiaron unas frases en la clásica escena del automovilista que está contratando un servicio sexual, parecieron llegar a un acuerdo, la muchacha subió al vehículo y con un gesto le indicó que se desviara por una carretera de tercer orden por la que fueron a desembocar al corazón de un solitario bosquecillo en el que estacionaron a la sombra de altos pinos.

—¿Y bien? —quiso saber en tono francamente molesto el señor Chin Lee volviéndose a la golfilla callejera—. ¿A qué viene semejante comedia?

—A que en una situación tan delicada como ésta todas las precauciones son pocas.

—¿Y cuándo me entrevistaré con AK-47?

—Él nunca acude a las citas, pero me ha pedido que le enseñe esta lista; son los pagos que usted le ha ido haciendo a lo largo de doce años, con las cifras exactas y los números de cuenta de los bancos en Panamá o las islas Caimán. No es más que una prueba de que represento sus intereses y una forma de que tenga la absoluta seguridad de que cuanto voy a decirle es cierto.

El chino se caló las gafas y estudió con atención el documento que su pasajera había colocado a una cuarta de su nariz y que al poco volvió a guardar en su bolso sin permitir que lo tocara.

—¡De acuerdo! —gruñó malhumorado—. Admitamos que, pese a su extraño aspecto de buscona callejera y una excesiva juventud que no me merece la menor confianza, le representa. ¿Qué tiene que contarme?

—Que en estos momentos el señor Joseph Kony oculta mil ochocientos kilos del mejor coltan en algún punto de la selva congoleña a la espera de que alguien se los cambie por un cargamento de armas que a su vez se encuentra oculto en un almacén egipcio, porque debido a circunstancias ajenas a nuestra voluntad no disponemos de los medios económicos necesarios para hacérselo llegar.

—¿Mil ochocientos kilos? —repitió el otro sin poder contener una cierta excitación—. ¿Está segura de esa cifra?

—Joseph Kony puede ser un psicópata, un fanático, un violador y un genocida, pero nunca miente en lo que se refiere a los negocios puesto que de ello depende su supervivencia.

—¡Si usted lo dice...!

—Lo digo porque lo sé por experiencia, y porque estamos hablando del coltan que usted necesita, de las armas que Kony necesita y del dinero que nosotros necesitamos. A Kony le estorba el coltan, a nosotros nos estorban las armas y a usted le sobra el dinero. Así de estúpido y así de sencillo, y o nos ponemos todos de acuerdo o todos perderemos.

—¿Y qué garantías tengo de que no van a desaparecer con mi dinero?

—Ninguna. Pero si eso ocurriera, un prestigio que hemos tardado años en cimentar se iría al garete, y eso vale más de medio millón de euros. Por otra parte nos hemos tomado la molestia de calcular la cantidad de tantalio puro que extraería de esos mil ochocientos kilos de coltan, así como la cantidad de ese tantalio que utilizaría en la fabricación del nuevo ordenador ultraligero Lee-33 que acaba de lanzar al mercado y que está acabando con la competencia. Por cierto, le felicito porque hemos comprado varios y son extraordinarios.

—¿Por qué varios?

—Porque necesitábamos calcular la cantidad de coltan que utiliza y detectar posibles fallos.

—No tiene fallos... —replicó al instante su interlocutor visiblemente molesto.

—Tiene un minúsculo fallo en la clave de acceso al sistema de seguridad. Admito que casi imposible de detectar excepto por un pirata informático de primera línea, pero que lo tiene, lo tiene, y usted lo sabe. —Orquídea Kanac hizo una corta pausa y al fin puntualizó como si fuera un tema carente de importancia—: Pero es un tema que no viene al caso. A lo que importa: si no nos hemos equivocado en nuestros cálculos, con ese tantalio fabricaría unos setecientos mil Lee-33, lo que le significaría una facturación aproximada, tirando por lo bajo, de cuatrocientos millones de euros. Y sabe muy bien que si no pone suficientes «ultraligeros» en el mercado le arrebatarán el lugar privilegiado que ocupa en estos momentos.

Sus clientes se verían obligados a cambiar de proveedor y considero que todo eso también vale medio millón de euros. ¿O no?

—Los vale... —admitió Chin Lee—. ¡Naturalmente que los vale! Pero ocurriría de igual modo si el dinero se esfumara y no recibiera la mercancía.

—En eso tiene toda la razón, ya ve usted.

—Me alegra que lo reconozca y por eso insisto en que necesito algún tipo de garantías sobre mi dinero.

—Pues el único activo de que disponemos en estos momentos son las armas... —fue la calmada respuesta que vino acompañada de una especie de guiño de picardía—. Si le interesan se las vendemos a mitad de precio porque tan sólo nos proporcionan gastos y molestias.

—¿Y para qué quiero yo un cargamento de armas?

—Para negociar personalmente con Kony, visto que las cosas se habrán simplificado; será usted el que tenga los fusiles que él necesita y él quien tenga el coltan que usted necesita. Pero de lo que sí estoy segura es de que no se lo va a cambiar por ordenadores por muy ultraligeros y sofisticados que sean. Los ordenadores no matan gente y, por lo tanto, en la selva no sirven de nada.

El señor Chin Lee encendió un cigarrillo. No le pasó desapercibido el gesto de desagrado de su acompañante, por lo que bajó por completo las ventanillas y, a continuación, se tomó un largo periodo de tiempo con el fin de meditar sobre la compleja situación que se le planteaba, porque tenía plena consciencia de que sin un mineral tan sumamente estratégico el imperio industrial que había levantado a lo largo de toda una vida se vendría abajo en cuestión de semanas.

Se sentía muy orgulloso de haber creado el prodigioso Lee-33, al que podría considerarse una auténtica obra de arte de tecnología punta, pero resultaba innegable que pretender fabricarlo sin tantalio era como pretender que Miguel Ángel esculpiera sus esculturas sin un pedazo de mármol.

—¡Maldito coltan! —masculló al fin.

—¡Oh, vamos, señor Lee, no sea tan injusto...! —replicó la falsa prostituta golpeándole ligeramente el antebrazo—. Si no hubiera sido por el coltan usted continuaría fabricando radios baratas y muñecos de pilas que tocan el tambor hasta volver locos a los padres. Sabe muy bien que le debe su fortuna y ahora le está pidiendo la servidumbre de un pequeño porcentaje de dicha fortuna, lo que al fin y al cabo le va a hacer aún más rico. ¿Qué decide?

—¿Y cómo tienen pensado hacer el intercambio?

—Con rapidez y eficacia; un avión con las armas volará desde El Cairo hasta un punto de la selva en la República Centroafricana, donde cambiará su cargamento por coltan, y al día siguiente le entregará el mineral en el mar Rojo, donde uno de sus barcos se encargará de recogerlo sin problemas.

—¿Y dónde aterrizaría ese avión?

—No aterrizaría.

Ahora sí que el señor Chin Lee no pudo evitar demostrar que se sentía en verdad confundido, y tras observar a su interlocutora como si imaginara que estaba intentando burlarse de él, masculló ásperamente:

—¿Qué pretende decir con eso de que no aterrizaría? ¿Cómo demonios podría recoger mi barco el mineral si el avión no aterriza?

—Porque dejaría caer los sacos en el interior de una ensenada de unos veinte metros de profundidad que se encuentra en una zona desértica de la costa sudanesa. Le aseguro que esos sacos son especialmente resistentes, por lo que no existe el menor peligro de que se rompan con el impacto. Lo único que tendrían que hacer ustedes al día siguiente es fondear el barco en el punto indicado, enviar un buceador a que enganche los sacos a la grúa y recuperarlos. Para evitarse sospechas podrían fingir que están reparando una avería ya que apenas se retrasarían un par de horas; luego seguirían tranquilamente su travesía rumbo a Hong Kong y todos contentos.

—Parece bien planeado, sí señor —se vio obligado a reconocer el chino—. ¡Muy bien planeado! ¿Y cuándo sería eso?

—Justo a la semana de que ingresase el dinero... —le mostró un nuevo pedazo de papel al tiempo que rogaba—. Apréndase de memoria las coordenadas del punto de recogida y, sobre todo, no se las revele a nadie hasta el último momento.

El otro leyó en voz alta lo que aparecía escrito:

—«Dieciocho grados, cincuenta y siete minutos, norte; treinta y siete grados, veintitrés minutos, este.» ¡Bien! Lo comprobaré y si coincide con una ensenada de esas características tal vez hagamos negocios juntos.

—¡Usted mismo! —señaló ella mientras guardaba el pedazo de papel y extraía del bolso un paquete de toallitas húmedas con las que se dedicó a limpiar meticulosamente el salpicadero y todas las partes del vehículo que hubiera podido tocar—. Y ahora más vale que se vaya, porque si nos están observando nadie se creerá que le hemos dedicado tanto tiempo a echar un polvo.

—Eso depende del cliente, querida... —fue la humorística respuesta del oriental—. Siempre del cliente, y a mi edad esas cosas acostumbran a tomarse con calma. ¿Dónde quiere que la deje?

—Aquí mismo.

—¿En medio del bosque? —se asombró.

—Este bosque es el lugar donde mejor me muevo y le garantizo que ni usted ni nadie conseguiría seguirme cuando me interne en él.

Descendió del vehículo y a través de la abierta ventanilla añadió a modo de despedida:

—Y ahora siga carretera arriba hasta el pueblo, tómese algo en el café de la esquina y quédese una hora leyendo el periódico como si esperase a alguien. Luego, cuando se haya convencido de que no van a acudir a la cita, vuélvase a casa.

—Siempre tan prudente.

—Tengo un buen maestro. Espero sus noticias. ¡Suerte!

—¡Espere!

—¿Alguna duda?

—Nos comunicaremos únicamente a través del Lee 33.

—Lo siento, pero no lo considero una buena idea; como ya le he dicho, en temas de seguridad no confío en él.

—Anteponga a su clave de acceso la palabra «Changcheng» seguida de «KL67W30Y». Eso le volverá indetectable e invulnerable, por lo que podré ponerme en contacto con usted sin el menor peligro.

—¿Y qué significa «Changcheng»?

—«La Gran Muralla» en chino; y «KL67W30Y», un permiso de acceso restringido a muy pocas personas.

—¡Curioso! «La gran muralla...» De acuerdo. Continuaré esperando sus noticias.

El señor Chin Lee permaneció con las manos sobre el volante observando cómo la muchacha se alejaba entre los árboles, de tal modo que a los pocos instantes podría asegurarse que se la había tragado la tierra.

Tan sólo entonces puso el coche en marcha, dio media vuelta y regresó a la carretera.

Siguió al pie de la letra las instrucciones que había recibido, por lo que permaneció poco más de una hora en el café de la esquina de la plaza del pueblo y al fin lo abandonó con gesto de decepción con el fin de emprender el regreso a Niza.

Esa noche durmió en el lujoso hotel Negresco, pasó un par de horas jugando a la ruleta en el casino, y a la mañana siguiente tomó un vuelo hacia París, donde al poco rato enlazó con otro que le condujo directamente a Hong Kong.

«El *trekc* de los babuinos», uno de los escasos espacios llanos y abiertos de la región, no se inundaba nunca debido a que estaba situado sobre una meseta de tierra roja de no más de veinte metros de altura que por algún extraño capricho de la naturaleza disponía de un sistema de drenaje que permitía que toda el agua que le caía normalmente encima, y que solía ser mucha, se filtrara hacia riachuelos subterráneos que de inmediato la desviaban hacia una cercana laguna.

Casi perfectamente plano abarcaba una superficie similar a tres campos de fútbol, pero aparecía tan repleto de matorrales y acacias espinosas que resultaba inimaginable que allí pudiera aterrizar un aeroplano.

—Buen momento para repetir lo que decía mi abuelo —masculló un desconcertado Román Balanegra—. «Nunca des por sentado que los elefantes no se suben a los árboles.»

Se encontraba en pie junto al pistero en la cima de una loma desde la que dominaban la totalidad del *trekc* que se extendía a poco menos de un kilómetro de distancia, pero lo suficientemente adentrados en la espesura como para que los rayos del sol no incidieran sobre las lentes de los prismáticos.

Sabían por medio siglo de experiencia de cazar en espacios abiertos que el reflejo del sol sobre lentes, cristales u objetos metálicos había delatado a más intrusos que la alarma de una sirena en tiempos de guerra, por lo que debido a ello opacaban el brillo de sus armas de fuego, machetes y navajas al tiempo que tomaban infinitas precauciones a la hora de espiar a los animales, o en este caso a posibles miembros del Ejército de Resistencia del Señor, por medio de unos prismáticos.

Un inesperado e injustificado destello entre la espesura tenía la virtud de espantar a las bestias o alertar a los humanos.

Y constituía la mejor prueba de que se aproximaba un chapucero.

Y ni Román Balanegra ni Gazá Magalé habían llegado adonde habían llegado a base de ser chapuceros.

Casi medio siglo merodeando por una región inhóspita y olvidada de la mano de Dios les había enseñado que aquella agresiva naturaleza era capaz de causar mucho daño, pero sabía respetar a quienes respetaban sus reglas.

Ni reflejo de cristales, ni sonidos metálicos, ni una música discordante, ni una palabra demasiado aguda, ni un color llamativo, ni un olor que no perteneciera al entorno natural, eran normas que se hacía necesario seguir al pie de la letra cuando se pretendía pasar inadvertido en la vasta extensión del oriente de la República Centroafricana.

Y es que desde muy jóvenes tanto Román Balanegra como Gazá Magalé habían aprendido a actuar a imagen y semejanza del mejor cazador y el animal más astuto de la selva, el único que rara vez fallaba: el camaleón.

El término «camaleón» provenía de dos antiguas palabras griegas: *chamai*, que venía a significar algo así como «en tierra», y león, lo que venía a significar que los primitivos helenos le denominaban «El león en la tierra».

De igual modo, un gran número de pobladores de las selvas africanas le consideran un animal sagrado del que descendían los seres humanos y el auténtico soberano de las bestias pequeñas, de las que se alimentaba sin gran esfuerzo y con una eficacia inigualable.

Pese a ello los muchachos de ciertas tribus subsaharianas solían divertirse capturándolos con el fin de dejarlos en libertad sobre una manta roja de la que no pudiera escapar, observando pacientemente cómo poco a poco se iban debilitando hasta morir.

La razón de tan lenta agonía cabría encontrarla en el sorprendente hecho de que el rojo intenso era el único color que la piel de los camaleones no podían metabolizar durante demasiado tiempo, por lo que esa cruel forma de expirar se atribuía al hecho de que al comprender que no conseguían camuflarse les invadía un miedo invencible que terminaba por causarles un estrés que les llevaba a la muerte.

Pese a carecer de oído, sus ojos se movían independientemente el uno del otro, abarcando por tanto los trescientos sesenta grados, pero en el momento en que ambos se concentraban sobre una víctima determinaban con precisión milimétrica a qué distancia se encontraba, por lo que podían lanzar como un dardo su larga y pegajosa lengua atrapándola y devorándola en una décima de segundo.

El mejor cazador de los bosques y pantanales era por tanto siempre el más «camaleónico»; es decir, aquel que se integraba por completo a la naturaleza que le rodeaba y obtenía la mayor recompensa con el menor esfuerzo.

Ahora, confundidos entre el denso follaje, los dos hombres observaban sin perder detalle cada metro del «*trekc* de los babuinos*»*, y lo cierto es que les resultaba difícil aceptar que aquélla pudiera constituir una pista de aterrizaje.

Matojos, hierba espesa y pequeñas acacias era cuanto alcanzaban a distinguir, por lo que hubo un momento en el que llegaron a pensar que el maldito Josué-Yansok se había burlado de ellos.

—¡Jodido mocoso!

—¡Paciencia, negro!

—Sabes muy bien que puedo llegar a ser el más paciente del mundo, pero por mi madre que si ahí puede aterrizar un avión estoy dispuesto a volverme blanco.

—¡Dios no lo quiera! —fue la divertida respuesta—. ¡Dejarías de gustarme!

—Pues tú me gustarías más si fueras negro.

—Puedes empezar por mirarme de cerca los cojones.

—No me he traído la lupa.

—Vamos a dejarnos de chorradas y a prestar un poco más de atención —le reconvino su acompañante al tiempo que indicaba un punto al otro extremo de la llanura—. Ahí abajo pasa algo raro; cada vez que hemos pasado por aquí esto estaba lleno de babuinos, y ahora no se ve ni uno. Y fíjate en aquel grupo de arbustos del fondo. ¿No se te antojan demasiado espesos en relación con lo que les rodea?

El pistero apoyó sus prismáticos en una rama procurando que se mantuvieran firmes, enfocó hacia el punto señalado y asintió:

—Puede que tengas razón y no sean arbustos; creo que se trata más bien de una red de camuflaje de las que suelen emplear los militares.

—¿Y qué es lo que está ocultando?

—Probablemente una choza.

—¿Una choza semienterrada...?

—Ese tipo de terreno se presta a ello. Fuera del *trekc* ni siquiera hubieran conseguido cavar un par de metros porque el hueco se les inundaría continuamente, pero si la han construido bien, en un lugar como ése soporta cualquier aguacero.

Dedicaron casi diez minutos a la tarea de intentar averiguar si efectivamente aquella red de camuflaje ocultaba el techo de una choza enterrada a medias, pero les resultó imposible visto que la malla se encontraba recubierta de maleza.

Optaron por tomárselo con calma sentándose a «preparar el almuerzo» sin perder de vista el lugar, y al cabo de media hora su paciencia se vio recompensada al advertir cómo una figura humana emergía como por arte de magia entre los arbustos con el fin de alejarse una treintena de metros y acuclillarse entre los matorrales.

—¡Otro que caga! —comentó el negro en tono divertido.

—Pues no sé cómo carajo nos las arreglaríamos si esos jodidos no fueran tan cagones —reconoció su compañero en idéntico tono—. Y lo que está claro es que si se encontrara solo no se habría molestado en alejarse tanto.

—Deben de ser por lo menos media docena si cuando llegue un avión tienen que apartar rápidamente las acacias y la maleza.

—Pues lo que importa es tenerlos localizados y recordar sus datos; ése debe de tener unos veinticinco años, mide metro setenta, viste un pantalón de uniforme de camuflaje y camiseta con un gran agujero en la espalda. Le llamaremos el Cagaprisas, porque hay que ver lo poco que ha tardado en aliviarse.

—¿Y por qué no el Número Uno, que es más lógico?

—Porque nada de lo que estamos haciendo es lógico. ¿O te parece lógico estar aquí sentados, comiendo sardinas en aceite mientras observamos cómo caga un negro?

—Cuando lo que está en juego son diez millones de euros todo resulta lógico, incluso limpiarle el culo a ese negro si fuera necesario... —replicó Ramón Balanegra guiñándole un ojo—. ¿O no?

—¡Desde luego! —admitió el pistero—. ¿Y qué piensas hacer con tanto dinero? Si es que lo conseguimos.

—En el hipotético caso de que tuviéramos la inmensa suerte de poder volarle la cabeza a esa puta comadreja y regresar con vida, cosa que dudo, la mitad del dinero se lo dejaría a los chicos con el fin de asegurarles un futuro que en estos momentos tienen muy crudo visto cómo se está poniendo el mundo y otra parte a la investigación sobre el maldito sida que está acabando con este continente.

—¿Y el resto?

—Después de lo que me contaste el otro día he estado pensando en donar algo a los refugios que se dedican a proteger a los niños albinos de quienes pretenden comérselos. Y creo que lo que me quede lo emplearía en cumplir un sueño que tengo desde que tengo memoria.

—¿Y es...?

—Ir en busca del hombre mono.

—¿Del hombre mono? —repitió el pistero francamente perplejo o como si imaginara que estaba intentando tomarle el pelo—. ¿Te refieres a Tarzán?

—¡No, caraculo! No se trata de ningún Tarzán; se trata del auténtico «hombre mono» de Camerún.

—No me gusta Camerún; reconozco que es bonito, pero a los cameruneses les apasionan las arañas y las aborrezco. ¿A qué viene esa obsesión por los hombres mono?

—A que el día que cumplí siete años mi padre me hizo un regalo muy especial: una caja de madera de ébano con incrustaciones de marfil.

—¿La de los puros?

Román Balanegra no pudo por menos que inclinar la cabeza con el fin de observar a su acompañante como si fuera un retrasado mental.

—¿Puros? —repitió—. ¿De qué demonios hablas, jodido negro? ¿Para qué coño quiero una caja de puros si nunca he fumado?

—No lo sé, pero como la tienes sobre la mesa del despacho supuse que te servía para guardar puros para tus amigos.

—¿Conoces algún amigo mío que fume?

Gazá Magalé frunció el ceño intentado hacer memoria, pero al fin se vio obligado a admitir:

—¡No! Bien mirado, la verdad es que no.

—¿Entonces...?

—¡Joder! —se impacientó de improviso el otro—. ¿Por qué no dejas de dar el coñazo con la caja y el jodido «hombre mono»? O me cuentas de una vez qué piensas hacer con ese dinero o me echo una siesta.

—¡De acuerdo...! —admitió su compañero de correrías sin poder evitar que se le escapara una burlona sonrisa—. Lo cierto es que lo que me importaba no era la caja, sino la calavera que contenía y por la que siempre le había estado dando la lata a mi padre.

—¿Una calavera auténtica?

—Naturalmente.

—¡Cuando yo digo que tu viejo estaba mal de la cabeza! ¡A quién se le ocurre regalarle una calavera a un niño de siete años? ¡Resulta macabro!

—No si está bien limpia, desinfectada, pulida y lacada.

—Sigue siendo el despojo de un muerto. ¿O no?

—Sin duda, pero se trata de un despojo muy especial; los habitantes de una aldea de la selva de Camerún se la regalaron a mi padre como muestra de agradecimiento por haber abatido a un viejo elefante que les estaba destruyendo las cosechas. Y a mí me fascinaba porque según él se trataba de la calavera de uno de los dos hombres mono que vivieron en aquella zona hace unos cincuenta años. Y quizás aún queden otros porque los nativos le aseguraban que una hembra preñada a la que el macho defendió hasta el último momento consiguió escapar.

—¿Y de dónde habían salido?

—Al parecer años antes habían expulsado de la aldea a una muchacha que había contraído la lepra y que se fue a vivir al bosque, donde cuentan que un gorila la protegió de los ataques de las fieras, por lo que acabaron emparejándose hasta el punto de que tuvieron hijos.

—¡Pero eso es imposible! —argumentó convencido el pistero—. Es cosa sabida que algunos tarados mentales no tienen problemas a la hora de beneficiarse a una cerda, una cabra o una mona; e incluso algunas mujeres se lo montan con perros, pero de eso a que tengan descendencia media un abismo.

—Eso mismo opinó mi padre hasta el día en que leyó que una japonesa había pedido que la inseminaran con el esperma de un gorila porque existían estudios que aseguraban que si el gorila tenía una ligera diferencia en los cromosomas podría dejarla embarazada.

—¿Qué es un cromosoma?

—No sabría cómo explicártelo. Es más; no tengo ni idea.

—¿En ese caso de qué te sirve ser blanco?

—Me sirve para no parecerme a ti, lo cual ya es más que suficiente, no te jode... —replicó el cazador al tiempo que le asestaba un amistoso sopapo—. A lo que iba —añadió—. El jefe del poblado le enseñó a mi padre un taburete forrado con la piel del hombre mono, que era bastante velluda, pero de pelo muy ensortijado, muy distinto al de los gorilas. También le juró que mientras agonizaba el bicho lloraba como un niño y balbuceaba algunas palabras.

—¿Qué clase de palabras?

—Tampoco tengo ni idea.

—¡Pues sí que sabes tú mucho de hombres mono! —Gazá Magalé alargó la mano con la palma hacia delante como pidiendo disculpas al tiempo que rogaba—: Es una broma... La verdad es que la historia resulta curiosa. ¿Cómo es ese cráneo?

—Distinto a cualquier otro que hayas visto. Lo he comparado con otros que aparecen en los libros de antropología y es como si la parte alta perteneciera a un hombre prehistórico y la mandíbula, a un gorila con dientes humanos.

—¡Menuda mezcla!

—¿Entiendes ahora por qué siempre he sentido deseos de ir allí y tratar de averiguar si existe algún otro hombre mono?

—Lo entiendo... —fue la respuesta de su acompañante, que en ese momento hizo un gesto hacia el *trekc*—. Pero tal vez no tengas que ir tan lejos porque uno de los tipos que acaban de salir de la choza, si es que realmente se trata de una choza, tiene más pinta de gorila de Somalia que de soldado del Ejército de Resistencia del Señor.

Se apresuraron a enfocar los prismáticos hacia el punto indicado y, en efecto, dos hombres habían emergido de entre los matorrales, uno de ellos, bajito y gordo, exhibía una sucia gorra con galones de sargento, mientras que el otro, que no vestía más que unos sucios calzoncillos, parecía más bien un chimpancé con anorexia que un ser humano.

—No sabía que en Somalia hubiera gorilas... —comentó un tanto perplejo Román Balanegra.

—Y no los hay, pero ese tipo está tan flaco que debe de provenir de allí.

—Siempre has tenido un extraño sentido de lo que significa el «humor negro».

—¿Lo dices por lo de humor o por lo de negro? —quiso saber el pistero—. Pero dejémonos de tonterías y vayamos a lo que importa, y es que ya tenemos localizados a un Cagaprisas, un Gorila y un Sargento. ¿Qué vamos a hacer ahora?

—Lo que hemos hecho siempre, esperar hasta estar seguros de a qué nos enfrentamos, porque supongo que deben de quedar un par de ellos más y no me gustan las sorpresas.

Los cálculos de Román Balanegra fueron acertados, dado que con el fresco del atardecer Bajito y Calvorota emergieron de su cubil dispuestos a tomar el aire, estirar las piernas y fumarse un cigarrillo.

Hubo un momento, casi oscureciendo ya, en que los cinco hombres se acuclillaron en círculo inmersos al parecer en una larga discusión sin sospechar ni por lo más remoto que desde la colina no perdían detalle de cada uno de sus movimientos.

Cerró la noche, al poco salió la luna rielando sobre la quieta laguna, en la que destacaban de tanto en tanto las líneas que marcaban en la superficie las cabezas de los cocodrilos al desplazarse lentamente y Gazá Magalé eligió montar la primera guardia por lo que su compañero cerró los ojos convencido de que no corría ningún peligro mientras el veterano pistero estuviera a su lado.

Eran ya muchos años de confiar ciegamente el uno en el otro.

Se puso en contacto con la mayor parte de los amigos internautas que había acumulado a lo largo de años de pasarse horas ante el ordenador, y al día siguiente le informaron de que efectivamente nadie había conseguido atravesar nunca «La Gran Muralla China» puesto que era cosa sabida que quien en realidad se encontraba detrás de tan insalvable obstáculo informático era el gobierno de Pekín.

Entre los del gremio se aseguraba que ante el más mínimo asomo de agresión a sus defensas, los chinos lanzaban un furibundo contraataque que llegaba como un enjambre de abejas desde una docena de países de los cinco continentes destruyendo de forma implacable al enemigo en una feroz guerra virtual, que no por incruenta resultaba menos destructiva.

Nunca existía lógicamente derramamiento de sangre, pero se acababa perdiendo mucho poder y mucho dinero, por lo que incluso los más osados piratas informáticos preferían mantenerse lo más lejos posible de tan impresionante fortaleza.

Un conocido especialista canadiense se lo advirtió muy claramente:

Resulta menos peligroso violar los archivos del Pentágono o la Casa Blanca que los de ciertas empresas chinas. Cuídate de ellas porque suelen ser tapaderas de su gobierno.

No hacía falta ser demasiado inteligente como para comprender que el desorbitado aumento de la influencia china en el mundo a través de millones de inmigrantes, en su mayor parte clandestinos, al igual que la invasión de productos de bajo coste que colapsaban los mercados internacionales arruinando a la competencia, debía de estar orquestada o al menos respaldada por unos astutos políticos que habían sabido transformar su país en un tiempo récord.

Del mismo modo que en sus grandes ciudades la arquitectura parecía haberse saltado «tres generaciones», pasando de la choza de barro al rascacielos, en el mundo de los negocios habían pasado del puesto callejero a los sistemas informáticos de última generación.

Por si ello no bastara, su ancestral forma de escribir acababa por desconcertar a unos *hackers* que parecían haber llegado a la conclusión de que lo que años atrás había dado en llamarse «El Peligro Amarillo» resultaba mucho más peligroso cuando colocaba sus amarillos dedos sobre el teclado de un ordenador; muchos de ellos dominaban el inglés, mientras que resultaba muy difícil encontrar un informático que tuviera nociones de cantonés.

Y lo que no se podía ignorar era que China llevaba camino de convertirse en el primer fabricante mundial de teléfonos móviles y ordenadores personales, lo cual traía aparejado que se convertiría de igual modo en el principal consumidor de coltan.

La prueba irrefutable estaba en que a los pocos días de que el gobierno chino firmara un multimillonario contrato con el gobierno congoleño con el fin de que le abastecieran de todo el mineral que necesitaba, las empresas fabricantes de aparatos electrónicos de muy distintos países que temían que dicho contrato les llevara a la ruina se apresuraron a provocar que renaciera un viejo conflicto armado en la región sin otro propósito que continuar extrayendo coltan de contrabando.

No era de extrañar por tanto que al advertir que las negociaciones oficiales no llevaban camino de hacerse realidad a causa de las interminables guerras internas, empresarios como Chin Lee decidieran entrar a formar parte de un juego ilegal pero mucho más práctico.

Y Orquídea Kanac había optado por imitarles pese a que su madre le hiciera notar lo mucho que le desagradaba semejante actitud.

—Tal vez por ignorancia, o más bien por desidia, permití que tu padre actuara de una forma que no puedo por menos que reprobar, pero ahora no sería capaz de perdonarme a mí misma si volviera a guardar silencio. Considero que traficar con armas es un crimen y me duele el alma al comprender que pareces decidida a seguir ese camino.

—No nos han dejado otro.

—Siempre existe otro, querida —fue la segura y amarga respuesta—. ¡Siempre! Adoro L'Armonia y cuanto significa, pero no me parece que sea un buen negocio pasarse la eternidad en el infierno a cambio de vivir unos cuantos años en el paraíso.

—Este paraíso es real, madre, mientras que a mi modo de ver el infierno no es más que una absurda fantasía inventada por unos curas fanáticos —señaló la muchacha convencida de lo que decía—. Y si negociar con armas es un pecado que conduce al infierno no cabe duda de que se encuentra abarrotado. Recuerda lo que nos contó Mario: casi uno de cada cuatro americanos vive de que alguien mate a alguien.

—Como disculpa no me basta, cariño; una disculpa no es más que la aceptación de que se está actuando mal, y en el mundo deben de existir sesenta mil millones de disculpas, calculando un mínimo de diez por habitante. Siempre he creído que eras tan diferente que nunca tendrías que justificar tus actos.

—Quizá sería así si tan sólo dependiera de mí, pero son los acontecimientos los que me obligan a actuar como lo hago —replicó con desconcertante calma la muchacha—. Estoy de acuerdo en que se duerme mejor con la conciencia limpia que teniendo que recurrir a un somnífero, pero supongo que para eso se inventaron los somníferos. La decisión está tomada y lo lamento.

—¿Y la has tomado sin contar ni con tu padre ni conmigo?

—Papá tomo su decisión el día que se metió en este negocio y siempre he tenido muy claro que tú te opondrías, pero si eres capaz de darme una solución mejor la aceptaré encantada. Nunca imaginé que tuviera que salirme del marco de la ley ni me apetece en absoluto la idea. Estoy segura de que cuando yo era una niña indefensa tanto papá como tú no hubierais dudado en matar por protegerme. En compensación yo ahora debo estar dispuesta incluso a matar por protegeros.

Andrea Stuart no parecía dispuesta a ceder en sus pretensiones, pero fue en ese momento cuando la única muchacha de servicio que les quedaba subió a comunicarles que había llegado una inesperada visita.

Se trataba del director de la sucursal local del Banco del Sena, que venía acompañado por la vicepresidenta general de Fashion-Look, la todopoderosa multinacional que estaba ganando millones con su fascinante perfume Bounty-La Rebelión y que por lo visto había decidido instalar cuanto antes la central de su sección de cosmética en Grasse, y más concretamente en la fabulosa finca L'Armonia.

La firme respuesta de Orquídea Kanac no admitía discusión:

—No les dejes entrar; que esperen en el porche.

Cuando se hubieron quedado de nuevo a solas su madre no pudo por menos que inquirir alarmada:

—¿No pretenderás enfrentarte a ellos? No estamos en condiciones de hacerlo.

—Mientras L'Armonia siga siendo nuestra, lo estamos, y pienso luchar por ella hasta el último suspiro.

Se tomó su tiempo a la hora de bajar a encararse a la desconcertada pareja:

—¿Qué quieren? —inquirió en un tono abiertamente hostil y sin permitirles cruzar el umbral.

—Visitar la casa.

—Esta casa nadie la visita sin haber sido previamente invitado, y que yo sepa, nadie les ha invitado.

—Pero...

—¡No hay peros que valgan! El día que un juez se presente con una orden de desahucio que nos obligue a marcharnos, podrá traer a quien quiera, pero hasta que eso ocurra, y espero que no ocurra nunca, no son bienvenidos.

—Sabe muy bien que tiene una deuda con el banco que...

—Las deudas pueden pagarse y en ello estamos. O sea que vuélvanse por donde han venido y le aseguro que me quejaré a su director general por lo que considero una injustificable muestra de falta de respeto y consideración hacia mi padre, que ha sido un magnífico cliente de su banco desde mucho antes de que usted naciera.

Les cerró la puerta en las narices y apenas lo hubo hecho lanzó un sonoro reniego:

—¡Estos hijos de mala madre van a enterarse de quién soy yo!

Se encerró en su habitación, se pasó la mayor parte de la noche sentada frente al ordenador, y con la primera claridad del alba e infinidad de discretas consultas a varios de los mejores y más expertos «corresponsales» que había ido acumulando durante años tenía muy clara cuál debía ser su forma de actuar.

No hacía falta ser un genio en la materia para llegar a la conclusión de que pese a su indiscutible fama e incuestionable imagen de sofisticado *glamour* a nivel mundial la Fashion-Look disponía de un programa informático tan accesible para un buen *hacker* como pudiera serlo la cerradura de un utilitario para un vulgar ladrón de automóviles.

El programa de la sede central del Banco del Sena en París resultaba, sin embargo, algo más difícil de violar. Había sido diseñado con tanto mimo y dedicación que resultaba absolutamente imposible robar, estafar, «distraer» o cambiar de lugar un solo céntimo, pero al parecer sus creadores no habían tenido en cuenta el absurdo e improbable caso de que alguien tuviera el estúpido capricho de entrar en tan complejo sistema con el único fin de joder la paciencia a base de organizar un inimaginable caos administrativo.

Sus creadores estaban convencidos de que nadie intentaría una locura de semejante calibre a sabiendas de que se le podía seguir el rastro de tal forma que por ese simple capricho diera con sus huesos en la cárcel, pero desde luego nunca contaron con el hecho de que el virulento ataque proviniera desde un ordenador protegido por la impenetrable «Muralla China».

Desde sus no demasiado lejanos inicios, uno de los mayores problemas de la informática se centraba en la incuestionable evidencia de que la tecnología se desarrollaba a tal velocidad que en lo referente a la seguridad lo que un día parecía perfecto al mes siguiente no servía para nada.

El problema tenía su equivalencia en el mundo de las armas; cada vez que un tanque o un acorazado aumentaba el grosor de sus planchas de protección, alguien fabricaba un nuevo obús capaz de atravesarla.

La noche siguiente Orquídea Kanac dejó por tanto a un lado el ordenador de mesa que solía utilizar sustituyéndolo por el inabordable Lee-33, por lo que cuatro horas más tarde todos los informes internos, todos los patrones de los vestidos, todos los pedidos e incluso todas las fórmulas químicas de los productos de belleza de la multinacional Fashion-Look habían sufrido algún tipo de alteración.

Dos días más tarde el Banco del Sena se enfrentó al impensable hecho de que alguien se había entretenido en trastocar miles de documentos, retrasar fechas de cobro, adelantar fechas de pago, cambiar direcciones, modificar declaraciones y enviar cientos de mensajes contradictorios de una sucursal a otra provocando una confusión de tal magnitud que cabría asegurar que, menos obtener dinero, se había hecho cuanto se le hubiera ocurrido a una mente enferma.

Todo ello sin contar que al propio tiempo se les había introducido una variante del virus familiarmente conocido como «troyano», que permanecería dormido y oculto en el sistema central hasta que el creador decidiera activarlo y almacenar en su propio ordenador toda la información existente en la central.

Orquídea Kanac sonreía satisfecha por su incontestable victoria sobre quienes la habían ofendido, en el momento en que por medio de su ultraligero Lee-33 recibió la noticia de que medio millón de euros habían sido depositados en un banco de las islas Caimán.

Lo primero que hizo fue llamar a Supermario con el fin de que se reuniera con ella en el cenador del jardín, y en cuanto se supo lejos de oídos indiscretos le espetó sin rodeos:

—Me he puesto en contacto con el transportista que ha aceptado un primer pago de trescientos cincuenta mil euros ahora y otro igual dentro de un mes, visto que le he simplificado las cosas hasta el punto de que no correrá peligro a la hora de entregar el coltan.

—¿Está de acuerdo con la idea de dejar caer los sacos en la ensenada?

—¡Está encantado! Se evita el riesgo de que le atrapen al aterrizar, se evita el gasto de camiones con los que tenía que recorrer el último tramo, y se evita la posibilidad de una desagradable sorpresa en el momento de la entrega. Lo único que tiene que hacer es abrir la puerta del avión, empujar unos cuantos sacos y volverse a casa.

—Evidentemente le has facilitado mucho el trabajo tanto a los egipcios como a los chinos.

—Gracias a ello he podido transferir cien mil euros a tu cuenta con el fin de que los entregues personalmente en el banco puntualizando que se trata de un préstamo que le haces a tu jefe como prueba de afecto y agradecimiento. De esa forma me dejarán en paz al menos durante un mes, y para entonces espero que nuestros problemas hayan quedado solucionados.

—Ese cargamento tan sólo te proporcionará el dinero suficiente como para mantener L'Armonia dos años más, y lo sabes.

—Habrá otros.

—¡No me jodas, niña! —protestó visiblemente alterado el italiano—. ¿No estarás pensando en seguir los pasos de tu padre?

—¿Y por qué no? —replicó ella con naturalidad—. Como le dije a Chin Lee, él continuará necesitando coltan y Joseph Kony continuará necesitando armas. Lo único que tenemos que hacer es mantener en pie una infraestructura que a lo largo de casi treinta años ha funcionado a la perfección.

—Los tiempos cambian.

—Pero he sabido adaptarme a esos cambios, querido —le mostró el pequeño ordenador que guardaba en el bolsillo trasero de sus pantalones tejanos—. Mi padre nunca dispuso de un aparato tan perfecto y tenía que basarlo todo en llamadas telefónicas o complejas claves fáciles de olvidar. Con este ordenador me comunico al instante con cualquier lugar del mundo sin miedo a que intercepten mi mensaje, y su memoria es cien millones de veces más fiable que la de cualquier ser humano.

—Supongo que lo es.

—Bastó una ligera presión aplicada en el momento oportuno para que mi padre confesara sus secretos, pero te puedo garantizar que ni siquiera la más sofisticada tortura conseguiría que un Lee-33 cuente lo que sabe. Lo he programado de tal forma que existen infinitas posibilidades de que se destruya toda la información que contiene en cuanto un extraño intente manipularlo.

—Me asombraría que seas tan lista si no fueras hija

de quien eres... —no pudo por menos de admitir Mario Volpi.

—No es que sea más lista; es que he dedicado la mayor parte de mi vida a prepararme a conciencia y he llegado a la conclusión de que vivimos unos tiempos disparatados, en los que se da el absurdo caso de que una chica como yo puede conocer los secretos de un banco o una multinacional, mientras que ni ese banco, ni esa multinacional ni el mismísimo gobierno son capaces de acceder a los secretos de mi ordenador.

—¿Pretendes hacerme creer que has conseguido introducirte en el sistema informático del Banco del Sena?

—Hasta su mismísimo corvejón.

—¿Y puedes acceder a cualquier tipo de información?

Su interlocutora asintió con un gesto de la cabeza y una encantadora sonrisa.

—Lo único que no puedo hacer es sacar dinero —dijo.

—Pues hay algo que siempre me ha traído de cabeza y que tal vez nos produzca algún beneficio; tanto la cuenta corriente de tu padre como la mía tienen unos determinados números que pudiéramos considerar «normales». Sin embargo, las dos cuentas «opacas» de tu padre, una en la central de París y otra en la sucursal de Niza, al igual que la mía en Roma, terminan «321». Siempre me he preguntado si el banco no tendrá asignado ese número final a clientes que mueven dinero negro.

—¡Curioso! —admitió ella—. Curioso y muy interesante.

—Está claro que si el banco ha manejado dinero nuestro, quiere decir que normalmente lo hacen con fondos opacos de quién sabe quién. Si encontraras la forma de alterar los números de esas cuentas les pondrías en un grave aprieto y más tarde estarías en condiciones de hacerles comprender que eres la única que está en disposición de arreglar el entuerto.

—Tengo la ligera impresión de que lo que me estás proponiendo es una especie de chantaje.

—¿Acaso es peor chantajear a un banco hijo de puta que negocia con dinero ilegal que traficar con armas? —fue la respuesta—. Si como aseguran los gobiernos van a comenzar a presionar a los paraísos fiscales, los inmensos capitales que esconden tendrán que buscar dónde refugiarse, y si por lo que sabemos el Banco del Sena ya es de los que se prestan al juego sucio podemos hacernos de oro conociendo sus números de cuenta.

Será cuestión de pensarlo.

—¡Piénsatelo! Y ahora lo único que necesitamos es un poco de suerte y que ese mal nacido de Joseph Kony continúe haciendo de las suyas.

—Si hasta ahora no han conseguido pararle los pies no tenemos por qué temer que las cosas vayan a cambiar en breve —fue la segura respuesta.

—Chin Lee pasó todo un día en la Costa Azul, pero salvo un encuentro casual con una puta de carretera y un ligero intercambio de opiniones sobre los números que salían en la ruleta con un vecino de mesa que parece libre de toda sospecha, no mantuvo contacto con nadie —señaló Tom Scott—. Pasó más de una hora esperando en un café de Moulins, pero su supuesto contacto, quienquiera que fuese, no hizo acto de presencia.

—Extraño que alguien se desplace desde Hong Kong para nada... —comentó una malhumorada Valeria Foster-Miller—. Y sobre todo alguien de la importancia de ese chino. ¿Qué se sabe de la puta?

—Nada.

—¿Nada? —se sorprendió Sacha Gaztell, alias Hermes—. ¿Ninguno de tus amigos ha hablado con ella?

—No han conseguido encontrarla.

—¿Cómo que no han conseguido encontrarla? —Ahora era Víctor Durán quien demostraba su perplejidad—. Normalmente las golfas de carretera suelen establecerse en un mismo sitio; es como su coto de caza particular...

—Lo sabemos... —admitió el interrogado—. Preguntaron a los vecinos y a quienes frecuentan la zona, pero nadie recordaba haberla visto ni antes, ni después.

—Lo cual invita a pensar que dicho encuentro pudo no ser tan «casual» como aseguras.

—Me temo que así es. Los encargados de vigilar al chino se limitaron a seguirle suponiendo que la puta carecía de importancia y sin que se les pasara por la cabeza que todo estaba meticulosamente planeado. Cuando la recogió se alejaron por una carretera que impedía seguirles de cerca sin que lo notaran, y pasaron un rato entre los árboles en lo que parecía un simple apaño de «aquí te cojo, aquí te mato», pero a estas alturas se han visto obligados a admitir que les tomaron el pelo.

—¡Pues vaya una mierda de espías que tenemos! —masculló Sacha Gaztell—. Razón tiene Román Balanegra al asegurar que seríamos incapaces de atrapar a los criminales de guerra de la antigua Yugoslavia ni aunque los tuviéramos ante las narices. A lo mejor resulta que se disfrazan de colegialas.

—El presidente de Sudán se ha dedicado a pasearse por Egipto, Eritrea, Libia, Qatar y Arabia Saudí desde que hace menos de un mes la Corte Penal Internacional emitiera un mandato de arresto contra él por crímenes contra la humanidad —intervino de nuevo Tom Scott—.

Con tanto viaje lo único que pretende es demostrar que se pasa por el forro de los cojones a la justicia internacional, que lo único que ha sido capaz de responder a semejante burla es que «La Corte sabe esperar».

—Ya lo creo que sabe... —admitió Víctor Durán—. Lleva casi treinta años esperando capturar a Kony. Con tal ejemplo no tenemos por qué extrañarnos de que ese cerdo ande por ahí paseándose en un coche descapotable mientras tiene sobre su conciencia cientos de miles de muertes.

—Ten en cuenta que no podrá ser llevado ante la Corte mientras continúe en el poder... —le recordó Valeria—. Lo mismo ocurrió con Milosevic, Karadzic o el liberiano Charles Taylor. Sin tener en cuenta que detenerle ahora entorpecería las conversaciones de paz de Darfur y provocaría un desastre humanitario aún mayor. La única parte buena es que sus delitos nunca prescriben.

—¡Lindo consuelo!

—El mejor que tenemos porque la justicia internacional no funciona como las demás; cuando se dicta una orden de captura contra un delincuente, en especial si es un genocida, las policías de todo el mundo lo buscan incluso enfrentándose a quienes pretendan oponerse. Pero intentar ponerle ahora la mano encima a Al Bashir provocaría un baño de sangre inadmisible.

—Lo que no entiendo —intervino ahora Sacha Gaztell— es por qué razón países como Egipto, Qatar o la misma Arabia Saudita, que tiene mucho que perder en prestigio internacional, se presten al sucio juego de un tipo de semejante calaña.

—Porque consideran que mientras no se investiguen los crímenes que el ejército de Israel ha cometido contra los palestinos, la Corte Internacional no está actuando de un modo imparcial, carece de credibilidad y por lo tanto no les merece ningún respeto. El día que dicte una orden de detención contra un general o un dirigente israelí, tal vez algunas naciones árabes se decidan a entregar a un presidente musulmán. Mientras tanto no hay nada que hacer.

—¡Pues estamos buenos! Nunca nadie se atreverá a juzgar a un genocida judío.

—Pero haberlos, haylos.

—Confiemos en que un cazador blanco armado de un simple fusil sea más eficaz que todos los mandamientos de la Corte Internacional de Justicia.

—Que lo fuera menos resultaría prácticamente imposible.

—Nos enfrentamos a otro problema... —adelantó Tom Scott con cierta timidez—. Alguien ha comenzado a hacer preguntas sobre las razones por las que vigilamos a Chen Lee, y como conozco los fallos del sistema me temo que pronto o tarde acabarán por localizarme.

—¡Vaya por Dios! —No pudo por menos que exclamar Víctor Durán—. A que vamos a pasar a ser «los espías espiados». ¡Qué ridículo, padre, qué ridículo!

—Por eso he llegado a la conclusión de que sería aconsejable que dejáramos de vernos en público. Los fabricantes de aparatos electrónicos occidentales viven aterrorizados por la idea de que chinos, coreanos y japoneses los expulsen del mercado, por lo que han dedicado ingentes cantidades a promover conflictos en torno al coltan. Me temo que si averiguan que un grupo de eurodiputados intenta acabar con uno de los principales promotores de tales conflictos se lo van a tomar a mal e intentarán jodernos.

—Pero no hemos sido elegidos para defender los intereses de un puñado de fabricantes hijos de puta que promueven matanzas que ya le han costado la vida a casi cinco millones de inocentes —protestó Valeria Foster-Miller.

—Ni para ejercer de justicieros, querida. Ni para ejercer de justicieros. Se supone que nuestra obligación es sentarnos en una butaca a escuchar plúmbeos discursos y defender las enmiendas que propongan nuestros respectivos gobiernos o partidos. Recaudar fondos con los que pagar a alguien con el fin de que le vuele la cabeza a un tipo por muy criminal y genocida que sea no entra dentro de las atribuciones que nos dieron al votarnos.

—Eso es muy cierto... —reconoció Sacha Gaztell—. Pero en mi opinión ninguno de cuantos participan en esta arriesgada aventura lo hace en su calidad de eurodiputado, sino en su condición de ser humano.

—En ciertos momentos he llegado a plantearme si para continuar considerándome un ser humano no debería renunciar previamente a mi acta de eurodiputado. En ocasiones la política nos lleva a comportarnos de una forma inhumana.

—«Ser o no ser, ésa es la cuestión»... —recitó en tono grandilocuente Víctor Durán—. ¿Qué es mejor, continuar calentando butacas indiferentes al dolor ajeno, o rebelarnos contra el cruel destino empuñando las armas dispuestos a perecer en el intento...?

—Si el pobre Shakespeare saliera de su tumba volvería a tirarse de cabeza a ella al ver cómo destrozas su obra —no pudo por menos que comentar Valeria Foster-Miller—. Aunque admito que no deja de ser una intervención acertada; tal vez haya llegado el momento de elegir qué pa-pel debemos interpretar en esta sangrienta tragedia. Si no recuerdo mal, en *Hamlet* apenas mueren una docena de personajes mientras que aquí se cuentan por millones.

—Es que ésta es la vida, querida, no el teatro, y cosa sabida es que la realidad suele superar la ficción.

Apenas apuntaba el alba sobre la quieta laguna y las lejanas copas de los árboles cuando ya el «*trekc* de los babuinos» hervía de actividad por culpa de cinco hombres que se afanaban apartando matojos y haces de hierba con el fin de aislar las altas acacias espinosas que habían sido cortadas por la base y posteriormente trasplantadas a rústicas carretillas de dos ruedas.

Cuando el terreno circundante se les antojó lo suficientemente despejado empujaron las carretillas apartándolas hacia los bordes de la improvisada pista de aterrizaje en que habían convertido en poco tiempo la agreste llanura.

—¡Tenía razón el chico...! —comentó Román Balanegra agitando con suavidad el hombro de quien dormía sobre el empapado barro tan profundamente como si se encontrara sobre el más acogedor de los colchones—. Ahí aterrizaría cualquiera.

El negro se desperezó como un niño grande, bostezó mostrando la magnitud de su fabulosa dentadura y fijó la vista en el lugar que su compañero indicaba.

—Cualquiera que le eche muchos cojones... —puntualizó—. Se desvía cinco metros y se convierte en el almuerzo de los cocodrilos «comegente».

—Los que efectúan esta clase de transportes suelen

tener mucha experiencia en este tipo de pistas y saben lo que hacen —fue la respuesta—. Y lo que está claro es que debe de estar a punto de llegar un avión o de lo contrario no se tomarían tanto trabajo ni se darían tanta prisa.

—Eso resulta evidente. ¿Qué planes tienes?

—Los mismos de siempre.

—¿Y son?

—Ver lo que pasa.

—¡Sutil, sí señor! —admitió el negro con marcada ironía—. Un plan sutil y concienzudamente elaborado. Es por esos pequeños detalles por lo que siempre me ha admirado tu increíble capacidad de organización.

—Lo que admiras no es mi capacidad de organización, sino mi capacidad de improvisación, negro tocapelotas —fue la respuesta carente de acritud—. «Organizar» lo puede hacer cualquiera que disponga del tiempo y los medios necesarios, pero para «improvisar» es necesario contar con una mente rápida y una notable capacidad de reacción ante situaciones inesperadas.

—¡Pues que Dios nos coja confesados, blanco! Lo que tendríamos que hacer es cargarnos a esos cerdos aprovechando que están desarmados y cargarnos luego a los pilotos en el momento en que salgan del avión.

—No somos asesinos.

—Pero hemos venido hasta aquí para asesinar, por lo que más vale que nos vayamos entrenando.

—¡Mira que llegas a ser bruto! —masculló su compañero propinándole un afectuoso codazo—. ¿De qué coño nos servirían un montón de cadáveres y un avión que no sabemos poner en marcha? Si trae armas, esas armas nos llevarán hasta Kony, con lo que dejaremos de andar de aquí para allá pateando selva y vadeando pantanos como dos jodidos vagabundos.

—¿Y si lo que trae es mineral?

—Tendremos que continuar pateando selva y vadeando pantanos hasta que se nos caigan los huevos.

—¡Recemos pues!

—Recemos.

Naturalmente no rezaron limitándose a esperar, y cierto es que sus plegarias hubieron resultado inútiles, puesto que cuando al rato se escuchó el inconfundible sonido de los motores de un avión resultó evidente que se aproximaba llegando desde el suroeste, lo que venía a significar que provenía del Congo o de Ruanda.

Y desde allí solían enviar el mineral.

Las armas llegaban desde el este; desde la frontera con Sudán.

La escandalosa aeronave cruzó a menos de cuatrocientos metros sobre sus cabezas al tiempo que los «soldados» del Ejército de Resistencia del Señor izaban una manga de tela roja y blanca que evidentemente servía para indicar la fuerza y dirección del viento.

El viejo Fokker de dos motores turbohélice, uno de los cientos que proliferaban por todos los rincones del continente dedicados tanto al transporte humano como de mercancías, lucía en la cola el estilizado dibujo de impala rodeado por una leyenda: NATUREFOT.

—¿De modo que «Fotografías de la naturaleza»? —no pudo por menos que refunfuñar un furibundo Gazá Magalé—. ¡Si serán hijos de puta! ¡Ya les daría yo fotografías! Tan sólo el coltan que transportan le debe haber costado la vida a una docena de niños.

—Algún día lo pagarán caro.

—¿Y por qué no podría ser hoy?

—¡Tú tranquilo! Todo se andará.

El vetusto aparato, al que el violento sol, los fuertes

vientos, las tormentas de arena y las torrenciales lluvias africanas habían desgastado las capas de pintura de forma muy diferente según se tratara del morro, los costados o la cola, ofrecía un aspecto ciertamente singular hasta el punto de que ni el más atento observador hubiera sido capaz de determinar cuál era su color original el día que salió de la fábrica allá por los años setenta.

Giró muy despacio hacia la derecha sobrevolando la laguna y se alejó del nuevo rumbo suroeste con el fin de iniciar la maniobra de aproximación, de tal forma que las ruedas tocaron tierra justo en el punto en que nacía la improvisada pista.

El piloto era sin lugar a dudas un veterano curtido en miles de vuelos sobre los desiertos, las selvas y las montañas del continente, un aguilucho de los que no necesitaban mapas ni instrumentos a la hora de llegar al lugar marcado en el momento exacto, lo que el argot africano daba en llamar «lobos de selva» en contraposición con los míticos «lobos de mar» de las viejas novelas de aventuras.

La mayoría había comenzado su «carrera» como mercenarios en cualquiera de las incontables guerras que habían arrasado el continente en el transcurso del último medio siglo, y Román Balanegra, que había utilizado a menudo sus servicios durante la época dorada en que aún no era «del todo ilegal» comerciar con marfil, los conocía bien, admiraba su extraordinaria habilidad y en cierto modo envidiaba su sincera indiferencia ante el hecho de que el día menos pensado la suerte que evidentemente solía acompañarles en sus alocadas singladuras decidiera darles la espalda.

Algunos habían adaptado la estructura inicial de sus aparatos a las prestaciones que necesitaba en un momento dado, dotándoles de frenos más efectivos, motores capaces de desarrollar durante un par de minutos la enorme potencia extra que necesitaban a la hora de despegar en pistas cortas, así como neumáticos de doble ancho con un dibujo muy especial que evitaba que se deslizaran sobre el agua o el barro.

Desde las alturas no resultaba tarea sencilla determinar si el rojizo suelo que se distinguía bajo el morro era tierra seca que no guardaba desagradables sorpresas o si por el contrario se trataba de traidora arcilla que no había acabado de absorber el agua de un reciente chaparrón tropical, razón por la que se habría transformado en cuestión de minutos en una resbaladiza pista de patinaje.

De ser así un tren de aterrizaje que tocaba la pista a cien kilómetros por hora comenzaba a desplazarse de costado de forma tan incontrolable que acababa patas arriba o estrellándose contra los árboles.

Por suerte para sus ocupantes el «*trekc* de los babuinos» no ofrecía ese problema, en parte porque no había llovido con demasiada intensidad durante las últimas horas y en parte debido a su magnífico drenaje natural, por lo que el despintado Fokker se posó con admirable perfección, hizo rugir aún más los motores al meter la reversa, y fue frenando con suavidad y precisión hasta detenerse a menos de diez metros de la red de camuflaje.

—Es bueno el muy cabronazo... —admitió el admirado pistero—. Cualquier otro se hubiera tragado la cabaña.

—En ese jodido oficio, querido, o se es bueno o no se es. E incluso los mejores acaban por dejarse los sesos en el parabrisas, porque no conozco a un solo «lobo de selva» que haya muerto en su cama. ¡Veamos qué traen!

Enfocaron a la par los prismáticos observando cómo

los hombres de tierra se aproximaban a la puerta que acababa de abrirse con el fin de que ascendiera aquel al que denominaban el Sargento, que al cabo de un par de minutos reapareció tirando de una gruesa soga a la que se encontraban atadas por la cintura cinco muchachas nativas, la mayor de las cuales aún no debía de haber cumplido doce años.

Comenzaron a descender por la escalerilla muy despacio y observándolo todo a su alrededor con ojos de espanto, lo que hizo que Román Balanegra no pudiera por menos que lamentarse:

—¡Madre del amor hermoso! Les han traído putas. ¡Lo que nos faltaba!

—¡No seas bestia, blanco! —le recriminó su compañero—. Ésas no son putas; tan sólo son una pobres crías a las que deben de haber raptado cualquiera sabe dónde. Acabarán de putas, de esclavas en las minas o incluso de soldados, pero para llegar a eso aún les espera un duro camino.

—Esos jodidos miembros del Ejército de Resistencia del Señor no se merecen un tiro en la cabeza; se merecen que los vayan asando uno por uno, poco a poco y a fuego lento —masculló el indignado cazador—. ¿Cómo pueden pregonar que son enviados de Dios mientras entregan niñas a una pandilla de salvajes? ¡Míralas! Parecen corderos camino del matadero, y por lo que se ve las piensan violar ahí mismo.

En efecto, los hombres que aguardaban habían comenzado a manosearlas e intentar desnudarlas entre risas y chanzas, pero casi de inmediato hizo su aparición en la puerta del avión un piloto de ojos muy azules y cuidada barba de un rubio entrecano que vestía un uniforme azul cielo tan impecable que contrastaba de forma harto violenta con cuanto le rodeaba.

Mientras descendía comenzó a vociferar en tono autoritario que aquél no era momento de andarse con «chiquilladas» ya que lo primero que tenían que hacer era descargar el aparato, puesto que debía reemprender el vuelo antes de que los aviones de reconocimiento o los satélites espía pudieran detectar el punto en que había tomado tierra.

De mala gana el Sargento ordenó a dos de sus hombres que se llevaran de allí a las chicas pero que regresaran al instante.

Entre el Cagaprisas y el Calvorota las empujaron hacia el bosque sin cesar de reír, besuquearlas e introducirles las manos bajo el vestido, aunque se limitaron a atar el extremo de la cuerda a un árbol y volver a toda prisa con intención de echarse a la espalda pesados sacos de color gris claro con el fin de apilarlos a unos quince metros de donde se encontraba la cabaña.

El piloto se había calado unas gafas oscuras, alejándose hasta la orilla de la laguna por la que paseaba sin prisas estirando las piernas y disfrutando del hermoso paisaje, al tiempo que su ayudante, un gigantesco nativo negro como un tizón y fuerte como un toro se dedicaba a aproximar los sacos a la puerta del avión, con el fin de que los hombres de Kony se apoderaran de ellos con más facilidad.

—Sin duda los grandes contienen coltan y los pequeños, oro, por lo que éste es el momento de demostrar tu tan cacareada capacidad de improvisación —comentó con cierta sorna el pistero—. ¿Qué coño hacemos ahora?

—¡En primer lugar callarte y dejarme pensar!

—¡Calladito estoy...!

Al cabo de un par de minutos, Román Balanegra comentó como si en realidad estuviera pensando en voz alta.

—Está claro que no transportan armas que nos puedan conducir hasta Kony, y también está claro que no contamos con los medios suficientes como para evitar que ese mineral llegue a su destino.

—Y de igual modo está claro que no es a eso a lo que hemos venido... —le hizo notar el negro en el mismo tono mordaz.

—¡En efecto, querido mío! Nuestra misión no es acabar con el tráfico de minerales sino con la vida de su principal traficante, o sea que lo mejor que podemos hacer en este caso es mantenernos al margen.

—Pero ¿y las niñas? —protestó el otro—. No pienso permitir que esa pandilla de degenerados las destrocen.

—Ése es un problema adicional e inesperado, que como suelen decir ahora los militares, se convierte en «un daño colateral» que conviene paliar de modo que no afecte a nuestro objetivo principal, que no es otro que cargarnos a la jodida comadreja.

—Habla claro o te arreo un sopapo que te hago saltar los empastes.

—Lo que quiero decir es que ha llegado el momento de dividir nuestras fuerzas.

—Pues como tengamos que dividirlas por más de dos vamos de culo —masculló el negro—. Ya me veo sin un brazo y una pierna.

—Déjate de coñas, no es momento.

—Tú eres el que parece estar de coña, y si de verdad se te ha ocurrido algo que pueda funcionar más vale que lo pongamos en práctica cuanto antes, porque no creo que queden demasiados sacos.

—Es una idea muy sencilla pero creo que puede funcionar...

Comenzó a explicársela trazando un pequeño dibujo

en el suelo, por lo que minutos después se separaban deslizándose por el bosque tan sigilosamente como tenían por costumbre.

Román Balanegra descendió por la parte trasera de la colina y al llegar al nivel del *trekc* se tendió cuan largo era y comenzó a arrastrarse entre los matorrales hasta un punto que se encontraba a menos de doscientos metros de la cabecera de la improvisada pista de aterrizaje.

Desde el lugar elegido la dominaba perfectamente, por lo que advirtió cómo los hombres de Kony concluían su tarea de descarga y cómo el piloto regresaba para ascender calmosamente por la escalerilla despidiéndose de quienes quedaban en tierra con un desganado y casi despectivo gesto de la mano.

Al poco su ayudante cerró la puerta, los motores se pusieron en marcha y el viejo Fokker giró sobre sí mismo con el fin de dirigirse directamente hacia donde se encontraba por lo que se limitó a colocar ante él una pequeña roca con el fin de apoyar sobre ella los cañones de su Holland&Holland 500.

Al llegar al comienzo de la pista el avión giró de nuevo y rugió con un estruendo cada vez más atronador a medida que aceleraba, de tal modo que se diría que en cualquier momento estallaría, pese a lo cual las ruedas no se movieron ni un centímetro del lugar que ocupaban.

Pasaron unos instantes que se antojaron interminables hasta que el piloto pareció convencerse de que había conseguido la potencia necesaria para despegar en una pista tan corta, por lo que decidió soltar los frenos.

El desteñido aparato vibró como si quisiera desencajarse, dio un brusco salto y se lanzó *trekc* adelante a una velocidad ciertamente endiablada.

Román Balanegra apuntó con sumo cuidado a la rueda derecha, aguardó el momento preciso y apretó el gatillo; el ruido del aparato y el de la rueda al estallar enmascararon el sonido del disparo.

El vetusto Fokker se inclinó bruscamente, rozó los matorrales con la punta de su ala derecha y siguió un camino transversal en dirección al lago, cada vez más traqueteante y descentrado, y pese a que el experimentado piloto apagó de inmediato los motores, se encontraba ya tan fuera de control que fue a parar al agua en la que clavó el morro dejando tan sólo la mitad trasera de la cabina y la cola con el logotipo de Naturefot al aire.

Se escucharon gritos de dolor y llamadas de socorro, y sin pensárselo un segundo los miembros del Ejército de Resistencia del Señor corrieron hacia el lugar del accidente en un desesperado intento por salvar a los dos hombres que habían quedado atrapados en el interior del aparato.

En el justo momento en que los cinco se encontraban pendientes de lo que ocurría en el lago, e incluso dos de ellos se habían lanzado al agua con intención de abrir la puerta posterior del Fokker, Gazá Magalé surgió como un fantasma de entre la espesura, cortó la soga que mantenía sujetas a las muchachas al árbol y tiró de ellas ordenándoles con un gesto que le siguieran en silencio.

Obedecieron y fue como si se las hubiera tragado la tierra.

Román Balanegra se arrastró hacia atrás y tan sólo se puso en pie cuando estuvo seguro de que no podía ser visto, momento en que echó a correr, bordeó la colina y se apostó en un punto desde el que dominaba la ruta de escape.

Minutos después y tras comprobar que únicamente el gigantesco nativo había conseguido salir con vida del aparato y nadie parecía haberse apercibido aún de que las cautivas se habían esfumado, se encaminó a paso de carga al punto en que había acordado reunirse con el pistero, que le aguardaba con el arma amartillada mientras a sus espaldas las muchachas devoraban cuanto guardaba en la mochila.

—Aparte de putearlas no les habían dado de comer en dos días... —señaló a modo de explicación.

—Pues más vale que se den prisa porque esos cerdos no se van a conformar con perderlas fácilmente. ¿Ocultaste las huellas?

—¿Por quién me tomas? —protestó el otro—. Hemos llegado hasta aquí por charcos y riachuelos, por lo que no tienen ni idea de qué las ha ayudado a huir. Conviene que imaginen que tan sólo persiguen a unas pobres niñas asustadas.

—¿De dónde son?

—Tres congoleñas y una ruandesa; la más pequeña ni siquiera sabe dónde ha nacido.

—¡Pues sí que estamos buenos! Que recojan esas latas y larguémonos de aquí.

—Dos están descalzas.

—¡Vaya por Dios! —dijo molesto el cazador ante el problema que presentaba tan inesperada eventualidad—. Que se desnuden y se aten la ropa a los pies; más vale virgen en pelotas que puta vestida.

No tardaron en partir de nuevo, avanzando siempre por arroyos y riachuelos, pero al cabo de una hora resultó evidente que las fugitivas se encontraban agotadas y no podían seguir el ritmo de marcha que intentaban imprimir a la huida.

Hicieron alto en una colina, tanto con el fin de proporcionarles un descanso como el de otear el horizonte en busca de posibles perseguidores, y no tardaron en comprobar que el Gorila, el Bajito y el Cagaprisas venían tras ellos empuñando cada uno de ellos un amenazante Kalashnikov.

—Esos tipos están muy cabreados y no pararán hasta recuperar lo que consideran suyo —comentó Gazá Magalé—. Y el que va delante parece buen rastreador.

—Lo que importa es no permitir que se nos aproximen a menos de cuatrocientos metros —replicó su compañero de andanzas—. Pero éste no es un buen lugar para esperarles; únicamente podemos dejar que se acerquen en espacios abiertos.

—Hace años que no cazamos por aquí, pero si la memoria no me falla al noroeste del «*trekc* de los babuinos» existía una laguna que cuando no había llovido resultaba vadeable con el agua a la cintura. Si continúa allí sería el lugar perfecto para acabar con ellos.

—No la recuerdo.

—Sí, hombre... —insistió el negro—. Una que estaba siempre abarrotada de flamencos y «comegentes»; en una ocasión nos detuvimos a observarla mientras asábamos un mono...

—Puede que tengas razón y se trate de ésa, pero no tengo ni puñetera idea de a qué distancia se encuentra.

—Será cuestión de averiguarlo.

Entregó su rifle y su mochila a dos de las chicas y tras permitir que una tercera, cuyos pies aparecían ya en carne viva, se le subiera a la espalda, reanudaron la marcha hasta alcanzar, sudando a mares y resoplando, la orilla de una laguna de unos seiscientos metros de ancho por dos kilómetros de largo que aparecía, tal como asegurara el pistero, auténticamente infestada de cocodrilos y flamencos.

—Pues sí que estaba donde decías... —se vio obligado a reconocer Román Balanegra—. Y sí que hay flamencos y «comegentes» como para parar un carro.

—Pues hay que tener mucho cuidado porque si espantamos a los flamencos y alzan el vuelo llamarán la atención de esos cabrones, que al instante sabrán dónde nos encontramos... —señaló en tono preocupado el otro.

—Es que de eso se trata, negro; de eso se trata. Nos interesa que sepan dónde están las chicas sin sospechar que se encuentran acompañadas.

Tal como era de esperar, en cuanto se adentraron en el agua cientos de hermosas aves de rosado plumaje y largas patas se lanzaron al aire ganando tanta altura que resultaban visibles a enorme distancia.

Aquéllas debían de ser aguas muy abundantes en peces, puesto que ni uno solo de la veintena de enormes cocodrilos que dormitaban en un playón lejano movió una pata ni mostró el más mínimo interés por los siete bípedos que osaban vadear su territorio a toda prisa.

Pese al notable desprecio de los peligrosos depredadores, el simple hecho de su amenazadora presencia y el convencimiento de que los hombres del Ejército de Resistencia del Señor harían su aparición en cualquier momento, convirtió la travesía en un angustioso suplicio, por lo que no fue de extrañar que en cuanto los agotados fugitivos consiguieron poner el pie en tierra dejándose caer sobre la hierba, tres de las muchachas comenzaran a sollozar desconsoladamente.

—Resulta jodido eso de ser mujer en África en estos tiempos —no pudo por menos que mascullar Román Balanegra agitando con gesto pesaroso la cabeza—. Se las están haciendo pasar canutas.

—En estos tiempos resulta jodido ser cualquier cosa en África... —fue la inmediata respuesta—. Los blancos la convertisteis en una mierda.

—¡No empecemos! Que las chicas se queden donde

están procurando que las vean abatidas y agotadas, pero en cuanto las descubran deben salir de aquí echando leches y ocultarse en el bosque. Tú y yo nos apostaremos entre aquellos matojos y con un poco de suerte tal vez cacemos unos cuantos patos uniformados.

El Gorila, el Bajito y el Cagaprisas hicieron su aparición mucho antes de lo previsto; venían a toda carrera, por lo que se detuvieron en seco al llegar a la orilla y se doblaron sobre sí mismos resoplando agotados, pese a lo cual se les advertía visiblemente satisfechos al comprender que no más de seiscientos metros de agua de escasa profundidad les separaban de sus presas.

Cuando hubieron recuperado el aliento les gritaron que volviesen atrás, pero obedeciendo las indicaciones de Román Balanegra las muchachas echaron a correr dando gritos con el fin de desaparecer en la espesura.

Convencidos de que tenían la batalla ganada, sus perseguidores se lo tomaron con sorprendente calma puesto que optaron por tomar asiento y encender un cigarrillo que se fueron pasando de mano en mano mientras se cercioraban de que los cocodrilos del playón continuaban dormitando indiferentes a su presencia.

Cuando decidieron comenzar a vadear la laguna lo hicieron con la tranquilidad de quien sabe que al otro lado le espera un ansiado y merecido premio.

Los encontró tumbados sobre la cama que habían compartido la mayor parte de su vida, cogidos de la mano y mirándose a los ojos con la tranquila expresión de quien emprende un largo viaje en compañía de la persona con la que ha emprendido siempre todos los viajes que han merecido la pena.

La nota, escrita por su madre y firmada también con el tembloroso trazo de la incontrolable mano de su padre, era a la par escueta y clara:

Nos quisimos desde el momento en que nos vimos y nos continuaremos queriendo hasta el instante mismo en que dejemos de vernos.

Lo único que nos queda es ese amor y la necesidad de dejar de ser una carga para ti.

Ni una queja, ni un reproche, ni un consejo, tan sólo aquella escueta nota de despedida porque eran conscientes de que al quitarse la vida privaban a su hija de la disculpa de tener que protegerles, por lo que se vería obligada a tomar sus decisiones sin que su conciencia dispusiera de escudo alguno tras el que refugiarse.

Lo que hiciera lo haría únicamente por su propio interés.

Convertirla en la indiscutible responsable de sus actos constituía sin duda la última y más sutil forma de educarla.

Tal como Andrea Stuart dijera en un determinado momento, «existen al menos diez disculpas por cada uno de los seis mil millones de seres humanos».

Pero las únicas disculpas que no servían de nada eran las que cada cual se daba a sí mismo cuando se encontraba a solas.

En ese caso no tenía quién fingiera creérselas.

Sentada a los pies de la cama y con la nota en la mano, dudando entre echarse a llorar o golpearse la cabeza contra la pared, no fue capaz de hacer ni una cosa ni otra, limitándose a permanecer como alelada, negándose a aceptar que lo que estaba viendo fuera cierto.

¡Estaban tan hermosos!

Ningún cuadro, ningún poema, ninguna sinfonía, ninguna estatua, ni ninguna obra de arte surgida de la mano del más sensible pintor, escritor, músico o escultor que hubiera existido nunca, alcanzaría a representar la esencia del amor tal como lo hacía aquella imagen de un hombre y una mujer que habían decidido cruzar serenamente el postrer umbral de la vida al igual que habían cruzado todos los umbrales a lo largo de casi tres décadas: cogidos de la mano.

Amar es fácil.

Continuar amando durante mucho, mucho tiempo, suele ser imposible.

Pero aquellos que lo consiguen viven dos vidas; la suya y la del ser que ha pasado a convertirse en parte de sí mismo.

Allí estaban ahora sus padres.

Juntos como siempre y más hermosos que nunca.

Comenzaba la primavera, antes de tumbarse en la cama habían dejado abiertos los dos balcones que hacían esquina sobre el jardín, por lo que en la habitación no imperaba un acre olor a cadáver sino el dulce perfume ofrecido por millones de flores que con el alba habían querido rendir un postrer homenaje a quienes les habían cuidado con tanto mimo durante tanto tiempo.

Pese a que sus dueños acabaran de fallecer, L'Armonia seguía siendo L'Armonia.

El panteón había sido elegido con sumo cuidado hacía años, por lo que descansarían el uno junto al otro y hasta el fin de los tiempos.

Al sepelio tan sólo asistió Orquídea, que no quiso comunicarle a nadie la fecha ni la hora de la amarga ceremonia.

Despedir para siempre a los dos únicos seres a los que había amado se le antojaba un acto demasiado personal como para tener que escuchar manidas frases de pésame que nunca expresarían la magnitud de su sufrimiento.

Al regresar a la casa les ordenó a las asistentas que se tomaran un mes de vacaciones, le rogó al jardinero que tan sólo se ocupara de regar sin molestarla bajo ninguna circunstancia, descolgó el teléfono y se dedicó a recorrer en silencio el hermoso lugar en que había pasado toda su vida y donde cada rincón le traía a la mente recuerdos de tiempos extraordinariamente felices.

Aquella casa era como su propia piel y sus olores, el olor de su cuerpo.

Permitir que se la arrebataran era tanto como permitir que la despellejaran viva, por lo que prefería mil veces ocupar el tercer nicho del panteón familiar que abandonar para siempre L'Armonia.

Vagó como un fantasma por salones y pasillos, durmió a ratos en la cama en que habían muerto sus padres y otros ratos en el mullido sofá del salón principal porque el sueño, que huía cuando trataba de recurrir a él como forma de escape, le sorprendía, no obstante, cuando menos lo deseaba.

El sentimiento de culpabilidad se comportaba como una escurridiza anguila que le asaltaba o se alejaba a su capricho, sin momentos precisos y sin prestar atención a si la noche era oscura o el sol brillaba esplendoroso porque cuando el pozo de la amargura llegaba a ser tan profundo como aquel en que se hallaba inmersa no se alcanzaban a distinguir la luz de las tinieblas.

Llamaron en varias ocasiones a la puerta, pero ni siquiera se molestó en averiguar quién podía ser tan inoportuno visitante, porque sabía muy bien que los únicos a los que hubiera deseado ver disponían de sus propias llaves aunque ya nunca podrían utilizarlas.

Los había matado.

No con sus manos, pero sí con sus actos, porque a la hora de matar de dolor no se hacía necesario tocar a la víctima.

Durante los atardeceres, sentada a solas en el porche e incapaz de apreciar la fabulosa belleza de cuanto la rodeaba, no podía por menos que preguntarse si la desesperada acción de sus padres había constituido una forma de castigarla por negarse a aceptar la derrota, o un postrer intento de protegerla.

Sin duda conocían lo suficientemente bien a quien habían engendrado como para saber que el mayor peligro que corría se centraba en la obligación de tener que abandonar la fabulosa torre de marfil en que la habían encerrado sin ser conscientes del daño que le causaban.

Cabría imaginar que Orquídea Kanac «nunca había nacido» ya que en cierto modo pasó toda su juventud en el dulce y cálido refugio del regazo de su madre.

Era como si el vientre de Andrea Stuart se hubiera contraído por primera vez con los espasmos del parto el día en que su marido sufrió un ataque de apoplejía, y tan sólo se hubiera decidido a dar a luz a su hija en el momento de confesarle que se encontraban en la ruina.

Ello obligo a Orquídea a «nacer de verdad» con veinte años de retraso.

El término «placentero» provenía sin duda de la palabra «placenta», y Orquídea había dispuesto siempre de una gigantesca placenta constituida por bosques, jardines, fuentes, flores y delicadas esencias de la que ahora pretendían privarle.

Y no lo aceptaba.

Nunca lo aceptaría.

Seis días más tarde recibió la noticia de que el intercambio había tenido lugar con absoluto éxito, las armas estaban ya en poder de Joseph Kony, los mil ochocientos kilos de coltan navegaban sin problemas rumbo a Hong Kong y el pago a los servicios prestados había sido ingresado en una cuenta de las islas Caimán.

En ese mismo instante llegó a la conclusión de que el camino que había elegido, por tortuoso o inmoral que pudiera parecer a algunos, era sin duda el acertado.

En cierta ocasión su padre le había dicho: «El político más inteligente es aquel que permite que tanto sus amigos como sus enemigos roben y se corrompan. Es la mejor forma de pedir igualdad ante la justicia a sabiendas de que nadie estará interesado en que se haga justicia.»

En los tiempos que le había tocado vivir, la venda con que tradicionalmente se cubrían los ojos de la imagen que representaba a la ley no venía a significar que no hiciera distinciones entre humildes o poderosos; significaba que se trataba de una «gallina ciega» a la que tan sólo debían temer aquellos que fueran tan estúpidos como para dejarse atrapar.

Con demasiada frecuencia atenazaba por el cuello a los inocentes ante las risas y las burlas de los culpables.

Si era digna hija de su padre sabría esquivarla tal como lo había hecho él durante décadas.

Supermario acudió a visitarla quince días más tarde, comieron juntos en la amplia cocina, y lo primero que hizo el italiano fue echarle en cara su inexplicable silencio:

—Nunca imaginé que me harías esto... —se lamentó—. Sabes cuánto quería a tus padres y hubiera deseado estar presente en su entierro.

—No es un tema discutible —fue la seca respuesta de quien se dedicaba a freír patatas como si la cosa no fuera con ella—. Quisieron irse juntos y en silencio, por lo que me he limitado a acatar sus deseos.

—El tono de tu voz me obliga a suponer que estás resentida.

—¡En absoluto! —señaló ella volviéndose un instante a mirarle mientras negaba con total naturalidad—. Si ése era el fin que querían estaban en su derecho y me sirve para afirmarme en mi convicción de que cada cual debe elegir la forma de vivir o morir que prefiera sin tener en cuenta las opiniones ajenas.

—¿Ni tan siquiera de aquellos que más les quieren?

—Quienes más les quieren son los que mayor obligación tienen de aceptar lo que han hecho. Ninguna persona viva está capacitada para juzgar los motivos de un suicida, puesto que nunca se ha visto sometido a las presiones que llevan a tomar semejante decisión. Ocurre como con los abortos, donde tan sólo la persona implicada está en situación de opinar.

El italiano la observó mientras colocaba ante él un enorme y jugoso entrecot acompañado de una ensalada y una montaña de patatas fritas, y tras agitar la cabeza como si tratara de despejarse, inquirió un tanto confundido:

—No entiendo a qué demonios te refieres.

—Me refiero a que cuando se discute tanto como se está discutiendo sobre la libertad de abortar, no comprendo por qué razón tienen que opinar los hombres. Únicamente las mujeres conciben, y por lo tanto únicamente las mujeres saben lo que se siente cuando una nueva vida comienza a nacer en sus entrañas. Puede ser una inmensa alegría, pero también un insoportable terror ante la idea de que el niño nazca enfermo o angustia por el hecho de que le consta que no dispone de medios para cuidarlo y tendrá que abandonar o convertirá su vida en un infierno... —Tomó asiento al otro lado de la mesa y frente a otro entrecot y otro montón de patatas al tiempo que le apuntaba con el tendedor e inquiría casi agresivamente—: ¿Me quieres explicar qué coño puede saber un hombre cuando nos estamos refiriendo a algo tan íntimo como un embarazo?

—Admito que nunca se me había ocurrido mirarlo desde ese punto de vista.

—Porque como siempre nos habéis menospreciado estáis convencidos de que sabéis de las mujeres más que las propias mujeres.

—Me sorprende esta nueva faceta feminista... —no pudo por menos que reconocer Mario Volpi mientras cortaba su carne—. ¡Mucho estás cambiando!

—Nunca he sido «feminista» en el aspecto al que supongo que te refieres. Me limito a puntualizar que lo que se está haciendo respecto al aborto es como consentir que un ciego opere del corazón a un moribundo... —Cogió una larga patata frita entre los dedos y antes de introducírsela en la boca concluyó—: Ni siquiera yo me atrevo a opinar puesto que no tengo ni la menor idea de lo que se experimenta al llevar a un hijo en las entrañas.

—Supongo que algún día te casarás, tendrás hijos y podrás opinar.

—Lo dudo. —Orquídea Kanac parecía muy segura al respecto mientras picoteaba de su plato o la ensalada con evidente desgana—. Casarme no entra en mis planes.

—¿Y cuáles son tus planes? ¿Mantenerte encerrada en L'Armonia hasta que te mueras de vieja?

—¿Por qué no? —quiso saber—. L'Armonia es cuanto necesito para ser feliz ya que no soy ambiciosa ni me atraen los vestidos, las joyas, los coches de lujo, ni los viajes. Apenas bebo alcohol y si quiero jugarme el dinero a las cartas lo puedo hacer por medio de Internet... —Sonrió de una forma que no se podría aclarar si era enigmática o divertida al remarcar—: Por lo general el problema de los seres humanos se centra en que siempre quieren más. Yo no; yo no quiero más; me conformo con lo mismo.

—Con la crisis que nos está azotando eso es lo que desearía todo el mundo, querida; quedarse con lo mismo... —El italiano hizo un gesto con la mano rogándole que aguardara a que concluyera de masticar un pedazo de carne que tenía en la boca, y en cuanto lo hubo hecho, insistió—: Y de lo que me estás hablando es de cosas materiales, no de conocer a un hombre y formar una familia... ¿Acaso piensas vivir siempre sola?

—¿Por qué no?

—Porque es antinatural.

—¿Antinatural...? —pareció escandalizarse ella mientras hacía un gesto hacia el ventanal que se abría a los jardines, los bosques y las lejanas montañas—. ¿Acaso se te antoja antinatural vivir sola en este silencioso paraíso en lugar de tener que hacerlo con un montón de aulladores mocosos, una suegra refunfuñona y un hastiado marido en cualquier oscuro apartamento de cualquier polucionada ciudad del mundo?

—No me refería exactamente a eso —protesto él—. Existe un término medido.

—No trates de engañarme; te referías a que todo lo que no sea acostarse con alguien aunque sea de tu propio sexo parece hoy en día antinatural, aunque a cambio de ello acabes convirtiéndote en una especie de esclavo o robot preprogramado.

—Empiezas a sacar las cosas de quicio.

—Es posible... —admitió la dueña de la casa—. Pero como eres la única persona que me queda a la que puedo hablarle de un tema tan delicado voy a intentar aclarártelo: siento mucho más placer tumbándome al amanecer entre las flores y permitiendo que sus aromas me penetren hasta lo más íntimo, de lo que supongo que podría sentir abriéndome de piernas bajo un hombre.

—Amar y ser amado es mucho más que abrirse de piernas.

—Te creo, pero debes creerme si te digo que las flores nunca se cansan de ti, te maltratan, desprecian o abandonan. Conservan siempre su mismo perfume y te devuelven multiplicado por mil el cariño que les hayas dado. Son como un perro fiel que ni come, ni muerde, ni se caga en la alfombra.

—¡Santa Madonna! —exclamó Supermario agitando las manos con las puntas de los dedos unidos hacia arriba en una exagerada imitación de la mímica propia de los cómicos italianos—. ¿Qué se puede hacer con una chica que, como decía tu madre, prefiere los pétalos al capullo? ¿No te das cuenta de que te vas a marchitar en vida?

—Todo se marchita en vida, querido —sentenció ella sin un asomo de duda—. Todo lo que nace, crece, se marchita y acaba muriendo; unas veces se reproduce y otras no, pero eso es lo único que cambia. Cuando una rosa especial alcanza su máximo esplendor suelo sentarme a disfrutar de su olor y su belleza, pero al rato doy media vuelta y no regreso a ese rosal hasta que me consta que la han cortado.

—Excepto para Enrique VIII y los de su calaña los seres humanos no somos rosas de las que disfrutar hasta que se les corta la cabeza. —Supermario se encogió de hombros al tiempo que apartaba ligeramente el plato como indicando que había comido lo suficiente pese a que en realidad no hubiera comido apenas—. Pero te conozco bien, te considero lo suficientemente madura como para saber qué es lo que le pides a la vida y lo has dejado muy claro; quedarte en L'Armonia. Pero aclárame una cosa...: ¿cómo piensas seguir manteniéndola cuando se te vuelva a acabar el dinero?

—Trabajando. —La muchacha comenzó a retirar los platos al tiempo que sonreía de oreja a oreja al añadir—: Tenemos un nuevo cliente.

Mario Volpi pareció alarmarse, sobre todo por el hecho de que ella le había dado rápidamente la espalda inclinándose con el fin de depositar en el cubo de basura cuanto había quedado en los platos.

—¿Un nuevo cliente? —casi gimió llevándose de forma melodramática una mano a la frente como si aquél fuera el anuncio de una imparable catástrofe—. ¡San Jenaro me proteja! ¿Qué clase de cliente?

—Uno que me han garantizado que paga a toca-teja.

—En este negocio todos pagan a tocateja o nunca pagan, querida. Tenlo muy presente. ¿De quién se trata?

—De alguien a quien el señor Lee le vende ordenadores, teléfonos móviles y todo tipo de aparatos electrónicos de tecnología punta, y a quien le ha encantado mi sistema de dejar caer coltan en una ensenada del mar Rojo. Aunque en esta ocasión no se tratará de coltan ni del mar Rojo...

—Sino de... —En el tono de voz del fiel administrador de la familia se advertía que se sentía seriamente amenazado.

—... cinco mil fusiles de asalto con su correspondiente parque de municiones y que dejaremos caer en el interior de una ensenada de las costas de Somalia.

—¿Estás insinuando que vamos a negociar con piratas somalíes?

—Con un Señor de la Guerra somalí, para ser más exactos —fue la rápida aclaración.

—Pero supongo que sabes que esos famosos Señores de la Guerra son en realidad fanáticos islámicos que impiden que en el país exista un gobierno y además son los que respaldan a los piratas.

—Sí, naturalmente que lo sé, pero ¿en qué se diferencian de los miembros del Ejército de Resistencia del Señor, los narcotraficantes colombianos, los asesinos mexicanos o los guerrilleros y dictadores de la veintena de países con que solía negociar mi padre? —quiso saber ella mientras preparaba café pero se volvía a mirarle de tanto en tanto con una cierta picardía—. Si quieres que te sea sincera me caen mejor los piratas porque son unos muertos de hambre que se están enfrentando a los buques de guerra, los aviones de combate y los misiles de un buen número de grandes potencias.

—Pero se están convirtiendo en una plaga y un peligro para el tráfico marítimo. Como continúen actuando como lo hacen provocarán un colapso de proporciones catastróficas.

—No creo que pueda ser mayor que la crisis que han propiciado políticos y ejecutivos de chaqueta y corbata desde sus cómodos despachos. Al menos se juegan el pellejo y por lo que a mí respecta el término «pirata» siempre ha tenido unas maravillosas connotaciones románticas. El hecho de que el protagonista de esta película no sea un actor simpáticamente amanerado sino un pobre negro escuálido no tiene por qué privarle de su aureola.

—Es que ese negro escuálido no tiene el menor escrúpulo a la hora de asesinar a un rehén o volar un petrolero.

—Pero lo hace con fusiles de asalto rusos o lanzagranadas americanos que les proporcionamos traficantes de muy distintas nacionalidades, o sea que en definitiva no son más que el último peldaño de una larga escalera que otros iniciaron. Y te aseguro que, si gracias a ellos consigo que no me echen de mi casa, benditos sean.

Parecían muchachos traviesos ya que avanzaban riendo, empujándose y gastándose bromas, como si en lugar de estar vadeando una laguna plagada de voraces cocodrilos en la más lejana, sofocante e inhóspita selva del confín del planeta, se encontraran paseando a la caída de la tarde por cualquier callejuela de una pacífica aldea.

Sus soeces gestos obligaban a suponer que se estaban refiriendo a lo que pensaban hacerle a las fugitivas en cuanto les pusieran la mano encima, y salvo alguna que otra ojeada al playón con el fin de cerciorarse de que los saurios aún dormitaban, nada parecía preocuparles convencidos como debían de estar de que aquél era el territorio de su sagrado y todopoderoso Ejército de Resistencia del Señor, por lo que nadie osaría cometer la estupidez de atentar contra cualquiera de sus sagrados miembros.

Cada uno de ellos cargaba al hombro un AK-47 sujeto por el cañón y con la culata hacia atrás, vadeando con el agua casi al pecho y las mochilas en alto, sin sospechar que paso a paso se iban poniendo al alcance de dos fusiles de enorme potencia que para su desgracia se encontraban en manos de profesionales acostumbrados a meterle una bala entre los ojos a un elefante en el momento en que se lanzaba a la carga.

Apenas habían concluido de recorrer los doscientos primeros metros cuando Román Balanegra musitó apenas:

—Para ti el Cagaprisas; yo me ocupo de los otros.

Los tres disparos resonaron como si hubieran sido uno solo.

El agua se tiñó de rojo; por efecto del impacto de una bala del calibre quinientos en el centro del cuello, la cabeza del Gorila se desprendió del cuerpo para ir a hundirse a casi diez metros de distancia y donde un segundo antes se escuchaban risas y bromas no quedó el menor rastro de vida.

Los cocodrilos despertaron de su letargo, corretearon por la arena y se sumergieron, primero alarmados por los estampidos de las armas, pero de inmediato felices por el inesperado festín que los siempre generosos seres humanos acababan de proporcionarles.

Gazá Magalé se volvió a observar de medio lado a quien se encontraba recargando su arma con el fin de inquirir:

—¿Qué se siente al matar por primera vez a un ser humano?

—No ha sido la primera vez —fue la tranquila respuesta—. Han sido la segunda y la tercera, porque esta mañana el rubio del elegante uniforme se quedó para siempre en remojo.

—¡Pues vaya un día agitado que llevas! —fue el jocoso comentario.

—Peor lo lleva el Ejército de Resistencia del Señor, que ha perdido un avión y un buen piloto el mismo día en que les abandonan tres sucios desertores.

—¿A qué desertores te refieres?

Román Balanegra hizo un despectivo gesto hacia el punto de la laguna que se agitaba con el chapoteo de las bestias que se estaban disputando lo poco que quedaba de los difuntos.

—¡A ésos! —dijo—. Como los jodidos «comegente» no van a dejar ni los huesos, sus jefes supondrán que se largaron con las chicas a montar un prostíbulo por su cuenta.

—¿Dónde...? —quiso saber el pistero haciendo un amplio ademán con los brazos que pretendía abarcar la inmensidad del espacio que les rodeaba—. Sabes tan bien como yo que el Alto Kotto está más deshabitado que el desierto del Sahara.

—En una ocasión leí que es una de las tres regiones del planeta con menos influencia humana, pero también leí que la conquista del oeste americano, que se encontraba en parecidas circunstancias, se hizo a base de putas y vías de tren.

—¡No jodas!

—No jodo. Eran ellas las que jodían; en el tren llegaban las chicas y tras las chicas, los granjeros. Puede que aquí ocurra lo mismo algún día.

—Por aquí nunca pasará un tren porque las vías y las traviesas se hundirían de inmediato. Y tampoco pasará ninguna carretera porque por cada kilómetro de tierra firme hay treinta de agua, fango o pantanal.

—Por eso se siente tan segura esa maldita comadreja y resulta un contrasentido que el exceso de agua pueda convertir un lugar en tan inhóspito para el hombre como la absoluta carencia de ella... Y ahora más vale que nos larguemos, no vaya a ser que los disparos hayan alertado a alguien que se encuentre por los alrededores.

Recogieron a las aún asustadas muchachas que se habían mantenido ocultas en el bosque, buscaron refugio en lo profundo de un espeso cañaveral y aguardaron a que oscureciera, muy quietos y en silencio, atentos al menor rumor que llegara de la laguna.

La noche no se diferenció apenas de cualquier otra noche en las selvas del oriente, por lo que los primeros rayos del sol alumbraron el rosado plumaje de miles de flamencos que rebuscaban con sus curvos picos en el barro del fondo con la tranquilidad de quien sabe que nadie va a molestarles.

Pese a ello los dos hombres dedicaron casi media hora a cerciorarse con ayuda de los prismáticos de que no corrían peligro alguno, y tan sólo entonces regresaron a la orilla, cortaron largas cañas, le ataron a la punta los sedales provistos de anzuelos que portaban en sus mochilas y tras rebuscar en la arena gruesos gusanos tomaron tranquilamente asiento en un tronco caído y se dedicaron a pescar como dos pacíficos aficionados, aunque manteniendo siempre las armas al alcance de la mano.

No tardaron en amontonar sobre la hierba una veintena de hermosas tilapias.

Cuando el sol cobró fuerza, desplegaron sobre la arena dos grandes hojas de papel de aluminio que portaban siempre consigo, las embadurnaron de una leve capa de aceite, llamaron a las chicas, y cuando las improvisadas planchas se encontraban lo suficientemente calientes colocaron sobre ellas los peces abiertos en canal.

Fue un banquete.

Al concluir agruparon cuanto les quedaba en una de las mochilas, y con la otra el pistero se entretuvo en fabricarles unos rudimentarios pero eficaces zapatos a las muchachas que carecían de ellos.

El cazador, que se había dedicado a repasar una y otra vez su amado y resobado mapa, acabó por guardarlo al tiempo que comentaba:

—Hoy es jueves y si el cabronazo de Dongaro cumple su palabra, pasado mañana pasará cerca de aquí, por lo que debemos estar muy atentos a la hora de atraer su atención. Si conseguimos que nos vea se llevará a las chicas y podremos seguir con lo nuestro.

—¡Dios te oiga!

—Hace mucho que tendría que haberse comprado un sonotone.

—¡No blasfemes! —protestó molesto el nativo.

—No es blasfemia, negro; es la realidad. A poco que oyera tendría que haberme escuchado cuando le supliqué que no me arrebatara a Zeudí. Y tampoco le ha hecho nunca caso a tantos millones de desgraciados que a todas horas le piden un poco de misericordia.

—Él sabe lo que hace.

—Peor me lo pones.

—¡Deja el tema!

—Lo dejo, pero admite un consejo: no se te ocurra nunca poner una zapatería; te morirías de hambre.

—¡Jodido blanco!

Fueron casi dos jornadas de necesario y merecido descanso, buena pesca y comida abundante hasta que a primera hora de la tarde del día siguiente la más joven de las muchachas, que había tomado la costumbre de subirse a un árbol en el que se pasaba las horas oteando el horizonte con ayuda de los prismáticos del pistero, alertó sobre la presencia de una patrulla armada.

Los había detectado en el momento justo en que coronaban una lejana colina al otro lado de la laguna, lo cual les proporcionó tiempo más que suficiente a la hora de borrar cualquier rastro de presencia humana en la orilla y ocultarse de nuevo en el cañaveral.

La diminuta chicuela, que trepaba como una ardilla y

poseía una rara habilidad a la hora de desaparecer entre las ramas y las hojas, vigilaba desde lo alto y de tanto en tanto les indicaba por señas el rumbo que seguían los inoportunos visitantes.

Habían llegado sin prisas hasta la laguna, algunos de ellos incluso se habían dado un refrescante chapuzón ignorantes de que tres de sus compañeros habían sido devorados por los ahora de nuevo impasibles «comegente», y una hora antes de que comenzara a oscurecer habían reanudado la marcha rumbo noroeste buscando sin duda un lugar en el que pernoctar sin tan inquietante vecindad.

Era cosa sabida que los cocodrilos eran animales de sangre fría que solían mostrarse asaz indolentes mientras permitían que el sol les calentara, pero cambiaban de hábito en cuanto caía la noche, momento en que su reconocida voracidad les volvía sumamente agresivos.

Contaba la historia que el legendario explorador Livingstone había naufragado en una laguna repleta de enormes saurios, por lo que se había visto obligado a pasarse toda la noche fingiendo ser un tronco. A la mañana siguiente el cabello se le había quedado completamente blanco.

El hecho de que los hombres de Kony, puesto que sin duda de ellos se trataba, se hubieran alejado a una hora tan tardía obligaba a pensar que acamparían no demasiado lejos, por lo que Román Balanegra decidió que lo mejor que podían hacer era quedarse donde estaban, ojo avizor y con el oído atento.

Se preparó un lecho de cañas empapadas en el que no hubiera sido capaz de dormir ni un perro vagabundo y se tendió cuan largo era al tiempo que comentaba:

—La experiencia demuestra que el osado triunfa o

muere allí donde el prudente fracasa pero sobrevive, y no es éste momento de triunfos.

Un minuto después dormía tan profundamente que su conciencia no tuvo tiempo de echarle en cara que le hubiera obligado a cargar con la muerte de tres hombres en el transcurso de un solo día.

Al fin y al cabo, y pese a que fueran seres humanos, ninguno de ellos merecía vivir más que cualquiera de los cientos de hermosos y pacíficos elefantes que había abatido a lo largo de los años.

Faltaba aún casi una hora para el amanecer cuando Gazá Magalé le agitó levemente y susurró apenas:

—Me voy a ver qué pasa por ahí fuera.

—¡Ten cuidado!

—Si te parece iré cantando. ¡No te jode...!

—No se te ocurra vadear la laguna a estas horas.

—La rodearé hacia el norte y espero estar de vuelta sobre las diez; si hay peligro dispararé tres veces con intervalos de un minuto.

—¡De acuerdo!

El negro desapareció entre las cañas, por lo que cerró de nuevo los ojos, pero en esta ocasión el sueño fue sustituido, tal como solía ocurrir demasiado a menudo, por una memoria que se empeñaba en devolverle una y otra vez la imagen de la única mujer a la que había amado a todo lo largo de su vida.

Pese a los años transcurridos continuaba sin acostumbrarse a la idea de que no le esperara en el porche, resplandeciente con sus inmensos ojos negros en los que podía leer el alivio y la felicidad que le producía comprobar que su hombre regresaba a casa tras enfrentarse a las mayores bestias de la naturaleza.

Sentía de igual modo su miedo cuando días más tarde

llegaba la hora de regresar a la selva, pero le agradecía en el alma que jamás pronunciara una sola palabra que permitiera traslucir que lo que en verdad ansiaba era que cambiara la forma de ganarse la vida.

Zeudí le había conocido siendo cazador de elefantes, hijo y nieto de cazadores de elefantes, el mejor de su tiempo, y desde el primer día había aprendido a ocultar su miedo en lo más profundo de las entrañas.

Se habían amado apasionadamente como si el tiempo les apremiase, convencidos de que cualquier día él acabaría por perder la difícil partida frente a los orejudos, pero para su sorpresa no ocurrió así y contra toda lógica y todo pronóstico fue ella la que emprendió en primer lugar un largo camino siguiendo las huellas de la única bestia a la que nadie había conseguido abatir a lo largo de la historia.

Desde que Zeudí se fue en pos de la muerte, su marido no había tocado a una mujer y le constaba que jamás lo haría, no sólo por fidelidad a su recuerdo, sino porque estaba convencido de que tras haber pasado tantos años junto a una diosa todos sus esfuerzos por intentar satisfacer a otra mujer resultarían inútiles.

Román Balanegra había llegado a ese punto crucial en la existencia de los seres humanos en los que el pasado se valora más que el presente o el futuro porque nada de lo que le ocurriera y por extraordinario que pudiera parecer quedaría grabado a fuego en su memoria tal como habían quedado los acontecimientos vividos en compañía de un ser inimitable.

Pensó luego en sus hijos y por enésima vez se vio obligado a reconocer que si los amaba tanto no se debía a que llevaran su sangre sino a que llevaban la sangre de Zeudí.

Si por casualidad conseguía salir vivo de la arriesgada apuesta de intentar volarle la cabeza a Joseph Kony, les pediría que le acompañaran a algún remoto lugar, tal vez las islas del Pacífico, donde pudieran pasar a solas un par de semanas alimentándose mutuamente del recuerdo de quien lo había sido todo para ellos.

Zeudí siempre había deseado conocer la Polinesia, pero cayó enferma meses antes de que emprendieran el viaje, por lo que acudir allí los tres juntos sería tanto como llevarla con ellos.

La luz del sol se interpuso al fin entre el cañaveral y las estrellas, y el cazador observó sin moverse cómo una «niña-ardilla», que ni siquiera era capaz de saber en qué lugar del mundo había nacido, se deslizaba entre la maleza con el fin de trepar a un árbol y otear el horizonte.

Sonrió para sus adentros al caer en la cuenta que lo mejor que había hecho desde que murió su esposa era conseguir que cinco desamparadas criaturas perdieran el miedo y recuperaran la esperanza de regresar intactas a sus hogares.

Pensándolo bien, conseguir que se reunieran de nuevo con sus familias se le antojaba mil veces más importante que acabar con una hedionda comadreja asesina.

Para matar a un canalla siempre había tiempo.

Desayunaron en silencio y aguardaron pacientes hasta que desde la copa del árbol la siempre inquieta chicuela anunció que el pistero regresaba.

Las noticias eran buenas únicamente a medias; el enemigo se había tomado con excesiva calma la tarea de recoger el campamento y reemprender la marcha, por lo que aún se encontraba bastante más cerca de lo que hubiera sido deseable.

—Si el helicóptero aparece y tiramos cohetes lo más

probable es que los oigan o los vean... —señaló Gazá Magalé convencido de lo que decía—. Y te garantizo que en ese caso regresarán aquí a toda prisa a intentar averiguar quién demonios los ha lanzado.

—¿Cuánto tardarían en llegar?

—Eso depende de lo que corran; tal vez una hora; tal vez más.

—Si Dongaro nos ve y aterriza tendremos tiempo de sobra para embarcar —le hizo notar el cazador.

—¡Desde luego! —admitió el otro—. Pero si no nos ve, o no se atreve a descender, o una vez abajo su cochambroso cacharro se niega a elevarse tal como tiene por costumbre, nos cogerán cagando.

—Tú siempre tan pesimista.

—Si me presentas a alguien que se muestre optimista teniendo que proteger a cinco mocosas en el corazón del pantanal de levante con una pandilla de asesinos armados con fusiles de asalto en las proximidades le beso el culo.

—No te enseño el culo porque no me fío de ti, pero ten presente que ser optimista cuando las cosas van bien no tiene mérito; lo que vale es mantener la moral en momentos como éste. Te apuesto mil euros a que antes de las tres de la tarde el mugriento está aterrizando junto a la laguna.

—¡Hecho!

Se ocultaron en la espesura, lo más cerca posible de la orilla del agua, atentos al cielo y a cualquier rumor que pudiera llegar desde lo alto, pero fue una vez más la atenta «niña-ardilla» la que gritó desde la copa de un árbol cercano:

—¡Por allí viene!

La maldita tenía sin duda una vista de lince aumentada por unos prismáticos que parecían haberse convertido en parte de su cuerpo, puesto que aunque todos se volvieron hacia el punto que indicaba con absoluta convicción, tardaron un par de minutos en confirmar que, en efecto, algo que no se diferenciaba apenas de cualquiera de las miles de libélulas que sobrevolaban el agua era en realidad un helicóptero que se desplazaba hacia el este.

—Pasará demasiado lejos... —sentenció el negro negando con la cabeza una y otra vez—. Dudo que pueda distinguir unos putos cohetes desde esa distancia y a pleno día.

—También yo... —admitió resignado el cazador—. Y como ese cretino tiene la maldita costumbre de volar escuchando música a todo volumen es más fácil que los oigan esos hijos de puta que él.

Esperaron confiando en que por algún improbable milagro cambiara el rumbo, pero no tardaron en comprender que no era así, y que la vetusta máquina se alejaba rumbo a la frontera sudanesa sin reparar en su presencia.

De improviso Román Balanegra se apoderó de la única mochila que les quedaba y la volcó por completo al tiempo que exclamaba:

—¡Los papeles de aluminio! ¡Rápido! Vamos a intentar llamar su atención deslumbrándole con los papeles de aluminio y el fondo de las latas...

Al poco semejaban siete locos borrachos moviéndose de un lado a otro en un desesperado intento por conseguir que los rayos del sol golpearan en cuanto llevaban en las manos y se reflejaran en dirección al aparato.

En ocasiones, no muchas, una improvisada chapuza da mejor resultado que un plan meticulosamente concebido, y ésta fue una de ellas.

El grasiento Dongaro pilotaba siempre bailoteando y

canturreando al son de la última canción de moda, pero no por ello dejaba de estar atento a cuanto ocurría bajo él, consciente de que el suyo era un trabajo arriesgado, aquella vieja reliquia mil veces reparada estaba a punto de lanzar su postrer suspiro y, por lo tanto, debía tener conciencia en cada instante de dónde se encontraba y cómo se las arreglaría a la hora de salir de tan intrincada región por su propio pie en caso de accidente.

En el asiento del copiloto descansaban siempre un rifle y una mochila con todo lo necesario para sobrevivir una semana, y a medida que avanzaba iba seleccionando mentalmente el punto que ofreciera las mejores oportunidades de tomar tierra sin dejarse los morros en el tronco de un árbol.

Ser en exceso precavido resultaba esencial cuando tenía que pasarse la mitad de la vida al borde de semejante montón de chatarra.

Gracias a ello no tardó ni medio minuto en percatarse de que algo inusual sucedía a unos tres kilómetros a su derecha, ya que estaba acostumbrado a que los infinitos lagos de la región le cegaran devolviendo los rayos del sol, pero no a que lo hicieran como si se tratara de una cuadrilla de desesperados saltimbanquis.

Un reflejo molesto pero sereno y continuo era cosa del agua.

Seis o siete reflejos disparatados e intermitentes era cosa de gente.

Viró despacio elevándose lo suficiente como para no llevarse la desagradable sorpresa de que de detrás de semejantes reflejos se encontrara la amenaza de un peligroso lanzagranadas, por lo que cuando alcanzó la vertical de una laguna de la que al poco emprendieron el vuelo infinidad de flamencos, procuró que el helicóptero se mantuviera quieto y enfiló sus viejos prismáticos hacia las figuras humanas que agitaban los brazos en un desesperado esfuerzo por llamar su atención.

—¡Ah, jodidos! —exclamó sonriente—. ¿De modo que estáis ahí? Y bien acompañados, por cierto.

Pese a su descubrimiento la prudencia continuaba siendo su eterna compañera de vuelo, por lo que antes de decidirse a descender trazó un amplió círculo escudriñando los alrededores, lo que le permitió comprobar que a unos seis kilómetros hacia el oeste, un grupo de hombres armados permanecían atentos a sus evoluciones.

Calculó mentalmente el tiempo y la distancia, llegó a la conclusión de que el riesgo no era excesivo y se decidió a descender con el fin de mantenerse a casi un metro del suelo al tiempo que gritaba:

—¡No puedo llevaros a todos! ¡Demasiado peso para este viejo trasto!

—¡Lo sé! —fue la respuesta del cazador al tiempo que le alargaba un trozo de papel—. Saca de aquí a las chicas y que se instalen en mi casa.

—De acuerdo. ¿Quieres que vuelva a buscaros mañana?

—¡No! Telefonea a ese número, pídele al pelirrojo que se ocupe de devolver a las chicas a sus familias y le adviertes que nosotros seguimos tras la pista de Kony, que ya no puede estar muy lejos.

—¡No hay problema! ¡Volveré el próximo sábado!

—Probablemente estaremos más hacia el este.

—Os buscaré por allí. ¡Suerte!

—¡Suerte!

La grave crisis actual demuestra que el sistema no funciona y sus responsables saben que deben imprimirle un giro pese a que el problema estriba en que toda fórmula económica está condenada al fracaso ya que siempre tropezará con un obstáculo insalvable: el dinero negro.

Y es que hemos intentado construir un modelo de sociedad basado en una hipotética igualdad en que cada cual debe aportar a la comunidad en proporción a lo que posee, sin detenernos a reflexionar en el hecho de que muy pocos están dispuestos a compartir.

El resultado ha sido un dinero negro que siempre ha existido, aunque no en la desorbitada proporción actual.

La excesiva presión fiscal, la corrupción política y el tráfico de drogas han llevado a la mayoría de los países a un callejón en el que toda posible salida se encuentra taponada por altos muros de dinero ilegal.

Se trata de ingentes cantidades que no se reinyectan en el tejido económico proporcionándole vitalidad, sino que se convierten en un cáncer, en «dinero muerto» que permanece oculto y no se invierte en empresas creadoras de empleo y riqueza, sino en trapicheos especulativos destinados a blanquear sin proporcionar beneficios a la sociedad.

Los multimillonarios son, como antaño, fabricantes, arriesgados navieros o terratenientes que creaban empleo y riqueza; ahora son empresarios de la construcción, banqueros y especuladores que juegan con los números comprando y vendiendo cosas cuyo valor han alterado. El resultado está a la vista: países enteros en bancarrota y una terrorífica tasa de desempleo.

Los poseedores de dinero ilegal intentan ocultar sus ingentes beneficios con el fin de no pagar impuestos, para lo cual corrompen a políticos que a su vez no pueden hacer ostentación de ese dinero mal adquirido; si a ello se suman los beneficios de los traficantes de drogas cabe asegurar que casi un tres por ciento del presupuesto anual de muchas naciones acaba por convertirse en billetes que se retiran de la circulación.

Llegará un momento en que se guardarán más billetes en sótanos o cajas fuertes que el que circule abiertamente, con lo que la economía se habrá colapsado. Año tras año se va frenando en ese tres por ciento que desaparece, por lo que llegaremos a un punto en el que la única actividad económica se centrará en un desaforado lavado de dinero.

El problema afecta a la mayoría de los países ya que barcos enteros permanecen fondeados en puertos de los llamados paraísos fiscales con las bodegas repletas de billetes listos para ser blanqueados.

En las islas Caimán se pagan seis dólares «sucios» por uno «limpio», y un mundo que se ve obligado a funcionar bajo tales parámetros está condenado al colapso.

Son muchos los que consideran que la actual crisis económica se debe a una pésima administración o a una coyuntura desfavorable y pasajera, pero coyuntura desfavorable lo fue en su día la crisis petrolera con la desorbitada subida de los precios del crudo, y las economías de los países industrializados se enfrentaron a un problema real al que supieron hacer frente.

Coyuntura desfavorable fue la guerra del Golfo o la unificación de Alemania, pero lo que está ocurriendo ahora no se debe a una de tales coyunturas sino al hecho de que el sistema ha sido manipulado con el fin de favorecer a unos pocos en detrimento de la mayoría.

Nadie podría afirmar categóricamente que el dinero ilegal sea el único culpable de los problemas de nuestro tiempo; el auténtico culpable es un modelo económico que permite que se genere y que actúe contra un sistema al que concluirá devorando.

Cada día la prensa destapa escándalos sobre ingentes sumas que pasan de una mano a otra sin control, tan sólo uno de cada cien culpables acaba en la cárcel y se echa tierra sobre el resto, en especial si ese «resto» ocupa cargos políticos, bien sea en el partido gobernante o en los de la oposición.

Son esos propios partidos con sus desorbitadas exigencias de financiación los más íntimamente implicados en ese tráfico de capitales e influencias, y por lo tanto a ninguno le interesa reconocer que nos estamos deslizando hacia el abismo.

Los corruptos mantienen el firme convencimiento de que lo único que jamás se corrompe es el dinero, y actúan en consecuencia ya que se supone que el dinero es un arma que destruye pero que no puede destruirse a sí mismo.

El poder del dinero es tan fuerte porque sabemos que es ilimitado en el tiempo pero, ¿qué ocurriría si tuviera fecha de caducidad?

Los billetes deberían tener un periodo de validez preestablecido y de ese modo se cortaría de raíz el problema ya que a nadie le interesaría amasar ingentes cantidades de unos billetes que en muy poco tiempo se convertirían en papel mojado.

¿Dónde está escrito que el dinero tenga que ser eterno?

Si cada determinado periodo de tiempo se emitieran billetes diferentes y se diera un plazo para que se cambiaran los viejos por los nuevos, sería un problema que únicamente afectaría a los transgresores.

Ocurrió cuando se pasó de la peseta al euro, se reflotaron auténticas fortunas.

Más del setenta por ciento del dinero se encuentra en bancos y cajas de ahorro; son «números», no «billetes», y cuando un honrado cliente acudiera a retirar su dinero se lo entregarían en los billetes que fueran válidos en ese momento. Ese cambio no le afectaría, pero los políticos corruptos, los empresarios evasores de impuestos o los traficantes de drogas se encontrarían de pronto con que su dinero no sirve ni para empapelar paredes, por lo que tendrían que apresurarse a aflojarlo reinyectándolo en la economía o correrían el riesgo de perderlo definitivamente.

Sin duda eso provocaría una desestabilización provocada por el aluvión de dinero y asistiríamos a una inflación ficticia debido a que los afectados comprarían miles de cosas con el fin de deshacerse de los billetes, pero todo ello repercutiría en beneficio del comercio y la actividad.

Generaría un momentáneo caos, pero no mayor que el de la crisis actual, que cada día va a peor y a la que no se divisa un final. Se limitaría a un caos de medio año, que sabríamos exactamente en qué fecha debe concluir.

Demasiada liquidez lanzada bruscamente al mercado se convertiría en una masa de dinero incontrolable, aunque gran parte nunca afloraría porque sus dueños preferirían perderlo a pasar años en la cárcel.

Y curiosamente lo que perdieran iría a engrosar las arcas estatales porque al no tener que responsabilizarse por unos billetes que no aparecen dispondrían de más dinero para escuelas, seguridad social u hospitales, por lo que se daría el paradójico caso de que serían los ciudadanos los que se beneficiaran de tanto negocio sucio.

Y contra lo que pueda parecer, el coste económico de semejante operación resultaría mínimo. Se conservarían los mismos billetes, los mismos diseños y las mismas planchas de impresión, pero su única diferencia estribaría en el color de la tinta; si el billete de cien euros es verde, a partir de un determinado momento tan sólo tendrían valor los rojos, el de cinco se volvería amarillo, el de cincuenta, azul y así sucesivamente.

No habría más costo que el de impresión y reparto, y los viejos billetes, ya inútiles, se reciclarían en papel para los nuevos.

Advirtiendo de antemano que cada cinco años el color de los billetes volvería a alterarse, se evitaría que nadie cayera en la tentación de amasar un dinero ilegal que acabaría valiendo menos que un periódico usado.

Resulta evidente que se inventarían otras formas de evasión, pero cualesquiera que fueran resultarían más complicadas, más localizables y menos dañinas de lo que está demostrando ser el sistema actual.

De lo único que tendrían que preocuparse los inspectores de hacienda sería de establecer un rígido control para que nadie comprara nada con un dinero del que no pudiera acreditar su procedencia.

Sacha Gaztell dejó a un lado el sorprendente documento que le habían hecho llegar minutos antes con el fin de volver a sumergirse en la lectura de un tedioso informe sobre los problemas de la agricultura y la ganadería mediterráneas por culpa de la desertificación, la carencia de agua y el excesivo uso de cultivos transgénicos, hasta que casi media hora más tarde golpearon ligeramente a la puerta, ésta se abrió y el siempre pálido y pecoso rostro de Tom Scott hizo su aparición con el fin de inquirir:

—¿Puedes dedicarme unos minutos?

—Naturalmente, querido... Es más, te agradezco la interrupción, porque estaba a punto de quedarme frito... Ponte cómodo.

El recién llegado tomó asiento en uno de los sillones que se encontraban al otro lado de la mesa y casi antes de que hubiera afirmado en él el trasero inquirió:

—¿Has tenido tiempo de leer el proyecto que te he enviado sobre la posibilidad de cambiar el color de los billetes? —Ante el mudo gesto de asentimiento añadió—: ¿Y qué opinas?

—Que se trata de una propuesta sorprendente pero a mi modo de entender absolutamente utópica. Si fuéramos capaces de convertirla en realidad más de uno se tiraría de los pelos, pero tú y yo sabemos que los únicos que podrían intentar llevarlo a cabo serían los menos interesados en hacerlo.

—Pero tiene razón al asegurar que cuando cada uno de nuestros países cambió su moneda por el euro surgieron ríos de dinero oculto hasta de debajo de las piedras. No recuerdo que se compraran más viviendas o más automóviles en toda la historia.

—Lo sé, pero ello trajo aparejado que muchos creyeran que la bonanza iba a continuar, se liaron a construir o fabricar como locos y han acabado comiéndose con patatas las casas y los automóviles, lo cual está contribuyendo de forma harto notable a la crisis actual.

—Eso también es cierto; se hicieron cálculos demasiado optimistas basándose en unos resultados brillantes sin tener en cuenta que tales resultados se debían a un hecho muy puntual; la súbita afloración de dinero sumergido.

—Y en cuanto pasó la tormenta y los «recolectores de billetes» volvieron a sentirse seguros las aguas han vuelto a un cauce cada vez más mísero. Me entristece reconocerlo, pero nuestra amada democracia se ha convertido en una especie de gastada camisa que en cuanto la remiendas por un lado se deshilacha por otro.

—Pero es la única camisa que tenemos.

—Lo sé, y como nuestros dirigentes continúen haciendo estupideces nos quedaremos sin ella, porque a cada periodo de decadencia y profunda corrupción como el que estamos atravesando suele sucederle un periodo de dictadura y tiranía.

—Intentaremos evitarlo pese a que nos enfrentemos a tanto hijo de puta... —masculló con acritud el del rostro pálido y pecoso—. Pero cambiemos de tema porque éste me pone de mala leche. ¿Es cierto lo que me ha dicho Valeria sobre que tienes noticias de nuestro hombre en África?

—Indirectamente... —reconoció también de evidente mal humor Sacha Gaztell—. Me telefoneó el piloto del helicóptero para decirme que Román ha conseguido poner a salvo a cinco muchachas raptadas por el Ejército de Resistencia del Señor, pero se internó de nuevo en la selva tras la pista del tal Kony.

—¿Y por qué carajo ese jodido cazador prehistórico no llama personalmente? —protestó el otro—. ¿Aún no se ha enterado de que existen teléfonos que permiten hablar desde el centro del océano o incluso desde el polo norte?

—Lo sabe... —reconoció el pelirrojo haciendo un casi imperceptible gesto con la mano con el que pretendía calmarle—. Lo sabe y me consta que en ocasiones los ha utilizado, pero dejó muy claro que en este caso no pensaba llevarlo encima.

—¿Y esa estupidez?

—Según él, la señal de uno de esos teléfonos emitiendo desde un lugar casi deshabitado en el que se supone que los únicos que se encuentran en estos momentos son los hijos de puta de Kony, traería aparejado que cualquiera de sus incontables enemigos, entre los cuales se encuentran, por cierto, los ineptos de la CIA, supusiera que la señal parte de su campamento, por lo que tal vez tuviera la «genial» ocurrencia de enviarles como regalo de cumpleaños un misil teledirigido de esos que se supone que impactan con un margen de error de menos de diez metros.

—Si se trata de la CIA estoy seguro de que no dudarían ni un segundo; son como los pistoleros; primero disparan y luego preguntan.

—Como comprenderás a nadie le gusta vivir pendiente de que cuando menos lo esperes un general de muchas estrellas y pocas luces que se encuentra al otro lado del planeta decida dar la orden de que te vuelen el culo.

—Nunca se me habría ocurrido.

—Pero nuestro hombre en África es de los que piensan en todo, querido, y gracias a eso aún continúa respirando de la misma forma que continúa respirando un escurridizo Joseph Kony que también conoce muy bien el entorno en que se mueve y la limitada capacidad mental de quienes únicamente le persiguen a base de satélites artificiales, aviones espía y misiles teledirigidos.

—También tengo muy claro que ése no es el sistema; en la actualidad las grandes potencias lo basan todo en el uso de tecnología de última generación, por lo que cuando se enfrentan a enemigos pequeños no saben cómo actuar hasta el punto de que en cuanto se descuidan les derrumban las Torres Gemelas.

—Tras haber sobrevolado esa jodida región en la que apenas se distingue un alma, estoy de acuerdo con Román en que no es lugar para modernidades y la única forma de conservar el pellejo es actuar de acuerdo con la naturaleza. Resulta estúpido camuflarse para que un soldado no te descubra a veinte metros de distancia mientras marcas un número de teléfono para que un general te detecte a miles de kilómetros.

—¿O sea que no podremos saber nada de él hasta que se cargue a Kony?

—O hasta que Kony se lo cargue a él.

—¡Perra suerte!

—Lo único que he podido hacer es encargar al secretario de nuestra embajada en Bangú que se preocupe de devolver a las chicas a sus casas. El resto es esperar —sentenció seguro de lo que decía Sacha Gaztell—. ¿Y tú has conseguido averiguar algo nuevo sobre nuestro misterioso traficante de armas?

—No, por desgracia... —admitió su interlocutor en tono de absoluta resignación—. Parece ser que ha conseguido hacerle llegar a Kony un nuevo cargamento que cambió por coltan. Nuestros agentes confiaban en interceptarlo en tierra, pero en el momento en que el avión en que se suponía que llegaba el mineral aterrizó en El Cairo estaba vacío.

—Explícamelo.

—¡Qué más quisiera yo! —se lamentó con acritud Tom Scott—. De lo único que estamos seguros es de que el señor Chin Lee ha recibido el material que necesita para fabricar un buen montón de sus fabulosos Lee-33 a un precio con el que nadie logra competir.

—Parece ser que alguien es más listo que tus amigos.

—Empiezo a creer que no hace falta mucho para eso. Aviones cargados de armas y aviones cargados de mineral de contrabando van y vienen atravesando medio continente ante nuestras narices sin que seamos capaces de interceptarlos pese a nuestros costosísimos y sofisticados instrumentos de localización. Eso significa que algo falla en alguna parte y a veces temo que se debe a que se mueve demasiado dinero en este asunto y nuestros enemigos siempre saben más de nosotros que nosotros de ellos.

—Lo malo no son las armas o el mineral que vuela tan alegremente de un lado a otro, mi estimado amigo; lo malo son los miles de muertos que ello provoca... —El pelirrojo hizo un gesto con la barbilla hacia el grueso manuscrito que había dejado a un lado al añadir—: Lo único que sabemos es redactar farragosos mamotretos que a nadie le importan y que tan sólo sirven para quedarte dormido con los pies sobre la mesa mientras una insoportable sensación de impotencia se te asienta en la boca del estómago. ¡Te juro que estoy hasta los huevos de este maldito despacho!

—Pues aún te quedan unos cuantos años... —le hizo notar el otro.

—Empiezo a dudarlo... —fue la amarga respuesta—. Llegué a Bruselas cargado de ilusiones e imaginando que iba a contribuir a la construcción de una Europa mejor y más justa, pero he acabado ahogándome en un mar de legajos escritos por pretenciosos funcionarios que lo único que persiguen es confundirte y hacerte creer que son más listos que el mismísimo Albert Einstein, cuando en realidad lo único que han aprendido es una docena de términos enrevesados y ampulosos con los que pretenden deslumbrarnos y apabullarnos. ¡Los odio!

—De algún modo tienen que justificar lo que cobran.

—Diez líneas inteligentes lo justificarían mejor que cien páginas de estupideces.

—Pero exigen mucho más esfuerzo, amigo mío. Infinitamente más, puesto que la inteligencia no se compra a ningún precio, mientras que la estupidez es gratuita.

—¡Y abundante!

—¡Por supuesto!

El «dueño» del despacho se puso en pie, se aproximó a la ventana con el fin de observar el cielo gris y plomizo y luego reparó en las aceras repletas de viandantes que se protegían del frío y el viento mientras avanzaban apresuradamente.

Sin volverse comentó:

—Apenas pasé un par de días en aquella selva, pero la echo de menos. ¡Nunca me he sentido tan vivo como una noche que me cagaba de miedo sentado en lo que años atrás había sido un helicóptero!

—Es que la adrenalina tiene la fea costumbre de jugarnos malas pasadas y muere más gente por culpa de un «subidón de adrenalina» que por culpa del cáncer.

—Eso se debe a que «el subidón de adrenalina» se busca a propósito, mientras que el cáncer se limita a encontrarte... —sentenció Sacha Gaztell—. Y en esta plúmbea ciudad la adrenalina brilla por su ausencia; lo que abunda es una legión de políticos de segunda fila a los que sus mandamases han querido quitarse de encima, aburridos funcionarios y astutos muñidores que saben cómo ingeniárselas a la hora de conseguir subvenciones.

—Lo cierto es que nos hemos convertido en una sucia piscina en la que los listillos pescan a su gusto y el resto se ahoga entre decretos... —reconoció su interlocutor en tono de profunda resignación—. Demasiado a menudo me asalta la sensación de que no estamos trabajando para los europeos, sino tan sólo para una minúscula parte de los europeos. Y lo peor del caso es que contribuimos de una forma esencial a que esa minoría explote con mayor impunidad a la mayoría.

—¿Me lo dices o me lo cuentas? —fue la irónica pregunta—. La semana pasada mi «jefe de filas» me obligó a aprobar una ley sobre conservación de la naturaleza tan ladina y enrevesada que necesité dos días para averiguar que no beneficiaba a los animales o a los ríos y bosques sino a los fabricantes de aerogeneradores eléctricos.

—También me vi obligado a aprobar esa ley, aunque reconozco que no me tomé tantas molestias a la hora de analizarla. Por desgracia, con frecuencia confiamos demasiado en lo que nos pone delante nuestra propia gente y actuamos como autómatas.

—El resultado está a la vista: vamos camino de un absoluto debacle y la gente que no encuentra salida comienza a pegarse un tiro... ¡Por cierto! ¿Me equivoco o fuiste tú quien me presentó a ese matrimonio que hace poco se suicidó en el sur de Francia?

—¿Los Kanac...? —inquirió Scott—. Sí, puede que fuera yo; los conocí en Niza y me parecieron una pareja encantadora y sin problemas, por lo que me impresionó que acabaran de ese modo.

—Pues me temo que tal como se están poniendo las cosas tendremos que acostumbrarnos a que muchos decidan quitarse de en medio de igual modo y antes de tiempo. —Lanzó un sonoro suspiro de resignación al concluir—: ¡Amigo mío, la vida ya no es lo que era...!

El oficial que comandaba la patrulla observó con atención las evoluciones del cochambroso helicóptero que maniobraba en la distancia, dudó ante el hecho de que hubiera desaparecido de su vista sobre la vertical de la laguna, pero tras fruncir el entrecejo y reflexionar unos instantes pareció llegar a la conclusión de que tal vez el aparato se había visto obligado a aterrizar con el fin de recoger agua con la que refrigerar su recalentado motor, por lo que cuando advirtió que se alejaba definitivamente por donde había llegado decidió no concederle mayor importancia al tema.

—¡Sigamos! —fue todo lo que dijo.

Por su parte, tanto Román Balanegra como Gazá Magalé optaron por la siempre sabia decisión de mantenerse ocultos hasta tener la absoluta certeza de que sus enemigos se perdían de vista en la distancia.

—¿Les seguimos?

—¡Si no tenemos otra cosa mejor que hacer...!

—Aquí, en pleno pantanal, no se me ocurre nada.

—Si hubiéramos traído una baraja podríamos dedicarnos a jugar al póquer.

—Mala cabeza la nuestra.

—¡Vamos pues!

La posibilidad de que en un momento dado tuvieran

que verse obligados a enfrentarse a fanáticos armados con fusiles de asalto no se prestaba a tomárselo tan a la ligera como lo estaban haciendo, pero desde los lejanos tiempos en que comenzaron a perseguir «orejudos» habían adquirido la sana costumbre de decir sandeces siempre que necesitaban relajar la tensión.

Consciente de que podía darse el caso de que los miembros del Ejército de Resistencia del Señor hubieran tomado la precaución de dejar a alguien en la retaguardia, Román Balanegra se detuvo en el punto en que los habían divisado por última vez, y cuando tras una decena de pasos el pistero se detuvo a su vez con el fin de volverse y lanzarle una larga mirada interrogativa, comentó:

—Creo que deberíamos desviarnos hacia aquellas colinas de la izquierda, apretar el paso y seguirlos en paralelo.

—Lo estaba pensando.

—Pero yo lo dije primero.

—Para algo se supone que eres el jefe. A ver si eres capaz de seguirme.

Se puso en marcha imprimiéndole a sus piernas un ritmo endiablado de tal modo que cuando al cabo de una hora alcanzaron la cima de la primera de las colinas se derrumbaron al unísono sudando, maldiciendo y resoplando.

—Empiezo a estar viejo para estos trotes... —se lamentó el cazador al tiempo que mostraba las temblorosas manos—. Si tuviera que disparar ahora no le acertaría ni a un camión a diez metros.

—Con tal de que no te dé un infarto.

—¿Qué harías si la espichara en un lugar como éste?

—Quedarme con el Holland&Holland.

—¡Eso ya lo sé! Lo que te pregunto es si me enterrarías aquí mismo o esperarías al helicóptero para llevarme a descansar para siempre junto a Zeudí.

—Te recuerdo que no hemos traído palas, o sea que aquí no puedo enterrarte, y que Dongaro no volverá hasta dentro de una semana, lo que significa que para entonces estarías ya hecho un asco.

—No cabe duda de que siempre has sido un negro cabrón.

—No soy un negro cabrón... —fue la respuesta acompañada de una ancha sonrisa—. Soy un negro lógico. Desde que empezamos esto asumimos que si uno de los dos se muere en el camino, en el camino se queda porque al fin y al cabo una vez que la has diñado lo mismo da que sirvas de alimento a una hiena que a un gusano. ¿O no es así?

—Por desgracia lo es.

—¿Y por qué «por desgracia»? —quiso saber Gazá Magalé—. Cuando está a punto de que le echen tierra encima un cadáver nunca he visto que tenga más cara de satisfacción que otro que permanece al aire libre. Los dos están igual de jodidos.

—¡De acuerdo! —aceptó su acompañante de mala gana—. Si estiro la pata me dejas donde esté, pero luego no te quejes si hago lo mismo contigo.

—No me quejaré, pero puedes jugarte el cuello a que te acusarán de racista por haber dejado el cadáver de un pobre negro tirado como si fuera un perro.

—Es que los negros sois más racistas que la madre que os parió.

—¡Así es la vida! Y ahora andando que se hace tarde.

—A la orden, *bwana*.

Continuaron la marcha en paralelo a aquellos a los que se suponía que iban siguiendo, pero pese a que habían ascendido a una zona desde la que en buena lógica deberían distinguirlos, la hierba les superaba en altura, por lo que llegó un momento en que se encontraron totalmente desorientados.

—Que yo recuerde nunca hemos cazado por esta zona... —masculló un malhumorado Román Balanegra—. Y no me gusta andar a ciegas.

—¡Vale! —replicó el pistero en tono de resignación—. Sube e intenta averiguar dónde nos encontramos.

El cazador se despojó de las botas, trepó a los hombros de su compañero, se alzó esforzándose por mantener el equilibrio y enfocó los prismáticos en todas direcciones, hasta que el negro comentó.

—Date prisa que no te aguanto.

—No cabe duda de que tú también te estás haciendo viejo —fue la malintencionada respuesta—. Antes resistías casi un cuarto de hora.

—No es por el peso; es que hieden los pies.

—¡La madre que te trajo al mundo! Espera un minuto.

Cuando al poco descendió y comenzó a calzarse las botas, el otro inquirió:

—¿Qué has visto?

—Humo.

—¿Sólo humo?

—Sólo humo.

—¿Y qué clase de humo?

—Del que no me gusta; mucho para tratarse de una hoguera en la que se estén preparando la cena y poco para tratarse de un incendio forestal.

El pistero tomó asiento frente a él y permanecieron unos instantes pensativos.

—¿De qué puede tratarse? —inquirió al fin.

—Por lo espesa que es la columna lo único que se me ocurre es que le hayan prendido fuego a una aldea. Como la gente de por aquí levanta sus chozas dejando un gran espacio abierto alrededor por temor a los incendios forestales entra dentro de lo posible que el fuego no se haya propagado al bosque.

—Parece una explicación lógica.

—Lo malo es que para confirmar si es acertada o no tenemos que ir a comprobarlo.

—Está claro que pronto o tarde tendríamos que enfrentarnos a este tipo de problemas, o sea que más vale que lo hagamos cuanto antes.

Reanudaron la marcha abriéndose paso a machetazos, hasta que consiguieron abandonar el tupido herbazal en un punto del otero desde el que alcanzaban a distinguir con claridad el foco del incendio.

No se trataba, sin embargo, de una aldea sino de una única cabaña de la que surgía en efecto una alta columna de humo pese a que curiosamente no se distinguiese llama alguna.

De unos diez metros de diámetro y paredes de adobe la enorme choza circular tan sólo disponía de una única puerta de gruesa madera que aparecía cerrada por fuera con una barra de hierro.

—Raro... —comentó amoscado el cazador—. ¿No te parece?

—Muy raro... —admitió el otro mientras enfocaba sus prismáticos en aquella dirección—. Y más raro aún que no se distinga a nadie. ¿Qué hacemos?

—Lo de siempre.

—¿Esperar?

—¡A ver si no! Por el rumbo que traía la gente de Kony tiene que haber pasado por aquí, y si como parece se han cargado a los desgraciados que vivían ahí es probable que aún anden por los alrededores.

—Y si ha quedado algún superviviente escondido estará muy cabreado, por lo que si nos descubre antes que nosotros a él corremos el riesgo de que nos joda creyendo que también formamos parte de ese maldito ejército... —concluyó por su parte el pistero—. Lo cual quiere decir que por una vez en la vida tienes razón y lo mejor que podemos hacer es quedarnos quietos.

Aguardaron agazapados entre la maleza hasta que la columna de humo se extinguió casi por completo, momento en que de entre los árboles surgieron cinco hombres, tres de los cuales eran tan delgados y sobre todo tan increíblemente negros que junto a ellos Gazá Magalé hubiera parecido un noruego.

—¿Te has fijado en ésos? —musitó un perplejo Román Balanegra—. Nunca había visto a nadie con semejante aspecto.

—Son *dinkas*.

—¿*Dinkas*? ¡No fastidies! ¿Estás seguro?

—Seguro está el infierno para los que hemos sido malos, blanco, pero esos tres tan sólo pueden ser *dinkas* o *kokotos*.

—Tenía entendido que los *dinkas* jamás abandonan los pantanales del Sudd.

—También yo.

—¿Entonces...?

—¿Y qué coño quieres que te diga?

El evidente desconcierto respondía a una razón muy lógica puesto que, en efecto, los *dinkas* constituían una pequeña rama de la raza nilótica más antigua de Sudán, y la semejanza de su aspecto físico con los *kokotos* se debía a que compartían la costumbre de vivir sobre grandes balsas de cañas sin apenas pisar tierra firme a todo lo largo de sus vidas.

Los *kokotos* habitaban en el corazón del lago Chad, mientras que los *dinkas* poblaban desde tiempos prehistóricos las impenetrables ciénagas del Sudd, una agreste región en la que cuatro mil años antes habían desaparecido, tragados por las agua, las fiebres y los implacables cocodrilos «comegente» todos los ejércitos que los faraones enviaron en un vano intento por descubrir las fuentes del sagrado «Padre Nilo».

De igual modo no volvió a saberse nada de las cinco legiones romanas o los cientos de soldados ingleses que habían seguido los pasos de los antiguos egipcios, y ello se debía a que el Sudd actuaba a modo de llave de paso del Nilo Blanco impidiendo que sus espectaculares crecidas anuales, unidas a las de su principal afluente, el Nilo Azul, arrasaran cuanto pudieran encontrar corriente abajo.

Durante la época del año en que diluviaba sobre el macizo abisinio, el Nilo Azul se desbordaba y el rico limo que arrastraban sus aguas invadía las tierras de Egipto proporcionándoles su extraordinaria fertilidad, mientras que por su parte la barrera pantanosa del Sudd impedía que las destructivas crecidas del lago Victoria, origen del Nilo Blanco, se sumasen a las anteriores provocando un desastre.

A medida que el caudal del Nilo Blanco comenzaba a aumentar desprendía de sus orillas inmensas masas vegetales que se desplazaban a modo de islas que acababan por obstruir su cauce conformando así uno de los lagos más extensos y poco profundos del planeta.

El Sudd seguía siendo uno de los últimos lugares perdidos de la tierra, reino de nenúfares, lirios y «coles del Nilo» que en ocasiones se agolpaban en tal profusión que formaban una masa compacta por la que se podía caminar aunque bajo ella tan sólo existiese agua.

La transpiración de tan inconcebible cúmulo de plantas acuáticas bajo un calor que rondaba a menudo los cincuenta grados propiciaba una evaporación muchísimo más intensa que la que se producía en aguas libres, por lo que no resultaba extraño que a partir del mediodía la visibilidad apenas alcanzase los cien metros sumido como estaba el paisaje en una densa bruma en la que la humedad se aproximaba al cien por cien.

Tal como había asegurado Román Balanegra era cosa sabida que los *dinkas* rara vez se alejaban de sus territorios, ya que se sentían mucho más seguros navegando en sus balsas y protegidos por muros de altas cañas que convertían el pantanal en una especie de laberinto impenetrable, una trampa mortal de la que no conseguiría escapar nunca quien no perteneciese a una raza adaptada a tan irresistible ambiente a lo largo de cientos de generaciones.

Hasta el presente ningún ser humano que no hubiera nacido en el Sudd había conseguido atravesarlo de parte a parte, y tan sólo un limitado grupo de personas podía presumir de haberse encarado personalmente con uno de sus esqueléticos y casi fantasmales pobladores.

Ver a tres de ellos allí, a casi doscientos kilómetros de los límites de sus ciénagas o la espesa jungla que las rodeaba constituía sin duda una sorpresa que ameritaba que tanto el cazador como su pistero se mostraran perplejos.

—¿Y ahora qué hacemos? —masculló este último—. Y no me respondas que esperar porque se me están hinchando las pelotas de no hacer nada.

—Tampoco ellos hacen nada.

En efecto, los cinco hombres se habían limitado a acuclillarse a la sombra de los árboles a unos treinta metros de la entrada de la abrasada choza y parecía evidente que estaban aguardando a que el último rastro del humo que se filtraba a través de las rendijas del techo de palma desapareciese por completo.

De improviso Gazá Magalé se puso en pie, y dejando en el suelo su rifle y el Kalashnikov que le había requisado al muchacho que se hacía llamar Josué-Yansok, comento:

—¡Me cansé! Voy a ver qué coño hacen, así que cúbreme y procura no fallar si esos puñeteros negros se alteran.

—Espera a que prepare el Remington porque de lo contrario a esta distancia no podría cargarme a los cinco.

El pistero aguardó a que le indicara con un gesto que ya había montado el arma, y tan sólo entonces comenzó a descender por la pendiente, alzando los brazos en clara demostración de que llegaba en son de paz al tiempo que daba grandes voces con las que pretendía atraer la atención de quienes se limitaron a observarle permitiendo que se aproximara sin tan siquiera alargar la mano hacia sus arcos, sus machetes o sus lanzas.

Pese a tan aparente pasividad, Román Balanegra no los apartaba ni un segundo de su punto de mira, plenamente seguro de que desde la privilegiada posición que ocupaba estaba en condiciones de abatirlos antes de que tuvieran tiempo de ponerse en pie.

En esta ocasión no empuñaba su pesado y rotundo Holland&Holland 500 de cañones paralelos sino el ligero Remington de repetición y mira telescópica, que portaba siempre en la mochila como arma de repuesto.

Desmontable, plegable y reducido en cuanto no fuera esencial, apenas abultaba, pero permitía abatir animales pequeños sin destrozarlos, o disparar más de dos veces sin tener que abrir el arma con el fin de sustituir la munición.

Como precaución adicional contaba con el Kalashnikov, pese a que era un tipo de arma a la que no estaba habituado y no confiaba demasiado porque cuando empezaba a disparar impedía dar en el blanco con la precisión con la que tanto el pistero como él mismo solían hacerlo.

No obstante, tantas precauciones resultaron inútiles puesto que a los pocos instantes Gazá Magalé se acuclilló ante los cinco hombres, intercambió unas cuantas frases y al poco se volvió indicándole con un grito y la mano que podía aproximarse sin peligro.

Vistos de cerca los *dinkas* resultaban aún más impresionantes no sólo por el color de su piel, reluciente como azabache bruñido debido quizás a que se pasaban media vida en el agua, sino también por la gran cantidad de cicatrices que les cubrían el cuerpo y de las que parecían sentirse especialmente orgullosos, puesto que la mayoría de ellas no eran más que el resultado de sus feroces enfrentamientos con los cocodrilos.

Resultaba comprensible puesto que los saurios «comegente» del Nilo eran sin discusión los mayores y más agresivos de que se tenía noticias, superando a menudo los seis metros de longitud, por lo que cabía preguntarse cómo diablos se las habrían arreglado para seguir con vida aquellos que hubieran sido víctimas de una de sus implacables dentelladas.

Lucían también marcas rituales en la frente, la barbilla y los pómulos hasta el punto de que sus esqueléticos cuerpos se convertían en una especie de manual de los sufrimientos físicos abierto por su página central.

Apenas hablaban, por lo que fue el más anciano de sus

dos acompañantes nativos, un lugareño de ojos enrojecidos que respondía al nombre de Manero, quien aclaró la razón de su presencia en territorio de la República Centroafricana.

—Han venido en busca de ayuda porque últimamente los musulmanes sudaneses les atacan desde el norte y los cristianos del Ejército de Resistencia del Señor les acosan desde el sur.

—¿Y eso por qué, si tengo entendido que son animistas y nunca se meten con nadie? —quiso saber el pistero.

—Por lo que han contado, aunque la verdad es que no lo he entendido muy bien, pretenden apoderarse de sus tierras.

—¿De los cenagales del Sudd? —no pudo por menos que asombrarse Román Balanegra—. ¿Para qué demonios va a querer nadie un lugar tan tórrido e inhóspito?

—No lo sabemos, pero si consiguen apoderarse del Sudd no tardarían en intentar algo parecido con los humerales del Alto Kotto... —musitó en un tono apenas perceptible el más joven de los lugareños—. Por eso hemos decidido unir nuestras fuerzas.

—¿Pretendéis enfrentaros con lanzas y flechas a los fusiles de los hombres de Kony y a los tanques del ejército sudanés?

Por toda respuesta Manero hizo un gesto para que le siguieran, avanzó unos metros y abrió de par en par la ancha puerta de la choza con el fin de que pudieran descubrir que el interior se encontraba ocupado por una docena de cadáveres, al tiempo que señalaba en el mismo tono que hubiera podido emplear a la hora de hablar del chaparrón que había caído una semana antes:

—Estaban muy bien armados y se comportaban como

si fueran los dueños del mundo, pero esta noche servirán de cena a los chacales y las hienas.

—¿Y cómo conseguisteis acabar con ellos sin que se defendieran? —quiso saber el cazador—. Porque no hemos oído ni un solo disparo.

—Los ahumamos.

—¿Qué quieres decir con eso?

—Que como los vigilábamos desde hace días y sabíamos a qué hora llegarían dejamos la choza atestada de comida fingiendo que nos habíamos asustado huyendo precipitadamente. —El hombrecillo de los ojos sanguinolentos sonrió con los tres únicos dientes que le quedaban al concluir—: Los muy estúpidos se dedicaron a comer y beber tan seguros de sí mismos que ni siquiera se tomaron la precaución de comprobar que la única puerta se cerraba por fuera...

Apartó unas tablas y les mostró que bajo el suelo se abría un espacio de casi medio metro de altura al añadir:

—Las hojas del *pansalic* arden como la yesca y cuando se les añade unas gotas de aceite de palma desprenden un humo que marea. Si no se consigue aire puro en medio minuto se pierde el conocimiento y a los dos, se muere asfixiado. Estos hijos de puta no lo sabían, por lo que al atrancar la puerta no les permitimos encontrar suficiente aire a tiempo.

Tanto el cazador como su pistero tenían conocimiento de que la mayoría de los curanderos de la región utilizaban las hojas frescas del pequeño arbusto de los pantanales como infusión que actuaba a modo de potente analgésico, pero aunque no tenían ni la más remota idea de que actuara de forma tan mortífera cuando se les añadía aceite de palma optaron por aceptar la explicación con repetidos y serios gestos de aceptación, como si con ello pretendieran admitir que eran mucho más listos que los difuntos de rostros desencajados por el terror y uniformes ennegrecidos por el humo que en aquellos momentos se desparramaban por el interior de la amplia estancia.

—Eso es lo que suele suceder a los ignorantes. ¿Qué pensáis hacer ahora? —quiso saber el primero.

—Enterrar lo que hayan dejado las bestias carroñeras, limpiarlo todo y volver a montar la trampa porque cada dos semanas suele pasar por aquí una patrulla.

—Liquidar patrullas está muy bien, pero mejor estaría cortarle la cabeza a la serpiente. ¿Tienes idea de dónde se encuentra Kony en estos momentos?

—Sabemos que ha instalado campamentos a ambos lados de la frontera, pero al parecer su base más estable debe de estar a un par de días de distancia.

—¿Quién podría guiarnos hasta ella?

Manero observó con fijeza a los dos hombres, intercambió luego una mirada con el otro lugareño, puesto que los *dinkas* continuaban acuclillados como si nada de todo aquello fuera con ellos, y por último inquirió:

—¿Acaso pretendéis matarle? —Ante el mudo gesto de asentimiento añadió convencido—: No se puede matar a Joseph Kony. A su gente sí, pero no a él; muchos lo han intentado desde que tan sólo era el lugarteniente de su tía, aquella maldita bruja a la que espero que el diablo haya violado mil veces, pero a lo largo de estos treinta años esa infernal comadreja ha conseguido sobrevivir a toda clase de atentados.

Con un leve ademán del brazo el cazador alzó apenas su impresionante Holland&Holland 500 al tiempo que comentaba con una leve sonrisa:

—Seguro que ninguno de los que lo intentaron contaba con un arma como ésta.

A Mario Volpi le faltaba poco para cumplir los setenta, tenía mujer e hijos, dos hermosas casas, un pequeño velero y una confortable situación económica que le permitía contemplar el futuro con una cierta tranquilidad, siempre que rebajara el desaforado ritmo de vida que había llevado durante aquellas tres décadas en las que su jefe le compensara puntual y generosamente por su comprobada eficacia y fidelidad en un negocio tan complejo y arriesgado como el tráfico de armas.

Precisamente había sido Julius Kanac quien le acostumbrara a comportarse como las mulas que cuando transitaban por terrenos peligrosos no levantaban nunca una pata sin haber asentado antes las otras tres.

Y le había enseñado de igual modo a procurar hacerlo siempre por senderos conocidos sin permitir que un exceso de ambición le precipitara al abismo.

Las reglas de un juego en el que cada apuesta significaba que cientos de seres humanos morirían por culpa de los fusiles o las balas que estaban proporcionando a fanáticos y asesinos, habían sido siempre muy estrictas, por lo que un pequeño error de cálculo solía concluir con el desagradable resultado de encontrarse con una de aquellas mismas balas alojada en el cerebro.

Por ello, cuando acudió a reunirse una vez más con la

inteligente pero inquietante hija del que había sido su único patrón durante gran parte de su vida, no pudo por menos que expresarle con total sinceridad cuanto pensaba acerca del nuevo «cliente» con el que había decidido hacer negocios.

—El problema con que podemos encontrarnos no se centra en esa cuadrilla de muchachitos desesperados a los que les da igual morir de hambre o que les peguen cuatro tiros durante el asalto a un barco —dijo—. Ni tampoco en unos bestiales Señores de la Guerra que jamás han puesto los pies fuera de Somalia.

—¿En quién entonces? —quiso saber ella.

—En los armadores saudíes que pagaron dos millones y medio de dólares por la liberación del súper petrolero *Sirius Star*. Cuando los ocho piratas regresaban a tierra su embarcación naufragó, cinco se ahogaron y tres fueron capturados. Cada uno, vivo o muerto, llevaba encima ciento cincuenta mil dólares. ¿Qué te indica eso?

—Que faltaba casi un millón y medio de dólares.

—¡Justo! Los que se juegan la vida se reparten las migajas mientras que los verdaderos «capitanes piratas» suelen ser astutos hombres de negocios sin escrúpulos que actúan impunemente desde Dubai o Londres.

—Algo he leído al respecto... —admitió Orquídea Kanac sin inmutarse—. Pero de igual modo sabemos que desde antiguo el tráfico de oro y drogas, o ahora el de coltan, se encuentra en manos de astutos hombres de negocios sin escrúpulos que actúan desde Nueva York, Hong Kong o el mismísimo París. Y eso nunca detuvo a mi padre.

—O sea que continúas decidida a seguir adelante con esto.

—A no ser que me ofrezcas algo mejor... —señaló ella esbozando una casi burlona sonrisa—. He intentado aprender deprisa y he aprendido algo que no admite discusión: vender fusiles de asalto es como vender automóviles, puesto que la oferta supera en mucho la demanda, por lo que quien deja pasar la oportunidad de colocar su mercancía se queda con ella en un almacén. Si en esta ocasión el mercado se encuentra en Somalia tendremos que vender nuestro producto en Somalia o retirarnos del negocio.

—Pero los ojos del mundo están puestos en Somalia y hay algo que debes tener muy presente, querida niña: cuando vendemos armas a Kony las emplea para matar civiles congoleños y cuando se las vendemos a guerrilleros y narcotraficantes las utilizan para matar soldados colombianos o policías mexicanos. —Mientras hablaba el italiano iba golpeando con el dedo índice varios puntos de la mesa como si pretendiera remarcar que se trataba de situaciones concretas y perfectamente controladas—. Pero ésas son víctimas que, por decirlo de algún modo, carecen de peso específico y escasa capacidad de reacción... —continuó—. Sin embargo, los piratas somalíes emplean sus armas en atacar petroleros, cruceros de lujo o buques mercantes que transportan valiosas mercancías de grupos económicos muy, pero que muy poderosos. Y ésos sí que tienen un notable peso específico y una enorme capacidad de reacción.

—Creo que empiezo a captar por dónde pretendes ir... —admitió la dueña de L'Armonia—. Continúa.

—No es necesario ser demasiado listo para darse cuenta de que la guerra del coltan se libra desde hace casi treinta años, y pese a que ha costado cuatro millones de muertos, en su mayoría mujeres y niños, las naciones supuestamente civilizadas no han enviado al Congo más que un puñado de Cascos Azules que es más lo que incordian que lo que ayudan. Sin embargo, en cuanto los piratas somalíes han comenzando a atacar los intereses de los países ricos, y pese a que la cifra de víctimas mortales no llega a la docena, ya se encuentran allí representantes de la mitad de las armadas del planeta.

—Alguien aseguró en cierta ocasión que el éxito o el fracaso de un invento no depende de a quiénes beneficia, sino de a quiénes perjudica, y por lo visto en este caso nos estamos enfrentando a un problema similar.

—En la sociedad actual la comodidad de los mil pasajeros de un crucero de lujo pesa mucho más que la vida de un millón de negritos, querida —insistió Supermario—. Los armadores contratan patrulleras yemeníes por quince mil dólares diarios o a grupos de mercenarios tan brutales o más que los piratas, por lo que al venderles armas a esos piratas nos arriesgamos a que nos las metan por cierta parte sin ni molestarse en quitarles el punto de mira.

—Primero tienen que encontrarnos —fue la tranquila respuesta de su interlocutora—. Le he visto de cerca las orejas al lobo de la miseria y me consta que para evitar que acabe devorándome únicamente me han dejado dos opciones: o casarme con un millonario, cosa que no pienso hacer, u olvidarme de lo que no sean mis propios intereses, le pese a quien le pese.

—Se trata de tu conciencia.

—La conciencia se domestica... —Le miró de hito en hito al añadir con marcada intención—. ¿O no?

—¿Lo dices por mí?

—No veo a nadie más.

—Cierto; al principio se rebela e incluso te hace pasar noches en blanco, pero en cuanto le clavas las espuelas acaba por amansarse. —Mario Volpi se encogió de hombros en una muda señal de rendición al añadir—: Creo que he hecho cuanto está en mi mano para tratar de disuadirte, pero visto que no voy a conseguirlo más vale que me ponga de tu parte.

—Excelente idea.

—¿Cuándo recibiremos la mercancía?

—El día ocho.

—¿Y cuándo será la entrega?

—A las dos semanas.

—¿Dónde?

—A sesenta kilómetros al sur de Kismaayo, que es la tercera ciudad en importancia de Somalia. Una serie de islas forman una barrera a cuatro o cinco millas de la costa, por lo que allí el mar siempre está tan quieto como una balsa de aceite; es un lugar perfecto, lo único que tenemos que hacer es reforzar las cajas de los fusiles.

—E impermeabilizar las de munición, supongo.

—¡Por supuesto! —le tranquilizó la dueña de la casa en cuya piscina se encontraban tomando café tras un agradable baño y un ligero almuerzo—. Cada fusil viene de fábrica con envoltura de plástico y te consta que soporta sin problemas casi un mes bajo el agua, pero como no quiero correr riesgos con las balas he ordenado que las transporten en barriles metálicos con las tapas herméticamente cerradas. Cuesta algo más pero vale la pena.

—Veo que lo tienes todo muy bien pensado. ¿A qué distancia está el punto de entrega del almacén de El Cairo?

—A tres mil quinientos kilómetros.

—Mucho es eso... —se vio obligado a hacerle notar Supermario en tono de evidente preocupación—. Ninguno de los aviones que utilizamos posee semejante autonomía.

—Harán escala en Jartum, de la misma forma que suelen hacerlo cuando entregamos las armas a Kony, por lo que no nos queda más remedio que aceptar que los sudaneses se queden con un diez por ciento de la carga. —La muchacha lanzó un suspiro que tenía más de humorístico lamento que de auténtica resignación—: ¿Qué le vamos a hacer? Son gajes del oficio.

—No te quejes, porque tu padre siempre aseguraba que este negocio proporciona un margen de beneficios tan amplio que continuaría siendo rentable aunque la mitad de la mercancía se perdiera por el camino. Bastará con que este envío llegue a su destino para que tengas L'Armonia para rato... —El italiano extendió la mano como rogando que no le interrumpiera—. Y hablando de L'Armonia te recomiendo que refuerces su sistema de seguridad.

—Ya lo he hecho.

—Pues ya me explicarás cómo te las has ingeniado, porque no he conseguido ver ni un vigilante armado, ni un perro guardián, ni un equipo de cámaras.

—No los necesito.

—No deberías tomártelo a la ligera, a causa de la crisis los índices de criminalidad aumentan de una forma espectacular y al parecer una banda de delincuentes extremadamente violentos se dedica a asaltar viviendas de la zona. La Costa Azul siempre ha constituido una gran tentación para los criminales.

—Es el problema de ser rico...

—Por lo que me han contado en este caso se trata de grupos muy bien organizados que dan el golpe y se vuelven de inmediato a sus casas dejando tan sólo una pequeña infraestructura de apariencia inofensiva que es la que selecciona a las nuevas víctimas. —El contable alzó los brazos como si pretendiera abarcar la totalidad de cuanto le rodeaba al concluir—: Esta enorme mansión, habitada únicamente por una mujer a la que además le gusta quedarse sola los fines de semana debe constituir una especia de pastel de nata para esos bárbaros.

—Ya lo había pensado.

—Pero lo que me inquieta no es que te roben, sino que puedan hacerte daño.

—No te preocupes... —intentó tranquilizarle ella—. Siempre he sabido defenderme.

—Eso no es en absoluto cierto y lo sabes. Nunca has necesitado defenderte y hasta que murió tu padre eras la criatura más frágil y vulnerable que he conocido. ¿O no recuerdas que te enfermabas hasta el punto de vomitar porque te aterrorizaba el tráfico de la autopista?

—No era miedo, era asco —puntualizó Orquídea Kanac convencida de lo que decía—. Vomitaba por culpa del ruido y el olor, no por el tráfico. Y como me consta que probablemente volvería a hacerlo, tan sólo me sacarán de L'Armonia con los pies por delante.

—No es algo que me sirva de consuelo —protestó él con absoluta sinceridad.

—Lo imagino, pero debes tener en cuenta que mi padre tomó bastantes precauciones cuando decidió reformar la finca, por lo que no he tenido más que limitarme a adaptar sus ideas a las nuevas tecnologías.

—Prefiero que no me cuentes los detalles —fue la fatalista respuesta—. Durante tres décadas no hice otra cosa que aconsejar a tu padre, y debo admitir que nunca me escuchó, gracias a lo cual sigo con vida y no he pasado ni un solo día entre rejas. Era un hombre tan inteligente que supo hacerme comprender la inmensidad de mis limitaciones sin ofenderme y sospecho que ésa es una habilidad que has heredado.

—Se agradece el cumplido, aunque dudo que el sentido de la diplomacia se encuentre entre mis virtudes dado que siempre fui una niña consentida —le hizo notar la dueña de la casa con un asomo de sonrisa—. Pese a ello no me considero impulsiva sino más bien todo lo contrario; cada paso que doy, incluso este de convertirme en traficante de armas, suele ir precedido de una larga reflexión.

—¡No tan larga a fe mía!

—Lo suficiente porque me consta que nadie moverá un dedo por mí, ni nadie me aprecia salvo tú, y partiendo de esa base he llegado al convencimiento de que a un lado estoy yo, y al otro, el resto de la humanidad. En esos momentos la balanza se encuentra equilibrada y lo único que debo hacer es procurar que se mantenga así.

—Tal vez sea la declaración de egoísmo más feroz que haya escuchado nunca, pero también la más sincera.

—¿Y de qué sirve la hipocresía cuando sabes que no significas nada para nadie? No tengo padres, ni hermanos, ni parientes cercanos y tan sólo cuando tenga un hijo empezaré a ver las cosas de otro modo.

El italiano la observó de medio lado, en verdad sorprendido, antes de comentar con marcada intención:

—Creo recordar que me aseguraste que no pensabas tener hijos.

—Estoy empezando a cambiar de opinión.

—¿Piensas casarte?

—Eso nunca —fue la firme respuesta—. Pero le estoy dando vueltas a la idea de convertirme en madre soltera, y para ello necesito que me eches una mano a la hora de encontrar por aquí cerca una clínica de confianza en la que estén dispuestos a hacerme la inseminación artificial sin preguntar demasiado.

—¿Es que te has vuelto loca?

—¿Por qué? Casi todas las mujeres del mundo aspiran a tener un hijo y nadie las considera locas.

—Tú eres diferente.

—En cuanto a mujer, no en cuanto a madre. Algunas mujeres son apasionadas, otras frígidas, algunas indiferentes y un cierto número incluso homosexuales o «raras» como yo, pero la inmensa mayoría conservamos el sentido de la maternidad.

—Admito que rara, rara sí que eres. Y en cuanto al tema de la maternidad me encantaría saber si has elegido ya al padre o piensas acudir a uno de esos bancos de esperma de los que no tienes ni idea de qué es lo que te puede caer en suerte y lo mismo te sale un crío normal que un mentecato.

—Hace tiempo que sé quién será el donante... —replicó ella como si fuera lo más normal del mundo—. Un muchacho sano, atractivo, inteligente, simpático y excelente deportista, cuyo único problema estriba en que tuvieron que cortarle las piernas por culpa de un desgraciado accidente de moto.

—¿Y cómo le has conocido si nunca sales de casa?

—A través de Internet.

—¡Madre del amor hermoso! —no pudo por menos que exclamar un escandalizado Mario Volpi—. ¿Pretendes hacerme creer que vas a ser la primera mujer que engendre a un hijo por correo electrónico?

—¡Son los tiempos que corren...!

—¡Y una mierda! Son los desvaríos de alguien a quien acabarán encerrando en un psiquiátrico por empeñarse en encerrarse en su propia casa... —El italiano se apoderó de una de las manos de su interlocutora y se la acarició con sincero afecto al añadir—: Te quiero como si fueras hija mía, pequeña; te quiero y te respeto como a una de las personas más inteligentes que he conocido, pero estaría traicionando a tu padre si no intentara disuadirte de algo que nunca puede salir bien.

—¿Y por qué no puede salir bien? —quiso saber ella—. Para Frederik tan sólo soy una amiga de las que se encuentran en la red y cuya auténtica identidad no conoce pero que le ayudé a superar los peores momentos de su vida al pasar de tenerlo todo a convertirse en un inválido. En aquellos días dedicábamos horas a chatear y le creo cuando asegura que en cierto modo le salvé la vida puesto que lo único que deseaba era volarse la tapa de los sesos.

—Eso no significa que le conozcas; por Internet se suele mentir mucho. Es posible que en realidad ni sea joven, ni atractivo, ni tan siquiera cojo.

—No me tomes por tonta, mi admirado Supermario... —protestó ella en esta ocasión—. He hecho mis averiguaciones y efectivamente es quien dice ser, siempre hemos estado muy unidos pese a que resida en Suecia, y por eso cuando le he dicho lo que pretendía no lo ha dudado ni un momento.

—Tú dirás lo que quieras y como te conozco me consta que de igual modo harás lo que quieras, pero aunque me gustaría equivocarme, algo en mi interior me dice que una historia semejante no puede acabar bien.

—Si tengo un hijo y nace sano, acabará bien.

Manero y el segundo lugareño que respondía al nombre de Gunic mostraban sin la menor sombra de duda el camino y les seguían Román Balanegra y Gazá Magalé, mientras que los *dinkas* cerraban la marcha pese a que de tanto en tanto se detuvieran a tomar aliento debido al hecho de que a todo lo largo de su existencia jamás habían caminado tanto tiempo, tan seguido, ni tan aprisa.

Eran «hombres anfibios» acostumbrados a nadar o hacer avanzar sus balsas a través de los cañaverales del pantanal a base de clavar largas pértigas en el fango, por lo que se les advertía fuertes y fibrosos, con anchos pulmones y poderosos brazos, lo que no era óbice para que las piernas les flaquearan en cuanto recorrían a buen paso media docena de kilómetros.

—Esos tres no alcanzarían a un elefante cojo ni en diez años... —comentó en un determinado momento el pistero—. Como sigamos a este ritmo el bueno de Kony se va a tener que morir de viejo.

—Sigues siendo un maldito negro criticón hijo de puta... —masculló su compañero de tantas cacerías—. Me gustaría verte nadar rodeado de «comegentes», y me juego el cuello a que cuando llegue el momento podremos contar con ellos.

—¡Si es que llega ese momento! —fue la burlona respuesta—. Manero tiene razón, y si en treinta años nadie ha conseguido matar a Kony no sé por qué diablos lo vamos a conseguir nosotros.

—Porque a nadie le han ofrecido tanto dinero por hacerlo.

—¡Buena respuesta, sí señor! La mejor, sin duda.

Continuaron en silencio hasta que el más joven de los *dinkas* se derrumbó como un fardo, y cuando acudieron a su lado con el fin de auxiliarle advirtieron que los gemelos de la pierna izquierda se le habían acalambrado hasta el punto de que más que de carne parecían tallados en un trozo de madera.

Pese a ello no dejó escapar ni el más mínimo lamento, limitándose a apretar los dientes y alargar la mano en un gesto de que le ayudaran a levantarse.

Le pidieron que se mantuviera tranquilo mientras sus compañeros le masajeaban la pierna intentando aliviar la dolorosa contractura, aprovechando la ocasión para comer algo pese a que aquellos peculiares habitantes del Sudd jamás comían a horas fijas.

Una de las cosas que más llamaba la atención en ellos era precisamente el hecho de que eran capaces de llevarse a la boca cualquier cosa que caminara, volara, nadara o se estuviera quieta.

Sus armas de defensa estaban constituidas por una larga lanza y un afilado machete, pero siempre esgrimían una delgada vara muy flexible y resistente que acababa en una dura punta en forma de flecha.

La utilizaban con tanta habilidad que no existía lagarto, rana, pájaro o pez que se pusiera al alcance al que no abatiera de inmediato de un leve golpe o clavándolo con asombrosa puntería de tal modo que seguían su camino entretenidos en despellejarlo, sacarle las tripas y devorarlo crudo como si cada uno de ellos fuera el más exquisito de los manjares.

Sentían, eso sí, una marcada predilección e incluso cabría asegurar que desaforada afición por los huevos de cocodrilo, y en cuanto se aproximaban a una laguna en la que se distinguiera a los peligrosos saurios se detenían a buscar las pequeñas piscinas que las hembras construían en las orillas y en cuyo fondo desovaban con el fin de que las crías se encontraran seguras en el momento de romper el cascarón.

Como sabían muy bien que la madre solía encontrarse en las proximidades protegiendo a su prole, dos de los agilísimos *dinkas* se dedicaban a acosarla con las lanzas y esquivar sus acometidas mientras el tercero expoliaba el nido.

Se alejaban luego cantando y riendo, felices, sonrientes y sin dejar ni por un instante de burlarse de la desesperada madre, puesto que en realidad aquélla parecía ser más una venganza que una necesidad de saciar el hambre.

Era cosa sabida que en los pantanales del Sudd los «comegente» constituían sus principales enemigos, les atacaban especialmente de noche, devoraban a sus hijos saltando incluso sobre la balsa, y por lo tanto, el simple hecho de acabar de un golpe con dos docenas de sus crías se convertía en un placer difícilmente comprensible para quien no perteneciera a su estirpe.

Con las primeras sombras de la tarde se alejaban cada uno en una dirección distinta, casi al instante se esfumaban como si se los hubiera tragado la tierra, y resultaba inquietante que con el alba hicieran de nuevo su aparición saliendo de la nada.

Poseían además un sentido del oído tan sólo comparable al de los «orejudos», y cuando se quedaban muy quietos y pedían con un gesto que se guardara silencio parecían capaces de determinar qué clase de animal pululaba en casi un kilómetro a la redonda.

—Yo he estado en el Sudd y me consta que entre los altos cañaverales y en medio de la bruma la visión resulta a menudo imposible... —señaló en un determinado momento Gunic—. Por eso estos salvajes son capaces de percibir cualquier sonido, duermen con una oreja pegada al suelo de la balsa y al parecer a través del agua distinguen si lo que se aproxima es un cocodrilo o un pez muy grande. ¡A mí me asombran!

Que a alguien nacido y criado en el lejano, desértico, primitivo y casi impenetrable Alto Kotto le asombraran las habilidades de lo que él consideraba «salvajes», daba una clara idea de hasta qué punto los *dinkas* eran a decir verdad una especie de reliquia dentro de la evolución de la especie humana.

Su forma de existencia ya era antigua en tiempos de los faraones y tal vez continuaría inmutable cuando los astronautas hubieran colonizado planetas muy lejanos.

Se agotaban a la hora de andar, pero fueron ellos los que en un determinado momento señalaron sin dudar un punto hacia el suroeste y comentaron en su extraña lengua:

—¡Hombres!

—¿Cuántos? —quiso saber Nsock.

Cuchichearon entre sí, tardaron un par de minutos en determinarlo, pero por último el de más edad alzó en silencio cuatro dedos.

—¿Armas de fuego? —inquirió de inmediato Gunic, y ante el seguro gesto de asentimiento Román Balanegra no pudo por menos que inquirir:

—¿Cómo diablos pueden saberlo?

—Distinguen el sonido metálico de un machete del que hace el cañón hueco de un fusil al tropezar con algo. Ya le dije que son asombrosos.

—¡Y tanto! —admitió el cazador—. Me hubiera venido bien tenerlos de guía, en lugar de este besugo que no diferencia el pedo de un burro del croar de una rana.

—¡Si serás cabrón! ¿Qué hacemos ahora?

El cazador ni siquiera tuvo tiempo de responder dado que sus cinco acompañantes habían desaparecido en la espesura con tal celeridad que apenas pudo darse cuenta de que se había quedado a solas con el pistero.

—¡Qué jodidos! —fue todo lo que pudo mascullar—. Son como fantasmas.

—¿Crees que han huido?

—Me temo que se van a cargar a esos cuatro cuando lo que nos interesa es conseguir que nos cuenten dónde diablos se oculta la puta comadreja.

—¿Nos sentamos a esperar?

—¡A no ser que prefieras hacerlo de pie...!

Se sentaron con las armas amartilladas, atentos a cuanto ocurría a su alrededor, y transcurrió un largo rato antes de que de entre la maleza surgieran los desaparecidos empujando ante ellos a dos maniatados miembros del Ejército de Resistencia del Señor.

—¿Y los otros? —quiso saber Román Balanegra.

—Ofrecieron «resistencia»... —replicó un sonriente Manero mientras se llevaba significativamente un dedo al cuello—. Supuse que os interesaría interrogar a éstos.

—Bien pensado, sí señor. ¡Muy bien pensado! —El cazador se encaró a uno de ellos que lucía los galones de sargento con el fin de espetarle sin más preámbulos—: ¿Dónde está Kony?

—Kony es el segundo hijo de Dios, hermano de Jesucristo, y por lo tanto se encuentra aquí y en todas partes.

—Pues lo que es aquí no lo veo... —fue la irónica respuesta—. Y como no tenemos tiempo de buscarlo en todas partes te aconsejo que empieces a soltar la lengua si no quieres que éstos te rajen el gaznate como a tus compañeros.

—En ese caso el cielo me abrirá sus puertas de par en par.

—Para tu información te aclararé, y lo sé de buena tinta por alguien que ha estado allí, que el cielo no tiene puertas, porque cuando se construyó aún no se habían inventado. Y dejándonos de chorradas te garantizo que antes de llegar a él te puedo hacer pasar una larga temporada en el infierno... —Se volvió al segundo prisionero, un congoleño de expresión hosca al que le faltaba una oreja, con el fin de inquirir—: ¿También tú eres de los que creen que irán al cielo?

—Por ello lucho.

—¿Y tampoco estás dispuesto a hablar?

—Tampoco —fue la seca respuesta.

—Eso está por ver... —Román Balanegra señaló con la mano un grueso árbol de unos cinco metros de altura que se alzaba a menos de veinte metros de distancia al tiempo que inquiría—: ¿Sabéis cómo le llaman las gentes de por aquí a la resina de ese árbol? —Ante el mudo gesto negativo, añadió—: Sangre de Satanás.

—¡No, por Dios! —exclamó Gazá Magalé en tono de claro y casi exagerado reproche—. No te creo capaz de hacer lo que estoy pensando.

—¿Y por qué no? —fue la áspera respuesta—. Están ansiosos por subir al cielo y cuanto más sufran antes lo alcanzarán... ¡Quítales las camisas!

—¡Pero hombre...!

—¡Escucha, negro! —le espetó su amigo y compañero de andanzas en un tono cada vez más agresivo—. Ya he perdido la cuenta del tiempo que llevamos pateando estos bosques y chapoteando por esos malditos fangales. Quiero acabar de una vez, y si este par de hijos de puta asesinos de niños no me facilitan las cosas se van a enterar de quién soy. ¡Andando!

Se aproximó al árbol que había señalado y valiéndose del machete le practicó una docena de cortes por los que a los pocos instantes comenzó a rezumar una resina blancuzca de la que se alejó de inmediato como si pudiera morderle.

Mientras les levantaba las camisas de arriba abajo dejándoles las espaldas al desnudo, el pistero no pudo por menos que agitar la cabeza una y otra vez en un gesto de franca reprobación al tiempo que comentaba:

—Lo tenéis crudo, negros, porque conozco a ese blanco racista y me consta que cuando empieza algo no para hasta acabarlo. Si la maldita Sangre de Satanás te roza un ojo te deja tuerto, y si una gota te cae en la cabeza te produce una calva de por vida; se os irá introduciendo en la carne como si se tratara de hormigas de fuego que os devorarán en vida, atacando las partes blandas de tal modo que pasarán horas, o tal vez días antes de que llegue al corazón.

—¡No puede hacernos eso! —protestó el desorejado en un tono que permitía percibir la intensidad de su angustia.

—¡Ya lo creo que puede! Es un jodido sádico que disfruta viendo cómo la gente sufre hasta el instante mismo en que la espicha.

Todo cuanto Gazá Magalé había asegurado, excepto el hecho de que Román Balanegra fuera un sádico racista, era cierto, puesto que un árbol que crecía en pantanales infestados de gusanos, lombrices, termitas y una infinidad de agresivos insectos que solían buscar refugio en sus troncos, sus ramas o sus hojas, no conocía otra forma de sobrevivir a sus ataques que protegerse a base de una savia inusitadamente venenosa y corrosiva.

Debido a ello no habían pasado ni tres minutos desde el momento en que les colocaron las espaldas sobre los cortes que había hecho el machete, atándolos por los brazos y las piernas con tanta fuerza que no conseguían mover más que la cabeza, cuando los desgraciados miembros del Ejército de Resistencia del Señor empezaron a comprender que el suplicio que les aguardaba iba mucho más allá de lo que cualquier ser humano pudiera resistir.

Sus verdugos se habían limitado a sentarse a descansar convencidos de que debían armarse de paciencia, dado que era cosa sabida que nadie había sido capaz de resistir tan cruel y refinada tortura.

—No es que me gusten estos métodos... —comentó al rato y en voz alta el cazador a modo de excusa—, pero estos cerdos han violado, descuartizado, abrasado, torturado o asesinado a miles de desgraciados, por lo que no entienden otro lenguaje que el de su propia ferocidad. Cada día que Kony continúe respirando es un día en que muchos inocentes dejan de respirar por su culpa, y por lo tanto debemos considerar que cada hora que ganemos es un tesoro que ofrecemos a hombres, mujeres y niños que han perdido ya toda esperanza.

—¡Visto de ese modo...! —masculló de mala gana el pistero.

—No hay otro modo de verlo. Al fuego se le combate con el fuego... —se dirigió casi burlonamente a quienes le miraban con los ojos dilatados por el terror con el fin de inquirir—. ¿Cómo va eso, negros? ¿Duele?

—¡Hijo de puta!

—Quien no está dispuesto a ser hijo de puta en un determinado momento está condenado a ser un cretino el resto de su vida, o sea que a joderse.

Primero fueron ahogados gemidos, luego sonoros lamentos y por último casi inconcebibles alaridos hasta que Román Balanegra consultó su reloj, se aproximó al árbol y señaló:

—Aún estáis a tiempo de salvar el pellejo, pero dentro de unos minutos esa puñetera Sangre de Satanás os habrá penetrado en la carne tan profundamente que aunque quisiéramos no podríamos hacer nada. O sea que vosotros mismos...

—¿Qué es lo que quieres saber?

—Ya os lo he dicho; ¿dónde se esconde la comadreja?

—Eso nadie lo sabe —señaló el desorejado—. Lo único que sabemos es que está levantando su cuartel general en la confluencia de dos ríos entre Pembo y Samauoli.

—Conozco la zona... —señaló de inmediato Gunic—. Pembo apenas tiene cinco chozas, Samauoli no pasará de la docena y desde hace meses se encuentran prácticamente deshabitadas.

—¿Existe por las cercanías alguna llanura lo suficientemente extensa como para que pueda aterrizar un avión? —quiso saber el cazador.

—No que yo recuerde... —replicó de inmediato el interrogado.

—En ese caso me temo que este mentecato se ha creído que somos imbéciles —masculló un malhumorado Román Balanegra al tiempo que comenzaba a recoger sus cosas dispuesto a marcharse—. Kony nunca perdería su tiempo montando su cuartel general en un lugar en el que no tuviera la seguridad de que le pueden abastecer por aire. Larguémonos de aquí y que esa puta resina les carcoma hasta los huesos.

—¡Espera! —intervino el sargento al que se le advertía aterrorizado y ya vencido—. No está mintiendo; me consta que ése es el punto de reunión de las tropas que van a cruzar la frontera, y se espera que muy pronto llegue Kony.

—¿Y cómo espera abastecer a tanta gente?

—Por avión... —Hizo una corta y significativa pausa sin duda con el fin de parecer absolutamente sincero para acabar por concluir—: Un avión anfibio.

—¿Un avión anfibio? —se sorprendió Gazá Magalé—. ¡No puedo creerlo!

—Te juro que es verdad... —casi sollozó el otro—. Hace tres meses que lo tenemos, está pintado de tal forma que no se le distingue desde el aire, y el piloto es capaz de aterrizar en cualquier laguna.

—¿Un blanco? —Ante el gesto de asentimiento del sargento el pistero insistió—: ¿Cómo se llama?

—Canadá Dry.

—¡Hijo de puta! —exclamó casi fuera de sí Román Balanegra—. ¡Frank *el Canadiense*! Ahora sí que te creo, porque me consta que ese cerdo mercenario se vende al mejor postor, aterrizaría en un bidet y aún le sobraría espacio. Con razón hace tanto tiempo que no se le ve la calva... —Se volvió a Gazá Magalé—. Tenía entendido que el gobierno le había confiscado el aparato, pero por lo que se ve la comadreja le ha proporcionado uno nuevo... —Hizo un gesto hacia el árbol al añadir—: Desatadlos y que se pongan en remojo. Cuando se les calme el dolor intentaremos arrancarles la resina, aunque me temo que les van a quedar agujeros para el resto de sus vidas.

La «operación» fue a decir verdad larga, compleja y

casi espeluznante, puesto que la Sangre de Satanás había hecho honor a su fama adhiriéndose a la piel como si intentara formar cuerpo con ella, por lo que se hizo necesario cortar la carne con sumo cuidado con el fin de que la corrosiva resina no continuara su implacable avance.

Le aplicaron luego a la herida salmuera mezclada con hojas de *pansalic* machacadas, lo que contribuía a contener la hemorragia al tiempo que constituía un poderoso analgésico.

Pese a ello ambos desgraciados acabaron por perder el sentido y al finalizar la salvaje intervención no eran más que dos guiñapos casi incapaces de mover un dedo.

—Es lo más repugnante, inhumano e inmoral que me he visto obligado a hacer en mi vida... —reconoció Román Balanegra mientras los observaba con evidente expresión de desagrado—. Pero si no hubiéramos conseguido hacerles hablar podríamos habernos pasado un año vagando por estos pantanales sin ponerle la mano encima a ese canalla.

—Pues como sea verdad lo que han dicho y tenga la intención de internarse en Sudán a través del Sudd no le pondremos la mano encima ni en diez años.

—Ni siquiera Joseph Kony está tan loco como para internarse en el Sudd.

—Entre chinos, hindúes, coreanos, japoneses, filipinos e indonesios suman tres mil quinientos millones de seres humanos, es decir, más de la mitad de los habitantes del planeta. —El tono de voz de Tom Scott era de evidente preocupación—. Y hace unos meses un grupo de empresarios coreanos intentó comprar la mitad de la isla de Madagascar con el fin de convertirla en campos de cultivo, aunque la operación falló en el último momento debido a que los militares dieron un golpe de Estado contra el gobierno que había aprobado la venta...

Se encontraban reunidos de nuevo los cuatro, pero en esta ocasión lo habían hecho como si se tratara de fugitivos de la justicia, partiendo cada uno desde Bruselas en horas y en direcciones diferentes para ir a coincidir al atardecer en el chalet de un ex amante de Valeria Foster-Miller, un millonario solterón que había dado una evidente muestra de caballerosidad al entregarle las llaves de su «refugio más íntimo y personal» sin hacer preguntas indiscretas.

Y es que Tom Scott había asegurado que tenía cosas importantes que contarles respecto al Ejército de Resistencia del Señor.

—Por lo que mi gente ha conseguido averiguar... —puntualizó al poco de encontrarse acomodados en torno a la chimenea—, Kony ha decidido «diversificar sus actividades» visto que el negocio del oro está dejando de ser rentable y cada día le resulta más difícil conseguir la gran cantidad de coltan que necesita a la hora de pagar y pertrechar a sus hombres. Su ejército ha crecido en exceso, la mayor parte de sus miembros ya no lucha por un ideal religioso sino por el botín, y si no hay dinero a repartir acabarán por amotinarse.

—¿Acaso no les basta con los saqueos? —quiso saber un sorprendido Sacha Gaztell, que era sin duda el más consciente de los abusos que solían cometer los rebeldes durante sus sanguinarias incursiones.

—Ya no les queda nada que saquear... —fue la inmediata respuesta—. Llevan tanto tiempo arrasando la región que los nativos no disponen ni de un pedazo de pan que llevarse a la boca. Lo único que pueden hacer sus tropas es violar, raptar, torturar y asesinar, pero incluso eso acaba por cansar. —Extrajo de un portafolios que descansaba sobre la mesa una serie de documentos y los exhibió como si se tratara de una prueba irrefutable al añadir—: Según este estudio de la Agencia de las Naciones Unidas para la Agricultura, los países superpoblados asiáticos, los Emiratos Árabes, así como muchas empresas transnacionales y fondos de inversión occidentales se están dedicando a adquirir inmensas extensiones de terreno en África y Sudamérica con el fin de dedicarlos a la producción de alimentos.

—¿Qué tiene eso de malo, y qué tiene que ver con el Ejército de Resistencia del Señor? —quiso saber Víctor Durán—. Supongo que acabar con el hambre de la humanidad es uno de los grandes retos de nuestro tiempo.

—Y supones bien.

—¿Entonces...?

—Todo depende de cómo se haga, porque si con el fin de proporcionar alimentos a los ricos, se despoja de sus tierras y se mata de hambre a los pobres nos encontramos con el eterno problema de explotación que ha marcado la historia de la humanidad desde el comienzo de los tiempos.

—Eso es muy cierto... —admitió Valeria Foster-Miller mientras servía las copas, ya que en cierta manera aquélla había sido «su casa» durante muchos fines de semana—. Las tierras ricas suelen conquistarse por medio de sangrientas guerras, pero también se han dado casos diferentes, como el de aquel estúpido zar de Rusia que malvendió a los norteamericanos un territorio tan inmenso como Alaska en siete millones de dólares. Años después, una única mina de Alaska, la de Klondike, producía más oro en una semana. Vender el suelo que pisas es pan para hoy y hambre para mañana. —Colocó un vaso ante Tom Scott al tiempo que se disculpaba añadiendo—: Perdona el inciso.

—Viene a cuento.

—Continúa, por favor...

—Como iba diciendo, la búsqueda de terrenos aprovechables se está convirtiendo en uno de los más prometedores negocios del futuro. Hasta no hace mucho el primer objetivo de los grandes inversionistas se centraba en el petróleo, pero la tendencia está cambiando a la vista de que cada día aparecen nuevos yacimientos en lugares muy diversos, lo cual impide el monopolio y reduce de forma drástica las ganancias.

—Eso es muy cierto —reconoció Sacha Gaztell de inmediato—. Ya los miembros de la Organización de Países Exportadores de Petróleo tan sólo controla el treinta por ciento de la producción mundial.

—Y debemos tener en cuenta que millones de seres

humanos no consumen ni una gota de petróleo al día mientras que todos necesitan comer.

—¿Pretendes decir con eso que el dinero va ahora en busca del hambre? —insinuó Víctor Durán.

—Sería una forma de expresarlo —admitió el otro—. A más hambre, más dinero.

—Triste.

—Puñeteramente triste, pero cierto. Empresas muy poderosas están invirtiendo miles de millones en la producción de alimentos transgénicos con vistas a abastecer esos mercados.

—Admito mi ignorancia... —reconoció Sacha Gaztell con encomiable sinceridad—. Pero nunca he tenido muy claro qué es eso de los alimentos transgénicos.

—Son organismos genéticamente modificados, sobre todo semillas de arroz, soja, maíz o patata en las que se han introducido el gen de un animal, planta o bacteria con una técnica tan poco fiable como la ingeniería genética —le aclaró en este caso Valeria Foster-Miller, que sí parecía familiarizada con el tema—. Esta modificación causa efectos no deseados en los cultivos, el medio ambiente e incluso la salud de los consumidores.

—Suena a algo extremadamente peligroso.

—Y lo es porque se ha demostrado que la ingeniería genética provoca efectos colaterales y las actuales evaluaciones de riesgo son inadecuadas para predecir cualquier impacto negativo en la salud.

—¿Y qué tiene eso que ver con el Ejército de Resistencia del Señor y los crímenes del hijo de la gran puta de Joseph Kony.

—Es lo que estamos intentando averiguar... —puntualizó Tom Scott—. Esos alimentos manipulados, sobre todo el arroz y el maíz, resultan infinitamente más rentables que los cosechados de forma natural, pero la mayoría de los gobiernos «civilizados» impiden que se cultiven e incluso que se comercialicen en sus países. Por ello sospechamos que empresas sin escrúpulos pretenden producirlos de forma masiva en lugares en los que no les pongan ningún tipo de trabas, para lo cual han corrompido previamente a sus dirigentes.

—¿Como por ejemplo?

—El Sudd, en Sudán, y tal vez la región oriental de la República Centroafricana, ya que se trata de humerales y pantanales muy apropiados para plantar arroz. Juntos suman casi setecientos mil kilómetros cuadrados; es decir, aproximadamente el tamaño de Francia.

—¡Qué barbaridad! ¡Un arrozal del tamaño de Francia! ¡Mucha gente va a hartarse!

—O a morir como chinches... Greenpeace ha pedido en repetidas ocasiones que se deje de plantar arroz manipulado por la empresa Bayer visto que la biotecnología es incapaz de controlar la contaminación transgénica. Sin embargo, en el sur de Asia existen en estos momentos mil cuatrocientos millones de hambrientos que parecen dispuestos a devorar cualquier cosa aun a costa de que acabe envenenándoles.

Sacha Gaztell dejó sobre la repisa de la chimenea el vaso de vodka que tenía en la mano como si el simple hecho de estar disfrutándolo durante el transcurso de semejante conversación se le antojase inapropiado, al tiempo que inquiría:

—¿O sea que si no he entendido mal existen empresas decididas a matar lentamente a mil cuatrocientos millones de otras personas a base de apoderarse de tierras vírgenes con el fin de cultivar en ellos alimentos inadecuados?

—¡Más o menos!

—Pero Dios no puede permitir algo así...

—¿A qué Dios te refieres?

—Dejemos ese tema religioso a un lado... —suplicó Virginia Foster-Miller—. Lo que ahora importa es confirmar que Joseph Kony está implicado en este proyecto y tratar de averiguar quiénes le respaldan.

—Confiemos en que el hombre que eligió Sacha acabe con Kony de una vez por todas, con lo cual poco importará que esté implicado o no... —Tom Scott se volvió ahora al aludido, que permanecía en pie junto a la chimenea—: ¿Sigues sin noticias de nuestro amigo el cazador? —Ante el ligero gesto afirmativo añadió—: En ese caso me temo que el viejo dicho de que «no tener noticias son buenas noticias» es erróneo y nos equivocamos al suponer que un hombre solo podría acabar con semejante alimaña.

—No es uno, son dos y aún confío en ellos.

—Ten algo muy presente, querido... —insistió Tom Scott en un tono de manifiesta acritud—. Lo que está en juego no son tan sólo millones de vidas, sino también unos humerales en los que anidan la mayor parte de las aves que emigran cada año entre Europa y África, así como infinidad de especies de animales salvajes para las que esa región constituye un último refugio. Nos enfrentamos a una terrible catástrofe ecológica y humana, por lo que creo que no basta con confiar en que alguien sea capaz de volarle la cabeza a alguien. El problema va mucho más allá.

—Lo entiendo, pero no se me ocurre qué más podemos hacer; ellos tan sólo son dos allí, y nosotros tan sólo cuatro aquí... ¿Cuál es la diferencia?

La Vignette Haute, en el pueblecito de Aribeau Sur Signe, a diez minutos en coche de Grasse y veinte de Niza, se había convertido en uno de los restaurantes predilectos de las estrellas de cine que acudían cada año al Festival de Cannes, lo cual significaba que durante los diez o doce días que solía durar resultaba casi imposible conseguir mesa ya que constituían legión quienes anhelaban sentarse cerca de sus héroes de la pantalla.

La cocina era excelente, el servicio impecable, las vistas sobre la costa fabulosas, el perfume de las flores embriagador, el ambiente a medio camino entre rural y romántico y los precios ciertamente astronómicos, pero ese último detalle no preocupaba en absoluto a unos clientes que consideraban, y con cierta razón, que encontrarse en semejante lugar en semejantes fechas constituía una especie de certificado de que habían alcanzado la cima del mundo.

Presidiendo una larga mesa a la que se sentaban casi una treintena de hombres y mujeres de los que ocupaban casi a diario las páginas de las revistas y los noticieros de televisión, Beltran Buyllett, también conocido en el mundillo del espectáculo como BB, tenía sobrados motivos para sentirse orgulloso puesto que aquella misma tarde su última película había sido muy bien recibida tanto por el público como por la crítica al ser proyectada en la Sección Oficial del Festival.

Estaba convencido de que no era del tipo comedias a las que se les acostumbrara a conceder la Palma de Oro, pero con un poco de suerte y moviendo los hilos apropiados tal vez podría aspirar al premio a la mejor actriz, lo cual no estaba nada mal para un productor que tan sólo llevaba cuatro años en la profesión.

Y es que desde muy niño a Beltran Buyllett le había apasionado el ambiente del cine, pasión que fue creciendo con el paso del tiempo.

Encontrarse por tanto allí, en La Vignette Haute un sábado de Festival, rodeado por «sus actores», «su director», «su guionista», sus mejores amigos y una docena de mujeres espléndidas, le obligaba a considerarse feliz y orgulloso por el largo camino recorrido.

Todo transcurría según había imaginado desde hacía años, hasta que a los postres se le aproximó un camarero con el fin de entregarle un sobre de parte de «la bella señorita que está cenando sola en la última mesa del jardín».

Cuando un productor de cine de mediana edad recibe una nota de una bella señorita que cena sola suele presuponer que se trata de un número de teléfono y una interesante propuesta, pero en esta ocasión no fue así; Beltran Buyllett dedicó una distraída ojeada al papel que contenía el sobre y de improviso tuvo la sensación de que la montaña en cuya cima creía encontrarse se rajaba con el fin de enviarle a un abismo sin fondo.

26/03/97 41567-SWD

Evidentemente no se trataba de un nombre y un número de teléfono, sino una fecha y la matrícula de un vehículo.

Dedicó un par de minutos a un casi inútil intento de serenarse, abandonó la mesa pidiendo disculpas a sus invitados, se dirigió al baño, y allí releyó una y otra vez la nota como si le costara un supremo esfuerzo admitir que una serie de números sin una sola palabra fueran capaces de arruinarle la mejor noche de su vida.

Orinó como si con ello descargara parte de la tensión que se le había acumulado en la boca del estómago y se dirigió, fingiendo una serenidad que no sentía, a la alejada mesa del jardín que se encontraba casi en penumbras y en la que una muchacha de peluca rubia que ocultaba los ojos tras unas enormes pero elegantes gafas ahumadas se sentaba de cara al paisaje y de espaldas al resto de los comensales.

—¿Qué demonios significa esto? —inquirió roncamente.

—Lo sabe muy bien... —fue la suave respuesta—. Siéntese y tranquilícese porque no he venido a hacerle chantaje ni a intentar sacar provecho de lo que sé.

—¿Ah, no? —se sorprendió BB mientras se acomodaba en la silla que le indicaba la desconocida—. ¿Qué significado tiene entonces esta nota?

—Tan sólo sirve para recordar que hace doce años, en esa fecha, tres desconocidos asaltaron el furgón blindado a que corresponde esa matrícula llevándose casi cuatro millones de euros y dejando tras ellos los cadáveres de dos transeúntes y un guarda malherido. Aún continúa en silla de ruedas.

—¿Me está acusando de haber tomado parte en un atraco a mano armada?

—¡En absoluto! No soy quién para acusar a nadie, pero tengo pruebas de que los fusiles de asalto que se utilizaron en dicho asalto pertenecían a una partida de cuatrocientos que habían sido enviados a los rebeldes del Chad.

—¿Y eso qué tiene que ver conmigo? —inquirió en un tono de fingida inocencia o indignación Beltran Buyllett.

—Que en nuestros archivos consta que usted era el encargado de transportarlos hasta el Chad y curiosamente faltaban tres cuya numeración coincide con los que abandonaron los atracadores.

—¿Sus archivos...?

—Los de la empresa para la que trabajo y para que trabajaba usted por aquellas fechas: la AK-47.

—¡No es posible! —protestó el otro cada vez más nervioso—. AK-47 era una persona, no una empresa.

—Los tiempos cambian —replicó sin inmutarse Orquídea Kanac inclinando la cabeza con el fin de observarle mejor por encima de las gafas—. ¡Y mucho! Hace doce años usted era el desesperado cabecilla de un pequeño grupo de atracadores, mientras que ahora se ha convertido en el presidente de seis importantes empresas, entre ellas una productora de cine que en realidad no es más que una gran máquina de lavar el dinero que le proporcionan los asaltos y el tráfico de drogas...

Se diría que el furibundo acusado estaba a punto de alzar al brazo y golpear a su compañera de mesa, pero se contuvo con un sobrehumano esfuerzo, se cercioró de que nadie parecía estar pendiente de sus palabras y al fin masculló casi con un susurro aunque mascando las palabras:

—¿Cómo se atreve...?

—Me atrevo porque no es más que la verdad.

—Una fecha y un número de matrícula no prueban nada.

—Entienda que no tenemos el menor interés en probar nada ante ningún tribunal. Pero en esta hoja encontrará anotados los números de sus cuentas secretas en bancos suizos y panameños... —La muchacha le alargó un papel mientras sonreía beatíficamente—: Si esos datos llegaran a manos inadecuadas se pasaría lo que le queda de vida en la cárcel y le garantizo que no sería mucha vida, porque sus socios se preocuparían de silenciarle. Saben que sabe demasiado.

—¿Y qué es lo que pretenden con todo esto?

—Dos cosas: la primera, que se ocupe de que nadie, ¡absolutamente nadie!, asalte a partir de hoy mismo ninguna vivienda al norte de la autopista y en la franja comprendida entre Niza y San Rafael.

—¿Y cómo cree que puedo conseguirlo?

—Advirtiendo que quien lo haga se enfrentará a su organización, que me consta que es una de las más poderosas de la región. Los «ojeadores», los chivatos, los receptores de objetos robados y todos los hampones de la costa deben tener muy claro que se trata de «un territorio vedado» que se encuentra bajo su especial protección.

—¡Pero me está pidiendo una tarea imposible!

—Imposible o no es su problema... —señaló ella con manifiesta indiferencia—. Desde este momento se ha convertido en el «guardián en la sombra» de un buen número de hogares de gente muy rica que lo único que desea es disfrutar de lo que tienen sin sobresaltos. Y entre ellos se encuentran algunos de los dirigentes de la AK-47. Al primer atraco revelaremos la existencia de esas cuentas secretas y resultará inútil que intente llevarse el dinero a otra parte porque sabemos cómo seguirle el rastro; al segundo le contaremos a la policía cómo se las ingenia para lavar tanto dinero por medio de la productora, y al tercero se encontrará con una acusación de asalto a mano armada con el resultado de dos asesinatos.

—No se atreverían a hacer eso.

—Sí que nos atreveríamos... —aseguró su interlocutora segura de lo que decía—. Si trabajó durante años para AK-47 sabe muy bien cómo actúa. No nos gusta molestar pero tampoco nos gusta que nos molesten; contenga a su gente y todo seguirá como hasta ahora.

Beltran Buyllett había llegado «a la cima» porque tenía muy claro cuándo se encontraba en una posición dominante y cuándo tenía las de perder. De igual modo le constaba, por el hecho de haber trabajado durante años para AK-47, que quienesquiera que fuesen los que controlaban dicha organización eran tan astutos y prudentes que nunca nadie había conseguido desenmascararles, por lo que no sería él quien lo lograra. A la vista de ello decidió obrar con lógica, limitándose a mascullar de mala gana:

—¡Está bien! Haré lo que pueda.

—Con eso no basta, pero sabe muy bien lo que se juega: tres fallos y se acabó.

—¡Le he dicho que haré lo que pueda! No soy Dios.

—Pues hace un momento, presidiendo aquella mesa, lo parecía... —Orquídea Kanac sonrió de una forma realmente seductora al añadir—: Aún hay otra cosa.

—¡Vaya por Dios! ¿Y es?

—Que nos encontramos en disposición de blindar todas las operaciones que realice a través de Internet a cambio de una pequeña comisión. —Hizo una corta pausa con el fin de que su interlocutor asimilase lo que trataba de hacerle entender y por fin insistió—: Le garantizamos que nadie conseguirá acceder a sus sistemas informáticos con la misma facilidad con que nosotros lo hemos hecho.

—¿Y cómo consiguieron ese acceso? —quiso saber evidentemente escamado el productor de cine—. Porque la verdad es que me sorprende; tenía entendido que mi gente era muy buena en ese aspecto.

—No importa lo buena que sea —le hizo notar su acompañante—. Cometió el error de mantener operativas las cuentas a las que le enviábamos los pagos cuando hacían transportes para nosotros, por lo que al disponer de esos datos conseguimos seguirle el rastro a su dinero... —La dueña de L'Armonia hizo una corta pausa antes de añadir—: La informática e Internet se han convertido en herramientas imprescindibles, pero al depender tanto de ellas corremos el riesgo de quedarnos con el culo al aire.

—Empiezo a darme cuenta.

—¿Ha oído hablar de «La Muralla China»?

—He estado en ella.

—No me refiero a la de piedra, sino a la otra; la que actúa en Internet.

—Tengo una ligera idea.

—En ese caso sabrá que quien se refugia tras esa impresionante e impenetrable muralla invisible vive seguro.

—Eso es lo que tengo entendido, pero por lo que me han dicho si no eres chino resulta imposible penetrar en ella.

—Nosotros disponemos de una clave de acceso, y por lo tanto le puedo proporcionar seguridad. —Orquídea Kanac hizo una nueva pausa tal como acostumbraba cuando deseaba que su oponente se fuera preparando para lo que vendría a continuación y acabó por preguntar como si la propuesta careciera de importancia—: ¿Se le antojaría excesivo invertir un dos por ciento de sus ganancias en la consecución de una absoluta seguridad?

BB meditó unos instantes, dirigió una mirada a la mesa en la que se encontraban sus amigos y que debían de estar preguntándose por las razones de su prolongada ausencia, sopesó en todo su valor la interesante propuesta y concluyó por asentir con un discreto ademán de la cabeza.

—¡No! No se me antojaría excesivo si me garantizaran el blindaje de todos mis sistemas informáticos tras esa famosa «Muralla China».

—¿Le basta la palabra de AK-47?

—Siempre me ha bastado.

—En ese caso vuelva con sus amigos a celebrar el éxito de su película; y si nos abona ese dos por ciento disfrutará tranquilamente del resto mientras viva. ¿Es un acuerdo?

—Es un acuerdo.

—¡Que se divierta!

—Lo mismo digo...

Beltran Buyllett se dispuso a presidir de nuevo la mesa de invitados, avanzó hacia ellos golpeándose las manos con gesto de satisfacción a la par que sonreía de oreja a oreja a cuantos le observaban con cierta perplejidad, pero en el momento en que tomó asiento y alzó la vista hacia el rincón del jardín, descubrió que la inquietante muchacha de la peluca había desaparecido.

Alzó su copa dispuesto a pronunciar un brindis puesto que las cosas habían salido bastante mejor de lo que en un principio había imaginado en el justo momento en que quien tal mal rato le había hecho pasar penetraba en el automóvil en que Supermario la esperaba.

—¿Cómo ha ido? —quiso saber éste mientras enfilaba la serpenteante carretera que les llevaría hasta Grasse.

—Podría haber sido mejor.

—¿Cuál es el problema...? —quiso saber el italiano.

—Ninguno... —se limitó a replicar su pasajera mientras ensayaba un leve mohín de disgusto—. Pero sospecho que si le hubiera apretado las tuercas habría conseguido sacarle a ese cretino un cuatro en lugar de un mísero dos por ciento.

—¡Por los clavos de Cristo, pequeña! —no pudo por menos que escandalizarse quien parecía a punto de perder el control del vehículo en una carretera estrecha, oscura y sinuosa—. ¿Es que no te das cuenta de que estás extorsionando a uno de los principales criminales del país.

—No le estoy extorsionando; le estoy protegiendo —puntualizó ella—. Y ve más despacio porque vas a conseguir que nos matemos... —Aguardó a que su acompañante se serenase reduciendo la inapropiada velocidad dado lo accidentando del terreno antes de añadir—: Y ten muy presente que Beltran Buyllett se sabe mucho más vulnerable que quienes nunca han cometido un delito porque cuando la gente honrada da un paso en falso tan sólo paga las consecuencias de ese paso, mientras que un paso en falso de un delincuente habitual arrastra tras de sí todos los malos pasos que dio con anterioridad.

—¿Lo sabes por experiencia o es que has hecho un curso intensivo sobre delincuentes? —masculló el italiano con manifiesta ironía.

—He estudiado lo suficiente como para distinguir entre aquellos a quienes les gusta cometer crímenes porque está en su naturaleza y aquellos que tan sólo infringen la ley porque lo que les interesa es el dinero. Y Buyllett es de estos últimos; he hurgado en su vida, he leído muchos correros electrónicos que ha enviado durante los últimos meses y estoy convencida de que lo único que ansía es convertirse en un gran productor de cine.

—Eso es lo que nos gustaría a todos...

—Lo supongo ya que debe de ser un trabajo divertido e interesante. También supongo que Buyllett hubiera preferido conseguirlo honradamente, pero como no fue así vive aterrorizado por la idea de que su pasado le arrebate el hermoso juguete que tiene entre las manos.

Ninguno de los dos volvió a pronunciar palabra hasta que llegaron al porche de L'Armonia, pero una vez que hubieron tomado asiento con sendas copas de coñac en las manos, él inquirió:

—¿Te das cuenta de que un dos por ciento de los negocios de Buyllett significan una fortuna?

—Por lo que he entresacado de sus cuentas calculo que nos proporcionará unos cinco millones al año —admitió ella guiñándole un ojo—. Y el treinta por ciento es tuyo.

—Con eso me basta —admitió él.

—Tendrás más.

Mario Volpi la miró de reojo temiendo lo peor al inquirir en tono de manifiesta preocupación:

—¿Pretendes decir con eso que no dejaremos el negocio de las armas?

—¡Naturalmente!

—¿Es que te has vuelto loca? —le espetó sin el menor reparo—. Si Buyllett paga, y estoy seguro de que lo hará porque le conviene, podrás vivir con toda comodidad el resto de tu vida. ¡Total, para lo que gastas sin salir de casa...!

Orquídea Kanac paladeó muy despacio su bebida, permaneció largo rato con la cabeza echada hacia atrás y los ojos cerrados y, cuando su interlocutor comenzaba a preguntarse si se habría quedado dormida, musitó quedamente:

—Tengo planes; grandes planes, y para llevarlos a cabo necesito ese dinero.

—¿Grandes planes? —se alarmó su único amigo—. ¡Me asustas! ¿En qué demonios estás pensando ahora?

—En comprar la vieja fábrica de los Guitay, modernizarla, crear mi propia marca y lanzar un nuevo perfume.

El italiano parecía no poder creerse lo que estaba oyendo puesto que sin duda se le antojaba un auténtico disparate.

—¿Un nuevo perfume? —repitió—. ¿Quién necesita en estos tiempos un nuevo perfume? ¡Existen miles de perfumes!

—Ninguno como éste.

—¿El que llevas puesto? —quiso saber él—. Es muy suave, pero lo percibí en cuanto subiste al coche.

—¿Y qué opinas?

—Que es agradable pero extraño.

—Lo sé... —admitió la muchacha—. ¿Pero te gusta o no te gusta?

—Me gusta, aunque no me parece apropiado para ti.

—¿Y para ti?

—Tampoco.

—¡Gracias!... —señaló ella volviéndose a mirarle a los ojos al tiempo que sonría visiblemente satisfecha—. Es lo que estaba deseando que dijeras: que se trata de un aroma suave, agradable, distinto a todos y sobre todo neutro; es decir, un perfume que lo mismo podrían utilizar los hombres que las mujeres pero que probablemente ningún hombre ni ninguna mujer usaría nunca.

—¿En ese caso quién va a comprarlo? —masculló un casi furibundo Supermario—. ¡Cuando yo digo que cada vez estás peor de la cabeza...!

—No se trata de ganar dinero; lo que pretendo es demostrar que una mujer sin familia, con un único amigo, que no sale apenas de su casa, que ve el mundo a través de una pantalla y no tiene el menor escrúpulo a la hora de traficar con armas o asociarse con individuos de la peor calaña puede conseguir algo que nadie ha conseguido a lo largo de los siglos.

—¿Y es?

—Facilitar una nueva forma de relación a quienes más lo necesitan.

—No entiendo a qué demonios te refieres... —protestó un Mario Volpi que comenzaba a impacientarse con lo que se le antojaba una conversación carente de sentido—. O me lo aclaras, o me voy a dormir porque estoy hasta el gorro de escuchar sandeces.

—Respóndeme antes una sencilla pregunta... —rogó ella a la par que le colocaba la mano sobre el antebrazo como si pretendiera impedir que abandonara su butaca—. ¿Quiénes no pueden relacionarse con sus iguales que se encuentran en las proximidades porque no saben que están allí?

El que fuera durante casi treinta años contable y mano derecha de Julius Kanac observó perplejo a la hija de su difunto jefe, arrugó el entrecejo en lo que parecía significar un supremo esfuerzo o un desesperado intento por averiguar a qué o quién se estaba refiriendo, y concluyó por encogerse de hombres aceptando su derrota mientras replicaba.

—Nunca he sido bueno para los acertijos.

—Pues no es difícil, querido; nada difícil —le hizo notar ella con una nueva sonrisa esta vez mucho más amplia—. Los únicos seres humanos que pueden cruzarse con un igual en la calle y compartir la misma sala, el mismo restaurante o el mismo autobús sin advertirlo, son los que suelen tener más aguzado el sentido del olfato y distinguir con mayor nitidez los olores debido a que les falta un sentido esencial: el de la vista.

—¿Te estás refiriendo a los ciegos?

—¡Exactamente! A lo largo de la historia los invidentes se las han ingeniado a la hora de comunicarse por medio del tacto, a lo que el sistema braille contribuyó de forma primordial; también han progresado de modo increíble en todo lo que se refiere al oído ya que utilizan más que nadie la radio y el teléfono, pero a mi modo de ver no han progresado de igual modo en lo que se refiere al olfato.

—En eso puede que tengas razón.

—La tengo; recuerdo que en el pueblo vivía un perfumista ciego, una «nariz» excepcional que era capaz de reconocer a casi todos los vecinos de Grasse por su olor, pero ni siquiera él hubiera sido capaz de distinguir el aroma que desprenden todas las personas de este mundo, por lo que no hubiera conseguido señalar cuál de ellas era igualmente invidente.

—¿Y crees que con un perfume exclusivo lo hubiera logrado?

—Sin duda; mi idea es «facilitar» a las asociaciones de ciegos esta nueva esencia a bajo coste e intentar convencerles de las ventajas que proporcionaría a sus miembros el hecho de descubrir de forma sencilla y natural que en las proximidades se encuentra alguien con quien tienen mucho en común.

A Supermario no le quedó más remedio que asentir con la cabeza antes de apurar por completo su copa y comentar:

—Admito que es muy posible que de ese modo se facilitase una relación más fluida entre ellos; el primer paso para una comunicación estriba en reconocerse mutuamente distinguiéndose del resto de cuantos les rodean.

—Veo que empiezas a entenderme.

—Soy malo para los acertijos, pero no estúpido; admito que ése sería el mejor destino que se le podría dar al dinero de un hijo de perra como Beltran Buyllett, pero insisto en que no sería mala idea aprovechar la ocasión para retirarse del negocio de las armas.

—Como tú mismo dijiste, querido, mientras exista quien fabrique armas existirán quienes las vendan. Los gobiernos, incluso los más progresistas, no tienen el menor reparo a la hora de promover y proteger su industria armamentista, por lo que hasta que no cambien su actitud no cambiaré la mía. La única diferencia estriba en que una pequeña parte del dinero que obtenga vendiendo armas lo utilizaré en ayudar a los invidentes.

—Suena a disculpa.

—La mayoría de las personas que conozco se pasa media vida disculpándose ante los demás —fue la firme respuesta—. Y como para mí «los demás» no existen queda muy claro que no hago esto por altruismo, sino porque me apetece hacerlo de la misma forma que podría apetecerme pintar la casa de color rosa o alargar la piscina.

—Yo no lo veo de ese modo... —intentó defenderse el otro—. Más bien creo que...

Orquídea Kanac le interrumpió con un gesto, dejó la copa sobre la mesa y se irguió en su asiento con el fin de colocarse a un metro frente a él al tiempo que le apuntaba directamente con el dedo.

—¡Escúchame bien y no pierdas el tiempo creyendo nada ni imaginando nada! —dijo en un tono de una acidez desacostumbrada en ella—. Mis padres me lo dejaron claro al suicidarse y he acabado por aceptar la cruda realidad:

todo lo que hago es por mí, y nada más que por mí. Me gusta vivir en L'Armonia, tener una bodega con los mejores vinos, y jugarme el dinero al póquer a través de Internet. Me encanta comunicarme con miles de personas que se encuentran en los lugares más impensables y a las que puedo ver como si se encontraran donde tú estás. Si me interesa lo que dicen las escucho, si me aburren aprieto una tecla y desaparecen para siempre. Disfruto al sentirme protegida por una Muralla China y comprender que los demás son vulnerables a mis ataques mientras por otro lado la televisión me proporciona cine, teatro, ópera, magníficos documentales y las noticias minuto a minuto... ¿Qué más puedo desear?

—Amor.

—¿Te refieres a una relación sentimental con una pareja estable, al amor maternal, o tal vez estás pensando en las simples necesidades sexuales?

—A todo.

—Con respecto al amor maternal, dentro de un año me habré convertido en la primera «madre virgen» de la historia; incluso pediré que me practiquen la cesárea con el fin de que mi virginidad perdure hasta que la devoren los gusanos. En lo referente a necesidades sexuales no tengo problemas: cada noche me masturbo, me quedo relajada y duermo como un ángel... —Orquídea Kanac alargó el dedo con el fin de apretar levemente la nariz de aquel a quien había considerado desde niña un tío carnal al añadir—: En cuanto a las relaciones de pareja, he descubierto que quien necesita una pareja es porque no se basta a sí mismo, y no es mi caso.

—Ésa es una de las declaraciones de presunción y egolatría más descaradas que haya escuchado nunca.

—De nuevo te equivocas, querido; el ególatra se considera superior, por lo que necesita que los demás le admiren; yo no me considero superior; tan sólo soy diferente. Y desde luego en absoluto admirable; más bien despreciable puesto que lo único que me importa soy yo y la maravillosa torre de marfil que estoy consiguiendo construirme... —Se encogió de hombros en un gesto con el que pretendía evidenciar que en aquel punto daba por concluida la larga conversación—. Pero eso es lo que hay.

—Pues no es como para sentirte orgullosa.

—¿Y qué es lo que pretendes? ¿Que además de vivir como vivo a base de traficar con armas me sienta orgullosa? ¡Por los clavos de Cristo, Mario! Sería injusto para con los miles de millones de seres humanos que viven en la más absoluta miseria.

Aunque los nativos eran partidarios de acabar con ellos, tanto Román Balanegra como su pistero consideraron que los prisionero se encontraban en tan pésimas condiciones que no valía la pena. En el mejor de los casos tardarían una semana en estar en disposición de moverse, por lo que se limitaron a dejarles comida y un par de machetes con los que defenderse del ataque de las fieras.

El hecho de que consiguieran sobrevivir o no era ya su problema.

Gunic, que era el único que tenía una clara idea de dónde se encontraba el lugar en el que al parecer Joseph Kony pensaba congregar a parte de su ejército, se ofreció para avanzar en vanguardia acompañado por dos de los *dinkas*.

Señaló con un gesto a los que había elegido para ir con él al tiempo que aclaraba:

—Para localizar a los enemigos necesitan silencio, y yo sé caminar en silencio; es preferible que vosotros nos sigáis algo más retrasados.

El sistema garantizaba una mayor seguridad, ya que haciendo uso de su extraordinaria capacidad auditiva los *dinkas* que marchaban en cabeza detectaban con nitidez los sonidos metálicos, las voces humanas y cualquier ruido impropio del bosque o el pantanal.

A la menor señal de alarma se detenían e imitaban a la

perfección el canto de una de las incontables aves de las marismas, consiguiendo de esa forma que el compañero que marchaba en retaguardia interpretara de inmediato sus mensajes.

La progresión era por desgracia demasiado lenta, aunque muy apropiada al ritmo de vida de los nativos del Sudd, visto que en su lugar de origen apenas había ocurrido nada digno de mención en el transcurso de los últimos cuatro mil años.

Incluso para dos veteranos cazadores acostumbrados a moverse con enorme sigilo a la hora de aproximarse a un elefante de buen olfato, excelente oído y amenazadores colmillos, la parsimonia con la que se tomaban la vida los *dinkas* resultaba ciertamente irritante, puesto que en ciertos momentos más parecía que se encontraran participando en una placentera excursión campestre que en la persecución de un peligroso genocida.

Y por si fuera poco de tanto en tanto se detenían con el fin de atizarle con su larga varita flexible a una rana, una rata de campo o una lagartija que de inmediato despellejaban para que desapareciera para siempre en el interior de sus insaciables estómagos.

Hasta los saltamontes les resultaban apetitosos.

La impaciencia de quienes se aburrían mortalmente se vio, no obstante, compensada por el hecho de que pasado el mediodía quienes marchaban en vanguardia anunciaron que habían detectado la presencia de grupos de hombres armados al sur y al oeste, uno de los cuales avanzaba con tanta rapidez en dirección oeste que pronto superarían por la derecha su posición actual, lo cual quería decir que en esos momentos los siete se encontrarían en el corazón de un territorio controlado por los hombres de Joseph Kony.

—Tan sólo el norte parece despejado... —no pudo por menos que comentar casi en susurros el cazador—. Y no creo que lo esté por mucho tiempo.

—¿Pretendes decir que al fin nos hemos metido en la boca del lobo? —quiso saber Gazá Magalé. Y ante el mudo gesto de asentimiento añadió—: En ese caso me temo que ha llegado la hora de utilizar «las patas de pato».

—¡No fastidies! —protestó su compañero—. ¡Menudo coñazo!

—En casos como éste los «coñazos» salvan el pellejo, blanco, o sea que a joderse.

Buscaron un arbusto cuya resina no resultara tan fuerte y corrosiva como la Sangre de Satanás, le practicaron varios cortes verticales, permitieron que el líquido blanco y pegajoso manara en abundancia, aguardaron a que comenzara a solidificarse y tan sólo entonces se aplicaron a la tarea de extenderlo con profusión sobre las suelas de las botas.

A continuación pisotearon varias veces sobre hojas y ramas secas hasta el punto de que a los pocos minutos ambos se veían obligados a avanzar como auténticos patos, levantando mucho los pies por culpa de cuanto se les había adherido al calzado. Resultaba engorroso e incluso ridículo, pero ofrecía la ventaja de que a sus espaldas no quedaba rastro alguno de que un ser humano extraño al bosque hubiera pasado por allí.

Era aquél un viejo truco de cazador furtivo africano visto que la inmensa mayoría del suelo de sus selvas se encontraba cubierto por hojas, ramas y semillas sobre las que otras hojas, otras ramas y otras semillas no dejaban la más mínima huella capaz de ser detectada a simple vista.

Pocos guardas forestales, incluso los muy experimentados, estaban en condiciones de asegurar que alguien que utilizaba «patas de pato» rondaba por las proximidades de una manada de elefantes, una familia de gorilas o cualquier otra especie protegida.

Manero les observaba divertido aunque aceptando que las huellas de dos pares de botas de las que solían usar los cazadores profesionales, con suelas de goma y dibujos triangulares, nada tenían en común con las que dejaban a su paso el calzado oficial de los miembros del Ejército de Resistencia del Señor.

—Me da en la nariz que a partir de este momento empieza el juego del gato y el ratón... —masculló Gazá Magalé mientras se introducía el dedo índice en el interior del oído derecho y lo agitaba arriba y abajo como si estuviera intentando perforárselo—. Y que nos ha tocado hacer de ratón.

—No lo seremos mientras los gatos ignoren que estamos aquí.

—¿Y estás seguro de que lo ignoran?

—¿Qué quieres decir?

—Que esos hijos de puta han perdido un considerable número de efectivos en los últimos días por lo que se estarán planteando una interesante disyuntiva: o efectivamente su gente ha desertado, lo cual no es muy plausible tratándose de un desolado territorio en el que no hay adónde ir, o alguien se la está cargando sin el menor reparo.

—¡Conclusión acertada, sí señor!

—Y si se los están cargando se verán obligados a suponer que los culpables no andan muy lejos...

—A menudo me sorprendes con tus agudas observaciones, negro; siempre he sostenido que eras una especie de Sherlock Holmes africano.

El pistero le propinó un empujón que casi le obliga a

perder el equilibrio al tiempo que replicaba visiblemente malhumorado:

—¡Déjate de coñas, que esto es muy serio! Ya sé que cuando las cosas comienzan a ponerse feas te suele entrar la risa tonta, pero no es el momento.

—¿Y por qué no? —pareció sorprenderse el otro—. Docenas de veces nos hemos enfrentando a «orejudos» cabreados y siempre nos lo hemos tomado con buen humor.

—Puede que a los elefantes les hagan gracia tus bromas, pero te aseguro que a los miembros del Ejército de Resistencia del Señor, no. —El pistero parecía muy seguro de sí mismo al añadir en un tono de manifiesta preocupación—: Si nos atrapan nos darán por el culo, y te consta que no se trata de una frase coloquial porque a su modo de ver ésa es la mejor forma de humillar a un enemigo que vivirá siempre con el terror de que le hayan contagiado el sida que por estos lares abunda más que los mosquitos. Y yo acepto que me aplaste un elefante, pero no que me viole y me contagie un degenerado.

—En eso tienes toda la razón ya que visto desde el lado opuesto el culo es siempre lo primero... —no pudo por menos que reconocer Román Balanegra—. O sea que vamos a dejarnos de bromas y pensar en la mejor forma de pasar desapercibidos.

—Con respecto a eso creo que tenemos mucho que aprender de los *dinkas* —puntualizó Gazá Magalé—. Esos puñeteros desaparecen de pronto como si se los hubiera tragado la tierra.

—Y tengo la impresión de que pueden ver de noche porque se mueven en la oscuridad sin hacer ruido ni tropezar con nada.

—Disponemos de prismáticos que también nos permiten ver en la oscuridad.

—No es lo mismo... —le hizo notar el cazador—. Ni por lo más remoto. Nuestros prismáticos están anticuados; nos permiten distinguir siluetas verdes, pero su campo de visión es muy limitado y carecen de profundidad. En lo que a mí respecta nunca consigo determinar si el objetivo se encuentra a veinte metros o a cuarenta, ni qué demonios se está moviendo a su alrededor, mientras que me da la impresión de que los *dinkas* lo perciben todo sin el menor problema.

—Habrá que preguntárselo.

Manero sirvió una vez más de intérprete, y pese a que el nativo del Sudd que se había quedado con ellos se mostró en un principio renuente a comentar el tema, cuando le hicieron ver que estaban en juego sus vidas acabó por reconocer que, en efecto, en el gigantesco tórrido pantanal la actividad solía comenzar con el rápido crepúsculo, por lo que con el paso de los siglos los ojos de los habitantes habían acabado por adaptarse a la oscuridad.

De noche cazaban y pescaban, de noche solían sufrir el ataque de las fieras, de noche jugaban con sus hijos o se amaban, y también de noche formaban un círculo con las balsas con el fin de sentarse a charlar amistosamente.

Incluso los enfrentamientos que en muy raras ocasiones tenían lugar entre clanes rivales se desarrollaban la mayor parte de las veces de noche.

En un mundo hostil e implacable en el que la temperatura se aproximaba durante el día a los cincuenta grados, con la movilidad limitada por el agua y espesos muros de cañas, tan sólo el hecho de haber desarrollado al máximo los sentidos de la vista, el oído y el olfato les había permitido sobrevivir generación tras generación donde cualquier otro ser humano se hubiera dado por vencido al cabo de una semana.

—¡De acuerdo...! —indicó el cazador cuando dio por concluida la larga y a su modo de ver instructiva charla—. La paciencia es algo que tan sólo se aprende a base de paciencia, o sea que a partir de este momento nos tomaremos las cosas con más calma y tan sólo nos moveremos de noche.

Fue sin duda la mejor decisión que hubiera tomado en los últimos tiempos, porque si había algo que supieran hacer tanto los *dinkas* como los nativos del Alto Kotto o dos veteranos cazadores furtivos era «pasar desapercibidos» en la espesura de las densas selvas o los intrincados pantanos en los que había transcurrido la mayor parte de sus vidas.

En ocasiones se habían visto en la necesidad de mantenerse cinco horas sin mover un músculo a la espera de que un macho con sesenta kilos de marfil en los colmillos se pusiera a tiro sin sospechar que un viejo termitero abandonado ocultaba a un cazador cubierto de barro, o que la bala que le destrozaría el cráneo le llegaría en vertical desde la copa de un árbol de treinta metros de altura.

«Matarifes» se denominaba con desprecio a quienes abatían traicioneramente a los «orejudos» en el justo momento en que cruzaban bajo un árbol, y aunque era una técnica que tanto Román Balanegra como Gazá Magalé menospreciaban, a veces no les había quedado otro remedio que camuflarse entre hojas y ramas con el fin de evitar encararse con un grupo de paquidermos en exceso agresivo o numeroso.

Debido a ello les sobraba experiencia a la hora de mimetizarse trepando a una frondosa copa, y apenas habían transcurrido quince minutos desde que se encontraban «cómodamente instalados» sobre las gruesas ramas de un sicómoro cuando dos patrullas del Ejército de Resistencia del Señor hicieron su aparición llegando desde el este y el oeste para ir a coincidir en un amplio claro a menos de cien metros de distancia.

Casi la mitad de sus componentes no sobrepasarían los catorce años, pero cada uno de ellos cargaba con un reluciente AK-47.

Por si no bastara semejante demostración de capacidad de tiro cuatro fornidos adultos transportaban además largos y amenazantes tubos lanzagranadas.

Tras saludarse efusivamente ambos grupos se dedicaron a charlar, fumar y beber hasta que quien parecía disfrutar de mayor rango emitió una perentoria orden, lo que dio lugar a que de inmediato sus subordinados se desplegaran por el claro observando detenidamente el terreno y apartando con sumo cuidado hojas y ramas.

Román Balanegra amartilló su arma puesto que entraba dentro de lo posible que cualquiera de ellos descubriera algún rastro de su presencia, y aunque le constaba que pocas oportunidades se le ofrecían a la hora de enfrentarse a una veintena de fanáticos armados con lanzagranadas y fusiles automáticos, no estaba dispuesto a pasar por la humillación de que le violaran.

Calculó cuánto tiempo faltaba para que se pusiera el sol, llegó a la conclusión de que la oscuridad tardaría demasiado en acudir en su ayuda, se lamentó por el hecho de que sus días acabaran haciendo el ridículo papel de chorlito atrapado en una alta rama, y fue entonces cuando presenció algo en verdad desconcertante: una docena de los seguidores del degenerado Joseph Kony comenzó a quitarse la ropa mientras el resto se sentaba a observar.

Desde lo alto de un árbol cercano Gazá Magalé no pudo por menos que intercambiar una mirada de sorpresa con su compañero de andanzas, quien se limitó a encogerse de hombros admitiendo que no tenía ni la menor idea sobre el tipo de ceremonia ritual que tendría lugar a tan corta distancia.

Seis de los soldados se habían quedado absolutamente desnudos mientras que los otros seis tan sólo conservaban puestos unos sucios calzoncillos.

La escena obligaba a imaginar lo peor.

No obstante, al poco, de una de las mochilas surgió un pequeño balón de fútbol sala, por lo que de inmediato comenzó a disputarse una encarnizada lucha entre seis «despelotados» y seis «encalzoncillados» que a base de gritos, patadas y empujones trataban de introducir la pelota en rústicas porterías cuyos postes se encontraban delimitados por los cuatro tubos lanzagranadas.

El chirriante silbato de un improvisado árbitro obligó a emprender el vuelo a cientos de aves, mientas monos, lagartos, camaleones y siete seres humanos ocultos entre las ramas de los árboles observaban estupefactos el insólito espectáculo.

Y no era malo.

Alguno de aquellos jugadores desnudos y descalzos hubiera hecho un lúcido papel en cualquier equipo profesional, y especialmente el guardameta de los «despelotados» daba muestras de una increíble agilidad y unos magníficos reflejos, lo que le permitió mantener la portería imbatida durante casi cuarenta minutos pese al constante acoso de sus desmelenados rivales.

Por fin un impresionante disparo a bocajarro del delantero centro contrario le superó con tan mala fortuna que el balón fue a parar a la copa de una acacia espinosa en la que quedó clavado hasta el punto de que muy pronto comenzó a desinflarse lenta y sonoramente.

Tanto jugadores como espectadores emitieron quejumbrosos lamentos e incluso gritos de indignación al tiempo que el árbitro reprendía al autor del gol por haberse mostrado tan impetuoso.

Concluido el pintoresco espectáculo por «carencia de material», ambos grupos volvieron a vestirse y continuaron su camino en direcciones opuestas.

El ya inservible balón permaneció donde estaba con el fin de que años más tarde quienquiera que pasase por tan inhóspito lugar se rompiera la cabeza preguntándose cómo demonios había llegado hasta allí.

Cuando con las primeras sombras los siete hombres descendieron de sus escondites, el pistero se apresuró a comentar dirigiéndose al cazador:

—¿Qué te ha parecido?

—Que no me importaría convertirme en el representante de ese portero —señalo el aludido muy serio—. Me recuerda a Kameni, el camerunés que ganó la medalla de oro en los Juegos Olímpicos de Sidney.

—Pues el que le metió el gol tampoco sería un mal fichaje.

—Pega muy duro, pero le falta técnica; me gustaba más el bajito de los calzoncillos cagados; corría como una ardilla.

—La verdad es que, a esos chicos tan sólo les han dejado dos opciones: o convertirse en millonarios a base de pegarles patadas a un balón, o violar y asesinar gente.

—Intentaremos que las cosas cambien cargándonos a la comadreja.

—¿Y crees que con eso se solucionará el problema? —quiso saber un escéptico Gazá Magalé—. Aunque consiguiéramos volarle la cabeza pronto aparecería otro Joseph Kony, y luego otro y otro...

—Lo que importa es que también aparezcan tipos que

se los carguen puesto que ése parece el destino del hombre desde los tiempos de Caín y Abel, y ése seguirá siendo su destino hasta que se borre a sí mismo de la faz de la tierra. Creo que ha llegado el momento en que este par de seres humanos se enfrente a la verdad, porque me temo que en cuanto amanezca nos encontraremos no en la boca, sino en las tripas del lobo...

—¿Te temblará el pulso?

—Supongo que si no estoy muy cansado, no. Que yo sepa tan sólo una vez me tembló en un momento clave.

—No lo recuerdo.

—Es que no estabas presente.

—Yo siempre he estado presente en tus momentos «clave».

—No en éste, negro, no en éste; fue mientras intentaba desabrocharle el traje de novia a Zeudí.

El pistero permaneció unos instantes pensativo, observó a su amigo de medio lado, agitó una y otra vez la cabeza como si dudara, y por último asintió con una burlona sonrisa:

—Puede que tengas razón y en ese justo momento no estuviera presente, aunque si te digo la verdad no estoy del todo seguro...

Ya apenas se distinguían los rostros a un metro de distancia, por lo que llegó el momento de iniciar la que estaban convencidos de que sería su última noche de perseguir a la comadreja y tal vez la última noche de sus vidas.

Abrían la marcha los *dinkas*, que en este caso no portaban las lanzas alzadas tal como tenían por costumbre, sino con el brazo extendido y paralelas al suelo, de tal modo que quienes marchaban tras cada uno de ellos las aferraban por su parte posterior siguiéndoles a un metro de distancia de la misma forma que un ciego sigue a un lazarillo.

Y es que en cuanto las tinieblas se apoderaron definitivamente del bosque, quien no perteneciera al minúsculo grupo de seres casi prehistóricos que sobrevivían en el Sudd corría el riesgo de estamparse las narices contra un árbol o caer de bruces a las primeras de cambio.

El avance era evidentemente lento, lentitud que se veía incrementada por el hecho de que de tanto en tanto los *dinkas* se quedaban muy quietos, recuperando fuerzas o analizando hasta el más ligero rumor que llegara a sus privilegiados oídos, porque no cabía duda de que los sonidos del bosque durante la noche resultaban notablemente diferentes a aquellos que lo poblaban durante el día.

Principalmente se debía a que saurios, felinos y reptiles habían salido de caza.

En las selvas la luz y el alboroto significaban vida, mientras que las tinieblas la quietud y el silencio significaban muerte, y ello se debía a que por cada animal que era cazado de día, cinco resultaban abatidos de noche.

Los depredadores acechaban desde la oscuridad a sus dormidas presas, se aproximaban sigilosas centímetro a centímetro, y tan sólo un leve grito de terror o el estertor de una agonía indicaban que «algo» había sido devorado por «algo».

Por fortuna los retintos y esqueléticos nativos de los cañaverales les hacían la competencia a las panteras a la hora de merodear en plena noche.

Se detuvieron en seco por tres veces liberando sus lanzas con el fin de colocarlas en posición defensiva, y en las tres Román Balanegra pudo constatar, con ayuda de sus viejos prismáticos nocturnos, que un amenazante leopardo les cortaba el paso.

Ninguno de ellos quiso enfrentarse a un grupo de hombres armados, limitándose a enseñar los afilados colmillos, gruñir por lo bajo y alejarse con gesto displicente, aunque visiblemente molestos por el hecho de que unos extraños invadieran un territorio en el que los de su especie reinaban de forma indiscutible desde hacía cientos de años.

El ser humano nunca había sido bienvenido por tan remotos andurriales.

En otra ocasión aguardaron durante casi media hora a que una veintena de elefantes cruzaran a unos cincuenta metros de distancia, y que tras amenazarles con sonoros berridos se alejaran muy despacio rumbo al norte.

Uno de los machos lucía unos colmillos de casi dos metros y Román Balanegra no pudo por menos que sentir nostalgia al recordar cuánto tiempo hacía que no perseguía a una bestia con tan magníficas defensas.

Al último, *Abdullah*, le tuvieron que seguir la pista durante seis largas jornadas ascendiendo por un riachuelo infestado de sanguijuelas que les desangraban, y cuando ya creían tenerlo a tiro desapareció como si se lo hubiera tragado la tierra.

Ciertamente su vida como marfilero había sido muy dura, sobre todo en la época en que se les consideraba furtivos, pero la echaba de menos.

Cuando su esposa falleció y los chicos se fueron a estudiar al extranjero la casa se le vino encima, tan vacía y desolada que lo único que deseaba era echarse el arma al hombro e internarse en la selva para no volver nunca.

Un solo día siguiéndole la pista a un «orejudo» resultaba mucho más reconfortante que un mes contemplando el paisaje desde el porche.

Y le horrorizaba la idea de morir en la cama.

A los cazadores profesionales les debía estar prohibi-

do morir en la cama aunque tan sólo fuera por consideración al mucho sufrimiento que habían causado.

Y Román Balanegra era consciente de ese sufrimiento porque sabía muy bien que no en todas las ocasiones
había conseguido abatir a sus víctimas de un disparo ful-
minante.

Se consideraba un tirador fuera de serie, pero no siempre consiguió evitar que en un momento dado en que el
animal realizaba un inesperado movimiento la inmensa
bala que se encaminaba hacia su cerebro acabara por in-
crustarse en alguna otra parte de su cuerpo.

Comenzaba entonces la parte más difícil, peligrosa y
desagradable de su difícil y peligroso oficio: perseguir por
selvas, ríos, cañaverales y pantanos a una bestia dolorida,
furiosa y decidida a defenderse empleando para ello toda
su fuerza, astucia y experiencia.

Recordaba con especial amargura la larga noche en que
un gran macho malherido en un pulmón no cesó de barri-
tar desesperadamente durante horas vagando en círculo
mientras Gazá Magalé y él permanecían con las espaldas
pegadas contra el grueso tronco de un árbol aguardando
con las armas amartilladas a que de las tinieblas surgiera
de improviso una masa de cinco mil kilos de músculos
dispuesta a machacarles.

Y por aquel entonces no existían prismáticos de visión
nocturna.

Tuvieron que aguardar hasta poco antes del amanecer
para que se hiciera el silencio, y con la primera claridad
descubrieron al enorme paquidermo. Curiosamente estaba muerto, pero pese a ello aún se mantenía en pie.

Fue la única vez en su vida que presenció semejante
fenómeno.

También fue la única vez que se le pasó por la cabeza

la idea de abandonar un trabajo que le obligaba a ser testigo de tan crueles escenas.

Pero nunca lo hizo porque, como en una ocasión comentara la propia Zeudí, «llevaba la pólvora en la sangre».

Los *dinkas* reemprendieron la marcha en cuanto la manada de elefantes se perdió en la distancia, pero apenas transcurrió una hora se detuvieron de nuevo y en esta ocasión se les advertía en verdad desconcertados puesto que con sus lanzas apuntaron al unísono al cielo.

Pasaron unos minutos antes de que el resto de sus acompañantes comprendieran la razón de su sorpresa; cobrando cada vez más fuerza llegaba desde el suroeste el inconfundible runruneo de los motores de un avión.

Qué demonios podía hacer un avión volando en plena noche y a baja altura sobre tan desolado rincón de África era algo capaz de dejar estupefacto a cualquiera, sobre todo cuando se advertía que comenzaba a trazar círculos como si ignorara que bajo él tan sólo se extendían selvas, ríos, lagunas y pantanos.

—Se va a estrellar... —afirmó convencido Gazá Magalé.

—No, si se trata de quien imagino.

—¿Canadá Dry? —inquirió el pistero—. No sabía que pudiera volar de noche.

—Ese maldito calvo es capaz de volar de día, de noche, sin viento, con huracanes, sobre el desierto, sobre el Himalaya e incluso bajo tierra si se lo propusiera. Probablemente está buscando el campamento de Kony.

—¿Y cómo diablos piensa encontrarlo a oscuras?

—¡Y yo qué sé...!

La respuesta llegó apenas dos minutos más tarde, cuando el cielo de la selva se iluminó a causa de una serie de bengalas que al caer se balanceaban muy despacio puesto que se encontraban colgadas de diminutos paracaídas.

Durante cuatro o cinco minutos la noche pareció convertirse en un día de luces anaranjadas que permitían distinguir con casi absoluta nitidez las copas de los árboles, el cauce de los ríos y la extensión de las lagunas.

Y cuando las bengalas descendían sobre estas últimas, se reflejaban en el agua sobre la que luego permanecían flotando de tal modo que, incluso desde el punto en que se habían ocultado los siete hombres, pudieron distinguir los contornos de una laguna de poco más de un kilómetro de largo por trescientos metros de ancho.

—El jodido Frank sabía muy bien que estaba ahí, y tal como suele decir, «lleva siempre la pista de aterrizaje puesta»; llenará de bengalas flotantes la laguna y aterrizará con la misma facilidad que si se lo estuviera haciendo en un aeropuerto internacional.

—¿Pero cómo se las ha arreglado a la hora de encontrar un lugar tan pequeño en la inmensidad de esta región? —se asombró el pistero—. ¡Es cosa de locos!

—No de locos, sino de listos, negro —fue la segura respuesta—. ¡De muy listos! Alguien le va guiando desde que despegó por medio de una señal de radio que emite desde la orilla. Por fortuna tan sólo existe un Canadá Dry capaz de encontrar su destino a ciegas, porque si muchos pilotos supieran volar de noche y ocultar sus aparatos de día, no habría quién le parara los pies a ese maldito ejército. ¡Mira...! —añadió señalando con el dedo—: ¡Fíjate con qué tranquilidad ameriza el muy cerdo!

En efecto, un DC-6 Twin Otter capaz de transportar una veintena de soldados había encendido los potentes focos que llevaba bajo las alas y se aproximaba sin el menor titubeo a la orilla sur de una laguna sobre la que aún flotaban dos docenas de bengalas encendidas.

Quienquiera que lo observara no podía por menos que admitir que el piloto debía haber realizado aquella maniobra cientos de veces, y cuantos le conocían bien sabían que lo único que le preocupaba al canadiense en tales momentos era que hiciera de improviso su aparición en la superficie un grupo de hipopótamos.

Canadá Dry odiaba a los hipopótamos, a los que había atropellado en varias ocasiones, perdiendo en una de ellas un avión y en otra, el dedo gordo del pie izquierdo.

Los malditos «culigordos» solían permanecer ocultos, durmiendo, pastando o apareándose en un turbio fondo de barro, totalmente invisibles desde las alturas, pero en el justo instante en que los flotadores del hidroavión tomaban contacto con la superficie de la laguna el rugido de sus motores se transmitía con enorme fuerza y velocidad a través del agua, lo que les impulsaba a emerger, curiosos, furiosos o asustados.

Un aparato deslizándose a gran velocidad sin otro control que un pequeño timón de cola se convertía en una especie de proyectil ingobernable, por lo que con frecuencia resultaba inevitable impactar contra los mil quinientos kilos de grasa que emergían de improviso ante las hélices.

En aquella lejana laguna casi fronteriza, o no había hipopótamos o las inesperadas luces les habían impelido a permanecer sumergidos, por lo que la maniobra de amerizaje transcurrió sin el menor incidente y el hidroavión fue reduciendo poco a poco su andadura hasta enfilar muy despacio la entrada a un río de casi trescientos metros de ancho y acabar por perderse definitivamente de vista.

—Creo que hemos llegado a nuestro destino... —se vio obligado a reconocer Román Balanegra en un tono abiertamente fatalista—. O yo soy muy lerdo o ese trasto se dirige al punto en que acampa el glorioso Ejército de Resistencia del Señor.

—Confío en que no se hayan reunido todos sus efectivos.

—Lo que importa es que se encuentre su jefe —fue la respuesta que pretendía ser desenfadada—. Estoy dispuesto a perdonarles la vida al resto. ¿Tú no?

—Para ser justos tendríamos que cargarnos por lo menos al ochenta por ciento, pero el problema estriba en que andamos escasos de munición. ¡Vamos allá!

Las luces de las últimas bengalas se habían extinguido, por lo que continuaron como habían hecho hasta el momento, aferrados al extremo de las lanzas de los *dinkas* hasta el lugar, ya en las márgenes del río, en el que éstos se detuvieron indicando con un silencioso gesto hacia delante.

Los prismáticos de visión nocturna estaban en verdad anticuados y cochambrosos, pero permitían distinguir que bajo los copudos árboles de la orilla opuesta se alzaban una gran cantidad de tiendas de campaña, pese a lo cual en ninguna brillaba ni una sola luz.

Media docena de centinelas montaban guardia circulando entre ellas.

Román Balanegra llegó a la conclusión de que la mejor opción era ocultarse hasta que el alba les permitiera hacerse una clara idea de cuál era la auténtica situación al otro lado del río.

Los agotados *dinkas* y los dos lugareños no aguardaron a que se les repitiera la indicación, por lo que en un abrir y cerrar de ojos se diría que habían dejado de existir.

—¿Montamos guardia? —quiso saber el pistero.

—¿Para qué? —fue la inmediata respuesta del cazador—. No creo que ninguno de esos centinelas tenga intención de cruzar el río en plena noche, o sea que lo mejor que podemos hacer es descansar un poco.

No parecía tarea sencilla hacerlo a cuatrocientos metros de un ejército de violadores y asesinos, pero años de enfrentarse a los incontables peligros de la selva les habían enseñado a dormir con un ojo cerrado y otro abierto en lo que podría considerarse una semivigilia.

Lo que en verdad importaba en una situación como aquélla era cubrirse con una gruesa capa de hojarasca y no roncar.

Si se les ocurría hacerlo corrían el peligro de que alguien con buen oído, aunque no fuera tan agudo como el de los *dinkas*, detectara que en el bosque dormía un extraño, y en semejante lugar un extraño constituía sin duda un grave peligro aunque se encontrara momentáneamente dormido.

Tomó asiento en un tronco caído, se despojó de las botas y con ayuda de un cuchillo comenzó a liberarlas de cuanto permanecía adherido a las suelas de goma al tiempo que comentaba:

—A partir de ahora no importará que dejemos huellas; lo único que importará es correr como gamos y toda esta hojarasca nos lo impediría.

—¿Cuál es el plan?

—¿Qué plan?

—¡No me jodas, blanco! —se lamentó Gazá Magalé—. No intentes hacerme creer que hemos pateado la selva hasta casi el fin del mundo sin un plan.

—¡Escucha, negro! —fue la impaciente y casi agresiva respuesta—: En cuanto amaneció pude comprobar que en ese campamento debe de haber por lo menos medio millar de hijos de puta armados de Kalashnikovs, lo que significa que a la distancia a la que nos encontramos y con su capacidad de tiro nos pueden enviar treinta mil balas en un minuto, sin contar con los lanzagranadas y los morteros. ¿Qué diablos de plan se puede diseñar frente a eso? ¿Ordenarles que se rindan?

—Si prometemos no violarlos, a lo mejor aceptan...

—¡Muy gracioso! —Román Balanegra le indicó con un gesto de la cabeza los prismáticos que se encontraban a su lado al tiempo que añadía—: Estúdialo todo con atención y dime lo que ves porque me gustaría corroborar que estamos de acuerdo en ciertas apreciaciones.

El otro obedeció, enfocó hacia la orilla opuesta del río, permaneció un par de minutos en silencio y sin dejar de mirar con manifiesta atención, señaló:

—Veo tiendas de campaña camufladas entre los árboles; veo el avión que desde el cielo debe parecer un islote cubierto de maleza y veo un centenar de cabronazos uniformados que hacen instrucción en una explanada de hierba al fondo de la cual se alza una especie de templete.

—¿Y para qué crees que sirve?

—Parece un escenario o el lugar desde el que los oficiales pronuncian sus arengas a la tropa.

—¿Y qué se alza en centro de ese templete?

—Una mesa.

El cazador negó con un gesto al puntualizar:

—Creo que no se trata de una mesa, sino de una especie de altar.

—¿Un altar? —se sorprendió el pistero volviéndose a mirarle—. ¿Qué te hace pensar que se trata de un altar?

—El hecho de que nos estamos enfrentando al Ejército de Resistencia del Señor, cuyos miembros son una pandilla de fanáticos que se ven obligados a conceder importancia a los ritos religiosos como única forma de justificar de sus crímenes.

—Es su forma de actuar desde hace casi treinta años —admitió el negro—. Poner a Dios por delante.

—En realidad es una forma de actuar que debe de tener cinco mil años de antigüedad y aún continúa en boga pero sabemos que Kony, que presume de tener sesenta esposas pero que sexualmente le da con entusiasmo a los dos bandos, suele pasar las noches con su corte de chicos y chicas; eso quiere decir que no acostumbra a madrugar y prefiere asistir a los actos religiosos con el frescor del atardecer.

—Eso ya lo sabía —admitió el pistero.

—Pues también puede que sepas que al anochecer suele pronunciar un incendiario discurso sobre la fe, el sacrificio y el derecho a despojar de todos sus bienes a quienes no crean en Dios, antes de volver a emborracharse y retozar.

—¿Y tú crees que es desde ahí desde donde le habla a su gente?

—Supongo que no habrán montado semejante tinglado en medio de la selva para representar *Madame Butterfly*.

Gazá Magalé ajustó los prismáticos, observó a través de ellos con remarcada atención y sin moverse puntualizó:

—La verdad es que desde aquí sería un blanco perfecto. ¿Te sientes capaz de meterle una bala del quinientos en la cabezota a esa comadreja a cuatrocientos veinte metros de distancia?

—Si consiguiera meterle una de esas balas poco importaría que fuera en la cabezota o en la tripa porque bautizaría a sus fieles con su sangre en diez metros a la redonda.

—¿O sea que lo basarás todo en tu famosa puntería y en echar a correr confiando en que medio millar de salvajes mucho más jóvenes y resistentes que nosotros no consigan alcanzarnos? ¡Brillante! ¡Sutil y brillante, vive Dios!

—Tiene ciertos matices.

—¿Y son?

—Que en el momento en que dispare, tú descargarás toda la munición del AK-47 sobre el hidroavión procurando acertarle al depósito de gasolina. Luego, aprovechando la confusión, echamos a correr para llegar en el momento en que esté anocheciendo a un lugar en el que nos esperarán los *dinkas*. Si hacemos las cosas bien y tenemos un poco de suerte desapareceremos en la oscuridad.

—¿Acaso confías en que los *dinkas* nos alejen lo suficiente antes de que los hombres de Kony reinicien la búsqueda al amanecer?

—Me complace advertir que por una vez en tu vida me has entendido a la primera, negro.

—Lo he entendido pero dudo que los *dinkas* sean capaces de caminar a buen ritmo durante toda una noche; te consta que se agotan fácilmente.

—Me consta, y por eso he pensado en utilizarlos a modo de relevos; enviaremos a dos por delante con el fin de que nos aguarden, el primero a unos diez kilómetros de aquí y el segundo a veinte. El que se quede con nosotros nos conducirá hasta el primero, y éste hasta el segundo, por lo que confío en que al amanecer hayamos conseguido una ventaja de casi treinta kilómetros.

—Pero nos encontraremos agotados —argumentó de inmediato el otro—. Ya no estamos en edad de caminar a marchas forzadas durante treinta kilómetros de noche y en plena selva, querido mío. ¡Sobre todo tú!

—¡Anda y que te folle un pez! —fue la agria respuesta—. Si no lo consigo me levantaré la tapa de los sesos antes de que esos cerdos me atrapen, pero de lo que puedes estar seguro es de que no he llegado hasta aquí para darme la vuelta. Joseph Kony ha causado un daño increíble a miles de inocentes y te garantizo que si ese hijo de puta se sube al estrado lo volaré en pedazos aunque sea lo último que haga en este mundo.

—¡Lo será! En las actuales condiciones sin duda lo será.

—Es el riesgo que asumimos desde el momento en que aceptamos este trabajo; una cosa era cargarse a Kony y otra muy distinta regresar con vida. ¿O no?

—Así fue y estuve de acuerdo, o sea que no hay más que hablar; se hará como dices y que Dios nos coja confesados.

—En ese caso lo mejor que podemos hacer es intentar dormir, pero en esta ocasión montando guardia. Y procura que esos insaciables *dinkas* «comecocos» no se dejen ver mientras van de aquí para allá devorando ranas y lagartijas.

—¿Qué les pasará a los dos que queden atrás mientras huimos?

—No te preocupes por ellos; saben como hacerse invisibles en la selva y encontrarán la forma de reunirse y regresar al Sudd porque ya han hecho mucho más de lo que debían. —Román Balanegra se cubrió el rostro con el sombrero en el momento en que añadía—: Despiértame dentro de cuatro horas.

Un minuto después dormía profundamente y pese a que hacía tantos años que le conocía, el negro no pudo por menos que admirarse una vez más por su capacidad de hacer frente a situaciones difíciles sin perder la calma.

Le había visto abatir un elefante que se precipitaba sobre él como un tren en marcha sin que se le alteraran el pulso ni la respiración, pero pese a ello le costaba trabajo aceptar que pudiera conciliar el sueño con semejante facilidad cuando se encontraba a tiro de piedra de un ejército de fanáticos violadores.

Llevaban media vida juntos, no como cazador blanco

y pistero negro, sino como amigos que compartían alegrías, penalidades e incluso situaciones de innegable angustia cuando el peligro superaba los límites razonables y siempre había envidiado la flema que parecía adueñarse de cada poro de su cuerpo cuando llegaba el momento de apretar el gatillo.

Era como si ante el peligro la sangre no le circulara por las venas y se convirtiera en una estatua, y por ello estaba convencido de que si a la maldita comadreja se le ocurría la estúpida idea de hacer su aparición sobre el altar, escenario o lo que quiera que fuese aquello que se alzaba al fondo de la explanada, a los dos minutos se convertiría en una comadreja muerta.

Gazá Magalé no había visto nunca que Román Balanegra fallara un disparo sobre un blanco fijo a menos de quinientos metros de distancia.

Se limitó por tanto vigilar su sueño mientras no cesaba de observar cuanto ocurría al otro lado del río, y cuando a las cuatro horas el cazador abrió los ojos sin necesidad de que le avisara, le indicó con un gesto que enfocara sus prismáticos en la misma dirección en que él lo estaba haciendo:

—¡Fíjate en ésos! —pidió—. ¿Los conoces?

El cazador lanzó un sonoro bostezo, se desperezó cuan largo era, se frotó repetidas veces los ojos y accedió a lo que su compañero solicitaba enfocando con sumo cuidado a los tres hombres que paseaban por la orilla opuesta charlando animadamente.

—El blanco es Canadá Dry y el alto Buba Sidoni, el actual brazo derecho de Kony y al que se supone que algún día sucederá en el cargo —respondió—. Hay quien asegura que es incluso más fanático y peligroso que él.

—Siempre resultan más peligrosos los jóvenes que llegan con nuevos ímpetus... —admitió el negro—. ¿Qué me dices del tercero?

El otro alzó la vista al tiempo que admitía:

—Creo que no lo he visto nunca.

—Yo sí... —señaló Gazá Magalé—. No consigo recordar su nombre, pero le conocí en Kiwu y me aseguraron que es el general congoleño que controla la mayor parte de las minas de coltan, lo que significa tanto como decir que se trata del principal financiero del Ejército de Resistencia del Señor.

—¡Lindo trío! Su lugarteniente, su piloto y su financiero... Como para enviarles un misil y hacerles volar por los aires ¡Lástima que falte Kony!

—Si esos tres se encuentran aquí él también está; lo único que tenemos que hacer es esperar a que asome la nariz.

—Esperar es nuestra especialidad, querido, o sea que duerme un rato que ahora me toca montar guardia.

—No tengo sueño.

—Nos espera una noche muy larga, negro —le hizo notar el cazador—. Y mañana un día aún más largo.

—Si llegamos vivos a mañana te garantizo que no será el sueño el que me obligue a detenerme —sentenció el otro, convencido de lo que decía.

—Cómo quieras, pero si no tienes nada mejor que hacer busca a Manero y que le indique a los *dinkas* que es hora de ponerse en marcha porque esos jodidos son más lentos que la justicia... —Román Balanegra volvió a colocarse el sombrero sobre la cara mientras comentaba—: Si no me necesitas aprovecharé para echar otra cabezadita.

A los dos minutos dormía de nuevo y en esta ocasión no volvió a abrir los ojos hasta que le agitaron levemente.

Observó con sorna al pistero, a los dos nativos y a uno de los *dinkas* que le observaban a su vez y optó por hacer una cómica mueca y sonreír.

—¿Qué pasa? —inquirió—. ¿Tengo monos en la cara?

—Oscurecerá dentro de una hora.

—Suele ocurrir cada día y no me despiertan por ello. ¿Se ha levantado viento?

—No.

—Ésa es una gran noticia; una mala racha de viento suele malograr un buen disparo. ¿Alguna señal de la comadreja? —ante el negativo gesto se encogió de hombros, se puso en pie y comenzó a estirar los músculos como el deportista que se dispone a participar en una dura competición—. ¡No importa! —exclamó—. Tengo el presentimiento de que hoy ese malnacido se me va a poner a tiro, lo cual quiere decir que no volverá a ver la luz del día.

—Tengo mala experiencia de tus presentimientos... —fue la áspera respuesta de Gazá Magalé—. Aquel maldito «orejudo» de colmillos como postes que estabas convencido que conseguirías abatir, aún anda correteando por ahí.

—¿*Abdullah*? —inquirió el otro—. *Abdullah* no es un madito «orejudo» negro; es el mismísimo Maquiavelo reencarnado en elefante. Si quieres que te diga la verdad me alegra no haberle matado; a mi modo de ver es la criatura más hermosa de la creación.

Abrió la mochila y desparramó su contenido por el suelo mientras añadía de innegable buen humor:

—Y ahora vamos a comernos lo mejor que tengamos porque entra dentro de lo posible que no nos den una nueva oportunidad de hacerlo.

—Pues lo que nos queda es pura mierda.

—Como de costumbre.

Repartieron lo poco que restaba con Manero y Gunic puesto que el *dinka* prefería continuar con su dieta de bichos, y mientras se dedicaban a dar buena cuenta de hasta la última lata de conservas advirtieron que al otro lado del río los soldados comenzaban a agruparse en la explanada.

Faltaba apenas media hora para que comenzara a oscurecer con la rapidez con que solía hacerlo en tales latitudes.

Al concluir la improvisada cena el cazador se limpió la boca con el dorso de la mano y se puso en pie frotándose una y otra vez las manos como el operario que se dispone a iniciar algún tipo de trabajo rutinario.

—¡Bien! —exclamó animosamente—. Ha llegado el momento de ponerse el mono de faena y acabar lo que empezamos. Como solía decir mi viejo, no sé si lo que veo es la luz del final del túnel o el foco de un tren que viene en dirección contraria, pero a estas alturas ya da igual. ¿Cada cuál sabe lo que tiene que hacer? —Ante el común gesto de asentimiento, añadió—: En ese caso espero que dentro de media hora volvamos a vernos en el punto señalado. ¡Suerte!

Dio media vuelta y se alejó unos metros con el fin de orinar contra un árbol dándole ostensiblemente la espalda al pistero como si con ello pretendiese hacerle comprender que no deseaba despedirse de quien había sido su compañero a lo largo de incontables momentos difíciles.

A Gazá Magalé tampoco le agradaban las despedidas ni los sentimentalismos de última hora por lo que recogió sus armas y se encaminó al punto del río desde el que se dominaba mejor el islote que servía de camuflaje al hidroavión.

Los nativos y el *dinka* también se alejaron.

Cuando se supo a solas Román Balanegra se cercioró por enésima vez de que todo estaba recogido y listo para emprender la huida en cuanto apretase el gatillo.

Había sopesado muy a fondo la opción de utilizar el Remingthon 30/06 desmontable dotado de mira telescópica que le proporcionaba una visión más nítida del objetivo, pero dudaba de su fiabilidad tratándose de un disparo a tan considerable distancia.

Sabía por experiencia que una mira telescópica tenía que estar recién calibrada y comprobada sobre un blanco a similar distancia o de lo contrario se corría el riesgo de que el proyectil se desviara milímetro a milímetro hasta impactar a dos metros del objetivo, pero tenía constancia de que aquel fusil desmontable y aquella mira telescópica llevaban semanas dando saltos y golpeándose en el interior de un saco por lo que no era mucha la fiabilidad que se les podía exigir.

Su viejo Holland&Holland 500-Express de cañones paralelos y punto de mira fijo jamás le había fallado por lo que dejaba en su pulso y habilidad el mérito o el demérito de dar en el blanco. Tras disparar cientos de veces con él, Román Balanegra sabía perfectamente hasta qué extremos podía desviarse según el viento o la distancia, y qué ángulo de caída experimentaba según la munición que utilizara.

En ese aspecto también había dudado entre decantarse por una bala de plomo abierta en cruz que destrozaría a su víctima, o una afilada bala de acero que la atravesaría de parte a parte.

Si acertaba en el blanco la de plomo resultaba a todas luces mucho más destructiva sin opción a la supervivencia, pero presentaba el riesgo de que al comenzar a abrirse en cruz por el camino perdiera estabilidad y acabara por no encontrar su objetivo.

Tras pensárselo mucho había llegado por tanto a la conclusión de que lo que siempre había hecho mejor era cazar elefantes, y por lo tanto debía utilizar las herramientas con las que se sentía a gusto: un Express de gran potencia con punto de mira fijo y bala de acero larga y afilada.

Y si fallaba, fallaba.

Un murmullo discordante, confuso y de todo punto inapropiado se fue apoderando poco a poco del bosque y no tardó en averiguar su origen: cuantos llenaban ahora la explanada habían comenzado a cantar a voz en cuello con bastante más entusiasmo que acierto.

Se trataba sin duda de cánticos religiosos dirigidos por un «comandante» de impecable uniforme que se encontraba en el rincón de la derecha del escenario.

—Esto empieza a parecer un musical americano... —masculló mientras se dedicaba a encajar su arma en la horqueta que formaban dos ramas de un árbol y afirmarla con el cinturón de tal forma que no se alzara con brusquedad en el momento de disparar—. Lo único que faltan son cuatro gordas con sombrero, vestidas de rojo y gritando «¡Aleluya!». A lo que hemos llegado, Señor. A lo que hemos llegado.

Con todo dispuesto se dedicó a inspeccionar con ayuda de los prismáticos el campamento comprobando que, salvo media docena de centinelas, la mayoría de los miembros del Ejército de Resistencia del Señor se habían concentrado en la explanada mientras Canadá Dry dedicaba las horas de menos calor a la tarea de revisar meticulosamente el motor de su aparato.

—Te aconsejo que salgas de ahí o las vas a pasar putas,

calvo... —comentó en voz alta como si el piloto pudiera oírle—. Gazá no es de los que se andan con chiquitas y te puede volar el culo...

Al poco cesaron los cánticos a los que siguieron una salva de aplausos en el momento en que Joseph Kony comenzó a ascender lentamente por la corta escalinata que conducía al escenario acompañado por Buba Sidoni, el general congoleño y tres uniformados más.

Se colocó en el centro del estrado rodeado por sus más fieles seguidores y fotografiado por docenas de cámaras.

Aguardó paciente a que cesaran los aplausos y se dispusiera a hablar.

Román Balanegra le enfocó con sus prismáticos de tal forma que podría creerse que se encontraba a menos de cinco metros de distancia.

Lo estudió con detenimiento durante varios minutos mientras hablaba ante un micrófono con gestos ampulosos, pero al fin dejó de hacerlo al tiempo que comentaba profundamente pensativo:

—¡Vaya, vaya, vaya...! Esto sí que no me lo esperaba, aunque resulta lógico.

Dedicó otro par de minutos a meditar sobre lo que acaba de descubrir, y por último apoyó con firmeza el hombro en la culata del arma, apuntó con sumo cuidado y apretó el gatillo.

Los dos disparos retumbaron en el silencio del bosque, les siguieron el repiquetear del arma del pistero y al poco se escuchó la tremenda explosión que producía el depósito de combustible del hidroavión al estallar lo que provocó que el destrozado cuerpo del canadiense fuera a parar a casi veinte metros de distancia.

El cazador recuperó su arma y sus pertenencias y echó a correr.

Las primeras sombras de la noche comenzaban ya a apoderarse de la selva cuando alcanzó el punto en que le esperaban Manero, Gunic y el *dinka*.

Aguardaron un par de minutos hasta que hizo su aparición un alterado y desolado Gazá Magalé que de inmediato le espetó furioso:

—¡Has fallado!

—No he fallado.

—¡Sí que has fallado...! —insistió el pistero en el mismo tono—. Te cargaste al congoleño y a Buba, pero cuando salí de allí Kony seguía con vida.

—Lo sé —fue la tranquila respuesta—. Lo hice a propósito.

—¿A propósito? —se sorprendió el otro—. ¿Por qué?

—Porque esa maldita comadreja estaba allí de pie, ofreciendo un blanco perfecto y de alguna manera sabía que yo les estaba apuntando. Y quería que le matara.

—¿Qué pretendes con eso de que quería que le mataras? —quiso saber el negro—. ¿Es que te has vuelto loco?

—¡En absoluto? Kony quería morir allí, en plena gloria, bajo un sinfín de cámaras, porque sueña con convertirse en mártir y que su nombre y su obra perduren en la memoria de los suyos.

—Pero nadie en su sano juicio desea que le maten.

—Joseph Kony sí, y al comprenderlo llegué a la conclusión de que si le volaba la cabeza tendríamos fanáticos del Ejército de Resistencia del Señor fieles a su memoria cometiendo atrocidades durante otros treinta años.

—No entiendo nada... —protestó Gazá Magalé.

—Lo entenderás si te aclaro que las tres cuartas partes de los enfermos de sida del mundo, veinticuatro millones de personas, se encuentran en África, donde cada día mueren seis mil desgraciados por culpa de esa maldita plaga. Pude ver a Kony tal como te estoy viendo a ti, y me di cuenta que tiene el rostro y la cabeza cubiertos de llagas y la expresión de sus ojos me indicaron que le queda menos de un mes de vida. Un degenerado como él siempre ha estado expuesto a que cualquiera de los chicos y chicas con los que suele acostarse le contagiara y así ha sido. Por eso, porque prefiere morir como un héroe antes que deshecho por una enfermedad que produce rechazo, confiaba en que yo acabara con todos sus sufrimientos.

—¡Me cuesta creerlo!

—Pues créetelo porque sabes que Zeudí se dedicaba a cuidar enfermos de sida y he visto cientos de ellos en estado preagónico. Kony es hombre muerto, y al liquidar a Buba, al congoleño y al canadiense le hemos dejado sin sucesor, sin financiero y sin medios de comunicación. O yo soy muy estúpido o dentro de un par de meses el temido Ejército de Resistencia del Señor habrá empezado a pasar a la historia.

—Nunca te he tenido por estúpido.

—En ese caso confía en mí y empieza a caminar porque ya es noche cerrada y el camino de vuelta a casa es largo; puñeteramente largo.

Pocas cosas producían mayor placer a Orquídea Kanac que quedarse a solas los fines de semana, disfrutando de la casa, la piscina y los jardines, en ocasiones totalmente desnuda, feliz al considerarse una especie de Eva en el paraíso mucho antes de que Adán comenzara a importunarla exigiendo que le prestara atención.

La libertad era eso: vivir en L'Armonia y no tener que dar cuenta de sus actos ni tan siquiera a un perro que le lamiera la mano.

Aquel largo puente motivado por la celebración de la fiesta nacional del 14 de julio, con un cielo sin nubes y una absoluta tranquilidad, se estaba convirtiendo por tanto en el mejor ejemplo de lo satisfactorio que llegaba a ser considerarse el único ser humano que gozaba de una absoluta independencia económica, social e incluso afectiva.

Tal como Mario Volpi comentara en cierta ocasión, se había convertido en «una anacoreta de lujo».

Sin duda tenía razón, puesto que la ermita en la que se refugiaba nada tenía que envidiar a los más hermosos conventos o lugares de retiro espiritual que erigieran tanto hombres como mujeres desde tiempos muy remotos.

La especie humana estaba conformada por seis mil millones de individualidades a las que de igual modo les apetecía amontonarse en una manifestación callejera convirtiéndose en una marea humana, que aislarse del resto de los mortales sin necesidad de compartir ni un solo sentimiento.

De proponérselo, Orquídea Kanac hubiera estado en condiciones de escribir un libro de notable éxito: *El arte de vivir en soledad.*

Nada existía más odioso que la soledad obligada, ni nada más satisfactorio que la soledad deseada.

Le encantaba sentarse en el porche aspirando los incontables aromas del jardín que se sabía capaz de diferenciar, sin otro rumor que el canto de unas aves a las que de igual modo distinguía una por una, y observando cómo lujosos yates surcaban a lo lejos las tranquilas aguas de la bahía de Cannes, consciente de que en cuanto tuviera apetito podría elegir entre caviar, paté, jamón, salmón o toda clase de quesos acompañados por los mejores vinos de su bien surtida bodega.

«Anacoreta de lujo» sin otra obligación que flotar sobre una colchoneta en la piscina, ver una película en una televisión de pantalla gigante, comer y dormir sin horario establecido, leer buenos libros, diseñar perfumes, chatear con amigos de las antípodas, pasear entre parterres de rosas, jazmines o tulipanes, y no tener que soñar con una vida mejor que no existía.

Como solía decir, «no se puede encontrar pareja más idónea que la propia persona, ya que se conoce y acepta desde la infancia y no irrita con defectos ajenos».

Estaba convencida de que ningún hombre, por muy perfecto que fuera, le proporcionaría la paz y el sosiego que se brindaba a sí misma.

Debido a ello le molestó el hecho de que comenzaran a resonar a lo lejos los cohetes y petardos propios del aniversario de la toma de La Bastilla que tanto inquietaban a «sus pájaros», y más aún le molestó que repicara con inusual insistencia el timbre de la entrada.

Acudió renuente y malhumorada para sorprenderse al descubrir al otro lado de la verja a un sudoroso desconocido que al parecer había llegado hasta allí tras una larga caminata bajo el implacable sol de primeras horas de una calurosa tarde de verano.

—¿Qué desea? —quiso saber.

—Me llamo Giampaolo Volpi —fue la respuesta—. Soy el hijo mayor de Mario Volpi y necesito hablar contigo.

—¿Le ha ocurrido algo a tu padre? —se alarmó.

—No de momento, pero de eso quería hablarte.

La dueña de L'Armonia dudó, incómoda por el hecho de que vinieran a perturbar su amada intimidad, pero advirtió que el rostro del recién llegado mostraba una innegable inquietud, por lo que acabó por inquirir:

—¿Tienes algún documento que acredite quién eres?

El demandado le alargó entre los barrotes un carnet de identidad que confirmaba que se trababa de Giampaolo Volpi, de veintisiete años, nacido en Parma, hijo de Mario Volpi y Angélica Cuomo.

—Pasa.

Le precedió hasta el porche, le indicó que tomara asiento en la butaca que solía ocupar su padre cuando acudía a visitarla y sin mediar palabra le trajo la cerveza helada que evidentemente estaba necesitando.

Aguardó a que la apurara con innegable satisfacción, tomó asiento a su vez y por último inquirió:

—¿Y bien? ¿Qué le ocurre a Supermario? La última vez que estuvo aquí se encontraba bien.

—Y sigue estando bien; al menos de salud.

—¿Entonces?

—No es su salud lo que me preocupa, sino su seguridad. —Fue la inquietante respuesta, más inquietante por el tono de voz que por las palabras en sí—. Como debes de saber su forma de ganarse la vida no es lo que pudiéramos considerar un ejemplo a seguir.

—Supongo que eso es algo que tan sólo le atañe a él y en todo caso a su familia. ¿Qué tengo yo que ver con eso?

—Mucho: sobre todo ahora.

—¿Acaso te ha comentado algo sobre mí?

Giampaolo Volpi había sacado del bolsillo interior de la chaqueta un arrugado paquete de cigarrillos y sin tan siquiera preguntar si podía fumar, encendió uno de los pocos que le quedaban, lanzó una bocanada de humo, y tras una estudiada pausa señaló:

—Mi padre nunca habla de sus negocios ni siquiera con mi madre, y desde que le conozco jamás le he oído decir más que «las cosas van bien», o «las cosas se arreglarán».

—¿Y a qué tipo de cosas se refería? —quiso saber Orquídea Kanac, a la que empezaba a desagradarle tanto el desarrollo como el tono de la conversación.

—Eso tampoco lo decía, pero una cosa es que no hablara de ello y otra muy distinta que yo no consiguiera averiguarlo.

No era necesario conocerla para comprender que la dueña de la casa se estaba sintiendo cada vez más incómoda.

—¿Me estás dando a entender que te dedicaste a espiar a tu padre? —inquirió con una manifiesta acritud.

—¡Lógico! —fue la descarada respuesta—. En el colegio te molesta que los compañeros comenten que sus padres son médicos, abogados o arquitectos mientras que tú no sabes qué decir respecto al tuyo, por lo que cuando llegas a una cierta edad empiezas a preguntarte de dónde sale tanto dinero.

—Era el contable de los negocios de mi padre.

—¿Qué tipo de negocios? —fue la burlona pregunta—. ¿Hoteles, fábricas, agencias de viajes...? ¡No me hagas reír! Tú y yo sabemos que si hubiéramos tenido que vivir de ellos estaríamos pidiendo limosna; tan sólo daban pérdidas.

—¿Y cómo lo sabes si según aseguras tu padre no lo mencionaba?

—Porque mi padre era extremadamente desconfiado... —fue la desconcertante explicación—. Prudente hasta el extremo de que llegó a despertar la curiosidad de quien compartía su vida, y no pude por menos que preguntarme la razón por la que cada vez que salíamos a navegar y creía que nadie le veía arrojaba al agua su ordenador personal.

—¡Curioso! —admitió ella—. Jamás me mencionó esa extraña costumbre.

—Supongo que ni a ti ni a nadie —fue la rápida respuesta—. En su despacho tiene un ordenador de sobremesa conectado a Internet, pero dentro de un libro guarda otro, muy pequeño, que no conecta nunca. En un momento dado pasa parte de la información a un disco y tira el ordenador al mar para que ningún experto sea capaz de recuperar lo que guarda en su memoria.

—¡Muy astuto! —se vio obligada a reconocer Orquídea Kanac—. Se me antoja de una prudencia exquisita. Costosa, pero exquisita.

—Excesiva en alguien que asegura ser un simple contable en negocios legales, ¿no te parece?

—No soy quién para opinar.

—Si tú no lo eres, ¿quién puede serlo? —fue la intencionada pregunta—. Tal vez la idea de destruir los ordenadores no fuera de mi padre sino del tuyo, que tengo entendido era un hombre muy inteligente, y por lo que he podido averiguar has «heredado» sus negocios e incluso le superas en muchos aspectos. El viejo te admira de un modo casi enfermizo.

—¿No acabas de decir que nunca habla de ello? —inquirió la muchacha temiendo la respuesta.

—No habla, pero lo escribe en esa especie de diario secreto que acaba arrojando por la borda.

—¿Y tú cómo lo sabes?

Giampaolo Volpi no respondió, limitándose a señalar con un gesto de vaso vacío e inquirir:

—¿Podrías darme otra cerveza? Y algo de comer, si no te importa; no he probado bocado desde anoche.

—¿Y eso?

—Es una larga historia; ciertos negocios se complicaron y tuve que poner tierra de por medio evitando pasar por casa. He venido haciendo autostop hasta el cruce de la autopista, desde allí he tenido que subir a pie, y te aseguro que con este sol esa jodida carretera es un infierno.

Orquídea Kanac no respondió, encaminándose a la cocina, de donde regresó al poco con una gran bandeja que colocó sobre la mesita de cristal al tiempo que comentaba con firmeza y manifiesta agresividad:

—Aquí tienes, pero te ruego que seas breve y me digas a qué has venido porque todo este asunto no me gusta. ¿Por qué has tenido que huir tan precipitadamente?

El otro comenzó a comer con auténtico apetito, se atragantó, hizo un gesto con la mano pidiendo paciencia y al poco, tras beber un largo trago, aclaró:

—Porque si no lo hubiera hecho a estas horas sería hombre muerto; o «desaparecido», que viene a ser lo mismo, y prefiero «desaparecer» por mi propia voluntad a que me «desaparezcan» otros.

—¿La mafia...?

—La mafia siciliana, la camorra napolitana, la ndrangheta calabresa o la propia policía italiana... —Señaló mientras comenzaba a masticar de nuevo—. Llámala como quieras, pero sea quien sea quien me busque lo cierto es que las órdenes emanan de mucho más arriba, porque en mi país las cosas han llegado a un punto en el que ya no se sabe quién maneja a quién.

—¿Asunto de drogas?

—¡Ojalá! El tema de las drogas se arregla con buenos amigos o unos años a la sombra, pero aquí se trata de un auténtico «asunto de Estado» que puede hacer que se derrumbe una estructura que ha tardado años en levantarse y que, como supongo que estarás al corriente, en estos momentos se tambalea. Yo podría darle el empujoncito que le falta, y debido a ello hay gente decidida a darme antes el empujón final.

La muchacha le observó mientras continuaba devorando cuanto se encontraba en la bandeja pasando de una cosa a otra sin orden ni concierto puesto que sin duda tenía la mente en otra parte y no disfrutaba en absoluto del jamón, el paté, el salmón o los quesos, y tras unos instantes de reflexión masculló:

—No te creo.

—Si quieres que te sea sincero me importa un *catzzo* que me creas o no, pero lo que sí puedo decirte es que mi trabajo consistía en proporcionar hermosas jovencitas a quienes se pirran por esa clase de tiernas criaturitas.

—¿O sea que ejercías de proxeneta?

—De lujo; o más concretamente, de súper lujo. A mis chicas se las conoce por el significativo apodo de Las Beluga», ya que mi norma siempre ha sido: «El caviar más exquisito para los paladares más exigentes.» Por ello tan sólo están al alcance de grandes magnates, jeques árabes o políticos de muy alto rango.

—No considero que eso dé pie a la posibilidad de derribar un gobierno o sea motivo para hacer «desaparecer» a nadie.

—Normalmente no, pero una noche recibí en mi móvil una serie de fotografías que me enviaba una de mis chicas, Bianca, de dieciséis años, en las que se veía lo que les estaba haciendo a ella y a su hermana Bruna, de quince, y lo cierto es que incluso a mí, que creo haberlo visto todo, me horrorizaron. Tres días después «el coche de Bianca» cayó por un barranco de una carretera perdida y ambas murieron.

—¡Vaya! Eso sí que se me antoja grave.

—¡Y tanto! Sobre todo teniendo en cuenta que Bianca no tenía coche ni idea de conducir; de haberlo robado se hubiera salido de la carretera en la primera curva, no en el abismo preciso.

—¿E imaginas que ahora van a por ti?

—Sé que vienen a por mí porque tardaron muy poco en averiguar a quién pertenecía el número al que esa descerebrada había enviado unas fotos que si se publicaran se convertirían en la guinda del mayor escándalo de desvergüenza política, descaro, desprecio a la ciudadanía y corrupción de que se tenga memoria.

Orquídea Kanac retiró la bandeja en la que su «invitado» apenas había dejado nada, se entretuvo más de lo necesario en la cocina reflexionando sobre la gravedad de lo que le habían contado y las consecuencias que ello le podía acarrear, y cuando al fin decidió regresar y enfrentarse con Giampaolo Volpi, inquirió sin preámbulos.

—¿Y cuánto quieres por «desaparecer»?

—Cuatrocientos mil euros... —El italiano hizo una bien estudiada pausa antes de añadir remarcando mucho las palabras—: Anuales.

—¿Cómo has dicho? —se alarmó ella.

—He dicho que necesito cuatrocientos mil euros anuales para vivir en un lugar perdido en el que nadie sea capaz de encontrarme. Eso es, según mis cálculos, menos del cinco por ciento de lo que vas a obtener del tráfico de armas y la «protección» que le proporcionas al hijo puta de Beltran Buyllet y creo que mi silencio lo merece.

—¿O sea que has venido a chantajearme?

—Es una fea palabra, aunque admito que justa; la base de tu negocio es el secreto, y si yo comparto ese secreto no veo por qué razón no debo compartir los beneficios.

—Tal vez se deba a que le has robado ese secreto a la persona que te dio la vida, te cuidó, te educó e incluso te pagó una carrera.

—Vivimos unos tiempos en los que lo que importa es lo que se tiene, no cómo se ha obtenido, y lo que tengo es un disquete repleto de información comprometedora, o sea, que tú misma. Me costó mucho esfuerzo descifrar la clave de acceso al ordenador de mi padre, pero al fin lo conseguí, por lo que cada semana pasaba a ese disquete incluso la que él más tarde eliminaba. Si llegara a manos de quien no debe te pasarías por lo menos diez años en la cárcel y te garantizo que huelen fatal... —Abrió los brazos como queriendo abarcar cuanto le rodeaba al tiempo que añadía con una hipócrita sonrisa—: ¿Acaso vivir en este paraíso en lugar de entre las hediondas paredes de un presidio no vale ese dinero?

—Sin duda —admitió ella—. Pero no has tenido en

cuenta que si me denuncias hundes de igual modo a tu padre y destrozas a tu madre...

—Naturalmente que lo he tenido en cuenta —admitió con absoluto descaro el proxeneta al tiempo que encendía un nuevo cigarrillo—. Pero ya son mayores, han vivido mucho tiempo, y muy bien, del tráfico de armas, y si tienen que pagar por ello más vale que lo hagan a esta edad que a los veintiséis años. No me parece justo que mi padre no haya pasado ni un solo día entre rejas pese a haber contribuido a la muerte de miles de inocentes, mientras que a mí me van a liquidar por el simple hecho de haber aconsejado a unas cuantas golfillas que se harían ricas abriéndose de piernas.

—Tu madre siempre me pareció una señora muy decente, pero no cabe duda de que tú has resultado ser un auténtico hijo de puta.

—Yo, sin embargo, nunca conocí a tu madre, supongo que de igual modo sería muy decente, y por lo que sé de ti también has resultado ser una auténtica hija de puta. Y no creo que mis padres acaben suicidándose por mi culpa, como en tu caso.

La joven dueña de L'Armonia acusó el golpe y por unos instantes se la advirtió desconcertada, tanto más por el hecho de que con la caída de la tarde había aumentado de forma notable el insoportable escándalo provocado por cohetes y petardos, lo que siempre tenía la virtud de alterarle los nervios.

En cuestión de horas una existencia basada en el silencio, los aromas y la calma se habían transformado en estruendo, hedor a tabaco y ansiedad, debido a lo cual no pudo evitar que su mente achacara a la inesperada aparición de Giampaolo Volpi tan brusco e insoportable cambio.

Dedicó unos minutos a sopesar los pros y los contras de la propuesta que había recibido mientras su autor la observaba sin poder ocultar la satisfacción que le producía el hecho de conseguir que su hermoso rostro se desencajara y sus ojos mostraran la profundidad de su abatimiento, y por último asintió al tiempo que se encogía de hombros:

—¡Bien! —musitó con un hilo de voz mientras se ponía en pie y se encaminaba al interior de la casa—. Cuando se juega con fuego se debe aceptar que en un momento dado pueda abrasarte...

Apenas tardó unos instantes en regresar y al hacerlo empuñaba un pesado revólver amartillado.

Al verla su indeseada visita palideció poniéndose de pie y balbuceando aterrorizado:

—Pero ¿qué haces? ¿A qué viene esto?

—Viene a que si, como aseguras, mi negocio exige que me vea implicada en la muerte de miles de inocentes, poca importancia tiene que a ello le añada la de un auténtico hijo de puta. ¡Camina hacia el jardín!

—¿Es que te has vuelto loca?

—Loca estaría si permitiera que ensangrentaras el suelo de mi casa. ¡Retrocede!

El otro lo hizo muy despacio, aterrorizado por el hecho de que el arma le apuntaba directamente a los ojos, y adelantó las manos como si con ello pudiera defenderse del impacto de las balas.

—¡Espera! —suplicó casi sollozando cuando advirtió que ya pisaba tierra—. ¡Espera! Podemos olvidarlo todo. Te juro que me iré y nunca diré nada.

—¿Acaso crees que me voy a pasar el resto de la vida esperando a que decidas destruirme? —quiso saber ella—. ¡Ni hablar! Entiendo que estuvieras dispuesto a denunciarme puesto que al fin y al cabo no significo nada para ti. Pero quien reconoce que no le importa destruir a sus propios padres por dinero, no me merece la menor confianza. Si hubiera imaginado que los míos se iban a suicidar por mi culpa, me hubiera pegado un tiro, pero ya es demasiado tarde.

—¡Por favor!

—Consuélate con el hecho de que sobre tu tumba crecerán las más hermosas flores y tendrás un maravilloso cementerio para ti solo.

El estruendo del disparo se confundió con el de los cientos de cohetes que surcaban el aire, al tiempo que Giampaolo Volpi caía de espaldas con un negro orificio en la frente.

Orquídea Kanac contempló despectivamente el cadáver y al fin comentó en un tono que demostraba que acababa de recuperar la calma:

—No cabe duda de que si la mafia, la camorra, la ndrangheta o la policía tenían la intención de hacerte desaparecer, han hecho bien su trabajo.

Se introdujo el arma en la cintura y se encaminó sin prisas a la parte posterior de la casa en busca de una pala.

ALBERTO VÁZQUEZ-FIGUEROA
Madrid-Lanzarote
Julio de 2009

OTROS TÍTULOS
DEL AUTOR

COLTAN

«A la vista de que el Gobierno de los Estados Unidos piensa retirarse de Irak dejando tras de sí un rastro de muerte y destrucción que ha arrasado el país, hemos decidido que la empresa culpable de tan cruel y nefasto desastre —la Dall&Houston, de la que ustedes son los principales dirigentes y accionistas— reintegre los beneficios que ha obtenido de tan bárbara e injustificada agresión.

Nos consta que no es posible resucitar a los muertos, pero sí lo es reponer en parte los daños causados, y por ello exigimos que devuelvan dichos beneficios, que hemos calculado en torno a los cien mil millones de dólares.

De no aceptar nuestra justa demanda, cada dos semanas uno de ustedes será ejecutado; no importa lo que aleguen en su defensa, dónde se oculten o cómo intenten protegerse.

La mejor prueba de que hablamos en serio reside en el hecho de que el cadáver del único compañero del Consejo de Administración que en estos momentos falta a la cita, y cuyo sillón aparece vacío, Richard Marzan, se encuentra actualmente en el interior de una de las tinajas que adornan el jardín de su fastuosa mansión, a orillas del río.

Si deciden colaborar les enviaremos una lista de los hospitales, escuelas, edificios, puentes y carreteras que deberán comenzar a construir inmediatamente.

De no ser así, antes de que finalice el verano tan sólo dos de ustedes habrán sobrevivido, pero será por un muy breve espacio de tiempo.

El dinero sucio de sangre, con sangre se limpia.»

Aarohum Al Rashid

SAUD, EL LEOPARDO

*A lomos de camellos, a lomos de caballos, saliendo de la
nada, con nada entre las manos, así llegaron.
Con la fe como espada, con la verde bandera, y
la limpia mirada, así llegaron.
¿De dónde habían salido? Del lejano pasado, de la triste
derrota, de la muerte y el llanto.
Y van de nuevo camino de más muerte y más llanto pues
apenas son treinta y ellos son demasiados.*

De este modo, con las primeras estrofas de un viejo ro-
mance, comienza la historia novelada de uno de los mayores héroes conocidos, Abdull-Aziz Ibn Saud, quien al frente de treinta hombres se lanzó, en la primavera de 1901, a la
reconquista del reino que el omnipotente imperio otomano
había arrebatado a su familia.

Sus hazañas resultarían increíbles de no ser porque se
encuentran documentadas, ya que algunas de sus batallas
fueron de las primeras que aparecieron en los noticieros ci-
nematográficos de la época.

El presidente Roosewelt dijo de este increíble personaje
que «de todos los políticos que he conocido, incluidos Chur-
chill o Stalin, y de todos los grandes hombres con los que he
tratado a lo largo de mi vida, ninguno me ha impresionado
más que Saud de Arabia».

Una historia de aventuras y emboscadas en el corazón
del desierto exigía que quien la escribiera demostrase, como
ya ha ocurrido con *Ébano* o *Tuareg*, que conocía muy bien
dónde se desarrollaban tales acontecimientos.